Aurélie Benattar

Aurélie Benattar, née en 1971, habite en Israël dans le désert de Judée.
Son premier roman, *Un corbeau au 36* (Les Nouveaux Auteurs, 2013) a obtenu le prix du polar *Femme Actuelle*.

UN CORBEAU AU 36

AURÉLIE BENATTAR

UN CORBEAU AU 36

ÉDITIONS PRISMA

Pocket, une marque d'Univers Poche, est un éditeur qui s'engage pour la préservation de son environnement et qui utilise du papier fabriqué à partir de bois provenant de forêts gérées de manière responsable.

Le Code de la propriété intellectuelle n'autorisant, aux termes de l'article L. 122-5 (2ᵉ et 3ᵉ a), d'une part, que les « copies ou reproductions strictement réservées à l'usage privé du copiste et non destinées à une utilisation collective » et, d'autre part, que les analyses et les courtes citations dans un but d'exemple ou d'illustration, « toute représentation ou reproduction intégrale ou partielle faite sans le consentement de l'auteur ou de ses ayants droit ou ayants cause est illicite » (art. L. 122-4).
Cette représentation ou reproduction, par quelque procédé que ce soit, constituerait donc une contrefaçon sanctionnée par les articles L. 335-2 et suivants du Code de la propriété intellectuelle.

© 2013, Editions Les Nouveaux Auteurs – Prisma Média
ISBN : 978-2-266-24759-7

*À mon père, mon arbre de vie
À ma mère, mon meilleur public,
qui m'a transmis son goût des lettres*

PROLOGUE

Le temps lui était compté. Elle était consciente de prendre un risque important, mais elle n'avait pas le choix. Il fallait qu'elle le fasse, elle ne pouvait plus vivre dans le secret. Elle en souffrait trop.

Au début, elle avait encore eu l'espoir de pouvoir s'en sortir. Elle en avait aussi eu l'envie. Mais aujourd'hui, après les années de cauchemar, d'anxiété et de douleur, elle était épuisée physiquement et moralement. Sursauter au moindre bruit, être sur le qui-vive vingt-quatre heures sur vingt-quatre, cohabiter avec la peur, ou plutôt survivre entre un antidépresseur, deux calmants et un barbiturique, voilà de quoi était faite son existence.

Elle écrivit rapidement les mots à l'encre indélébile. Telle une empreinte qu'on laisse dans ce monde pour rappeler aux générations à venir qu'un jour, on a existé. Une marque au fer rouge qu'elle imposerait aux autres comme on la lui avait infligée.

Alors peut-être, se rapprocherait-elle d'eux pour, l'espace d'un instant, se sentir moins seule. Elle ne voulait pas qu'on oublie. Elle-même ne le pouvait pas. Elle ne le pourrait jamais.

PREMIÈRE LETTRE

1

Le commissaire Stéphane Fontaine étendit ses jambes. Sa cuisse droite était ankylosée et son genou le lançait. Il ne connaissait que trop cette sensation désagréable de tiraillement au niveau de la rotule. Il massa machinalement le muscle en soupirant : *Tu vieillis mon vieux Fontaine ! Il serait peut-être temps que tu réalises que tu n'as plus vingt ans.* Il sourit immédiatement de sa vaine tentative de persuasion. Il savait qu'il n'en croyait rien et se souvint du surnom donné par ses amis de l'ENSP[1] : « Garde à vous De Jouvence ! Il est fan de cette fontaine le Steph… »

À trente-six ans, il faisait beaucoup plus jeune et ce n'était pas pour lui déplaire. Malgré son visage hors du commun avec des lèvres charnues et un nez épais, il avait beaucoup de charme avec ses cheveux châtains coiffés à la James Dean et ses yeux bleus. Tombant parfaitement sur sa silhouette spaghetti, les costumes foncés avec pantalon resserré au bas qu'il accompagnait

1. ENSP : École nationale supérieure de police.

d'une chemise blanche et d'une fine cravate noire, lui donnaient un air de chanteur britannique.

L'homme avait besoin de clarté pour réfléchir et se concentrer. Son ordinateur était disposé face à lui, les bacs contenant les dossiers en cours placés sur sa gauche et classés par ordre d'importance. Une lampe en forme de champignon posée de l'autre côté éclairait la table d'une lumière jaune. En cette matinée d'hiver, la petite pièce était sombre. Située sous les toits, elle offrait une vue sur le ciel nuageux grâce à un Velux. Entrouvert, celui-ci permettait à l'air frais du dehors de s'engouffrer dans le bureau surchauffé. Son radiateur en fonte était bloqué en position maximale et le froid qui sévissait à l'extérieur ne laissait guère le choix quant au dosage du chauffage central. Au Quai des Orfèvres, les grands espaces et les couloirs à n'en plus finir contrastaient avec l'exiguïté des locaux réservés aux policiers qui étaient parfois à l'étroit ; par conséquent, la température était difficilement homogène.

Le commissaire reçut un bref appel téléphonique. Après avoir raccroché, il composa le numéro du commandant Legrand, tout en préparant sa sacoche et en enfilant sa veste. C'est alors qu'il bougea son clavier du coude par inadvertance.

— Allô ?

— C'est Stéphane. On nous demande de nous dépêcher sur le Quartier latin… Une femme qui aurait reçu plusieurs coups de couteau dans le cœur. Apparemment décédée… On y va pour apprécier la situation ?… Vous me récupérez ?… Ah, une nouvelle stagiaire ?…

D'accord, envoyez-moi le lieutenant Simon. On se retrouve sur place.

Il était sur le point de sortir et s'apprêtait à remettre machinalement son clavier en place sous l'écran, quand son regard fut attiré par une forme noire. Intrigué, il se rapprocha et découvrit que, ce qu'il avait pris pour une tache d'encre, était en réalité un assemblage de petites lettres formant le mot *bête*. Extrêmement surpris, il tira sur le fil pour donner du mou au clavier et le déplaça. Il découvrit alors les phrases ressemblant à des pattes de mouche, écrites à même le bois de son bureau :

Cher Salopard,
Je me demande ce que tu as ressenti quand tu as posé ton couteau sur ma gorge et que de l'autre main, tu as empoigné mes cheveux pour me faire plier comme une bête. Est-ce que ton cœur battait la chamade quand je me suis agenouillée, dos à toi, en te suppliant de m'épargner ? À ce moment-là, je pouvais encore parler.

Tu m'as retournée et tu as collé ma tête contre tes poils pubiens en la frottant et en la pressant fort. Tu étais excité quand tu as fourré ta bite dans ma bouche qui criait « Au secours ». Quel effet ça t'a fait de me défoncer le gosier jusqu'à ce que j'en vomisse ?

M'as-tu alors cognée parce que j'étais « une sale pute dégueulasse avec sa puanteur de déjection », ou m'aurais-tu frappée de toute façon ? Mon visage tuméfié et sanguinolent ne t'a pas empêché de me regarder droit dans les yeux quand tu as fourré ton poing dans ma vulve ecchymosée.

Est-ce que tu as pris du plaisir dès que tu as braillé « Gueule, salope ! Hein que c'est bon ? Ah oui, c'est bon ! Tiens, t'en veux encore ? Attends, j'écarte encore plus les doigts à l'intérieur. Tiens ! T'inquiète pas, t'auras du rab... C'est qu'elle aime ça la garce. Ah t'en redemandes ? Plus fort ? Tiens, tiens, tiens ! » ?

Ou seulement quand tu as joui en déversant ta pourriture en moi après avoir laminé mes seins de tes mains de glace, et ravagé mon vagin de ta queue dure, encore, encore et encore ?

Qu'est-ce que ça t'a fait ? Dis-moi, je t'en prie ! Que je cesse de me culpabiliser, que je comprenne l'incompréhensible, que je me rapproche de toi pour apprivoiser ma peur, que je guérisse de ce traumatisme incurable...

P. S.

2

Moins de cinq minutes plus tard, le commissaire Fontaine se retrouva submergé par le bruit de la sirène du gyrophare retentissant dans les embouteillages de Paris. Benjamin Simon était au volant. Il adorait conduire et ses réflexes étaient excellents. Le véhicule de service se faufila aussi rapidement que possible, attirant sur son passage le regard de quelques curieux. Les deux hommes ne se parlaient pas. Le lieutenant, très concentré, ne quittait pas la route des yeux.

— Allez, allez ! Bouge, merde ! Non, mais je rêve, dégage la voie ! Allez !

Stéphane s'agrippa à la poignée au-dessus de la vitre tout en essayant de ne pas paraître trop raide. Malgré les années d'expérience, c'était un moment de tension inévitable. Rien n'était plus déstabilisant que l'inconnu et tant qu'il n'aurait pas mis une image sur la découverte macabre, son cerveau de flic imaginerait le pire.

Cependant, l'urgence de la situation n'était rien en comparaison de l'état d'anxiété dans lequel l'avait plongé la lettre de cette femme. Il était encore sous le choc de l'impact de ses mots. Les questions fusaient dans son esprit : *qui est-elle ? Est-ce que je la connais ?*

Ou s'adresse-t-elle à moi en tant que flic ? Et comment diable a-t-elle fait pour pénétrer dans mon bureau, faire sa petite affaire, puis ressortir sans que personne ne s'en aperçoive ? C'est ahurissant.

Parallèlement, il ne pouvait pas s'empêcher de penser également à lui. Qu'allaient penser ses supérieurs ? La victime incriminait directement son agresseur et les mots semblaient lui être destinés. N'allait-on pas en tirer des conclusions hâtives ?

— Ben alors, Steph, ça va pas ?

— Si, si, pourquoi ?

— T'es tout crispé. Tu me fais confiance d'habitude quand je conduis.

— Non, c'est pas toi, Benjamin. Des emmerdes sur une autre affaire.

— Laquelle ?

— Laisse tomber, c'est pas le moment.

Dès son arrivée à la Crim, le commissaire s'était pris d'amitié pour Benjamin Simon. Il appréciait ses discours philosophiques et aimait échanger avec lui. Le jeune lieutenant de vingt-neuf ans dévorait les livres et lui avait avoué écrire des poèmes. Ne les ayant jamais fait lire à personne, il lui avait demandé de garder le secret sur cette confidence faite lors d'une soirée trop arrosée. Benjamin avait tendance à forcer sur la bouteille quand ils sortaient. Sa sensibilité à fleur de peau le poussait dans ses retranchements et il était en perpétuel questionnement face aux situations délicates rencontrées sur le terrain.

Cet aspect de son caractère contrastait avec un certain égocentrisme portant sur son apparence physique. Il était focalisé sur son corps qu'il trouvait toujours trop maigre. Il passait tout son temps libre à la salle de musculation et suivait un régime enrichi en protéines. Mince, il avait le physique d'un mannequin avec des pectoraux et des abdominaux parfaitement dessinés, alors que lui, aurait souhaité ressembler à King Kong. Son dos long, fin à la taille, s'élargissait au niveau des épaules et son visage était très beau. On lui avait demandé de poser pour le calendrier « La police et le sport » de l'année précédente. À la fois flatté et gêné, il avait accepté, représentant Monsieur Mai torse nu pour la rubrique musculation. Sur la photographie en noir et blanc, il regardait au loin tout en tirant derrière sa tête une barre de métal reliée à des poids en fonte. Son air rêveur, associé à son visage pâle aux grands yeux et cheveux noirs, produisait un effet romantique. Très photogénique, sa beauté paraissait presque irréelle. Fair-play, il avait essuyé les plaisanteries de ses collègues, jusqu'à ce que la deuxième semaine de mai, on retrouve le calendrier toujours accroché au mur, mais dépouillé de la page en question. Personne ne fit de commentaires et on passa un mois trois quarts devant Monsieur Juin, ramant sur son aviron…

3

Le commandant Maxime Legrand et le reste de son groupe étaient déjà sur place, dans le périmètre sécurisé boulevard Saint-Michel. Avec le commissaire Fontaine qui supervisait les opérations, ils étaient chargés de mener l'enquête. Stéphane le savait, ils feraient leur possible pour retrouver les auteurs du meurtre. Le commandant Legrand demandait énormément à son équipe. Son exigence payait et son professionnalisme n'était plus à prouver. Il n'abandonnait jamais une affaire et gardait toujours dans le coin de son esprit les cas non résolus.

Cependant, Stéphane avait souvent une appréhension à travailler avec lui. Plus âgé de douze ans, Legrand avait l'art de le mettre mal à l'aise avec ses commentaires soulignant leur différence d'âge : « Rien de tel que le flair d'un vieux chien de piste », « Un peu de respect pour ton aîné », « Tu étais encore dans les jupons de ta mère que j'étais déjà flic ».

Avant l'arrivée de Stéphane, il travaillait avec un commissaire rodé qui était devenu son ami et l'avait surnommé « le Pitbull », en référence à son physique compact et massif, et à sa mâchoire d'acier, effectivement large, qui ne lâchait jamais sa proie. Le commandant semblait en vouloir à la nouvelle recrue tout droit sortie de l'école de commissaire d'avoir pris la place du retraité. Il s'investissait corps et âme pour la PJ et, à part sa fille de dix-huit ans qu'il voyait un week-end sur deux si elle n'avait rien de mieux à faire, il ne vivait que pour son travail.

Du haut de son un mètre soixante-dix, il leva ses petits yeux de renard vers le commissaire, tirant sur la veste mal repassée de son costume sombre et dévoilant la couleur criarde de sa cravate. Il lui tendit la main en disant :
— Bonjour, Stéphane.
— Bonjour, commandant.
— Voilà M. Fontaine, commissaire à la Crim, présenta-t-il aux policiers du secteur, premiers arrivés sur les lieux.
— Bonjour, commissaire. Une femme de la cinquantaine a été retrouvée poignardée dans les toilettes de la pizzeria Chez Michelle.
— Plusieurs coups de couteau ? interrogea le commissaire.
— Oui, au niveau du cœur, mais aussi de la clavicule. Nous avons recueilli les premiers témoignages et il s'agirait d'une habituée de l'endroit. Le resto est proche de son lieu de travail et ouvre à 11 heures. Ça s'est passé dans la demi-heure qui a suivi l'ouverture et il n'y avait pas grand monde. La patronne arrive à midi. Elle s'est mise dans tous ses états quand on lui a interdit de rentrer. La victime est prof à la Sorbonne. Elle enseigne la littérature française du XXe siècle, d'après la serveuse qui est une de ses élèves.

Sans laisser à Stéphane le temps de répondre, le commandant Legrand prit la parole.

— Où est cette fille ?

— Dans le bar d'en face, avec les autres témoins. Elle est en état de choc.

— Justement, c'est le meilleur moment pour recueillir des informations. Marie, tu t'en occupes ?

— D'accord.

— Dès que possible, tu l'emmènes au Quai pour l'entendre.

— D'autres témoins ? interrompit Stéphane, bien décidé à ne pas laisser Legrand monopoliser la conversation.

Un autre officier du commissariat d'arrondissement lui répondit :

— Le cuistot, qui était en cuisine, et un couple de retraités. C'est le monsieur qui a trouvé le corps en montant aux toilettes. Heureusement, il était médecin et tient plutôt bien la route. Il dit ne pas la connaître.

— Ont-ils remarqué quelque chose d'anormal ?

— Non, mais la serveuse tournait le dos pour préparer ses tables et le couple était assis dans un renfoncement à côté de la baie vitrée. Ils n'avaient aucune visibilité sur la porte d'entrée ou sur la montée d'escaliers menant aux toilettes.

— Et aux alentours de la pizzeria ?

— Les passants présents aux abords du restaurant étaient déjà loin quand nous sommes arrivés. Il a dû s'écouler au moins une demi-heure avant la découverte du corps. La victime a commandé un café et un croissant au beurre qui sont restés intacts.

— Elle est vraisemblablement montée aux toilettes avant d'y avoir goûté.

— Oui, la serveuse se rappelle qu'elle était assise à sa place quand elle les lui a servis, reprit le premier officier.

— Bon, au boulot ! lança le commandant Legrand, perdant patience.

Il avait pour habitude de vérifier le travail des policiers de secteur. « Les enquêtes sensibles, c'est pour la Crim et ce n'est pas pour rien. Qui s'y frotte s'y pique », rappelait-il aux stagiaires, en référence au logotype de la brigade criminelle, un chardon. « Ici, les crimes ne restent pas impunis. Nos deux ennemis : le hasard et le bâclage. Alors si tu veux t'éviter un coup de pied au cul, fuis-les comme la peste. » Pour les stagiaires, la peste, c'était plutôt lui, même s'il était considéré comme une pointure.

— Autre chose ? poursuivit le commissaire Fontaine, ignorant la remarque du « Pitbull ».

— Oui, un autre témoin vous attend en face. Le petit copain de la serveuse était venu lui apporter des cigarettes. Il travaille dans une boulangerie boulevard Saint-Michel. Au moment de rentrer dans la pizzeria, il a été bousculé par quelqu'un qui sortait en courant. Il s'agirait d'un homme dans la vingtaine, corpulence moyenne, cheveux marron, porteur d'un blouson noir et d'un jean.

— Tu ne pouvais pas le dire tout de suite ? aboya le commandant.

— J'expose les faits avec chronologie, Legrand.

— C'est notre seul témoin oculaire. C'est par là que tu aurais dû commencer.

Mal à l'aise, Stéphane se dit que même si Legrand avait raison sur le plan théorique, au niveau rhétorique, il avait encore du pain sur la planche. Il aurait pu préserver la sensibilité du policier. Visiblement vexé, l'OPJ[1] continua son explication en tournant le dos au petit bonhomme :

— En le suivant machinalement des yeux, il l'a vu s'engouffrer dans l'autobus qui venait d'arriver à la station au coin de la rue, côté gauche. On a demandé l'immobilisation du bus à la RATP.

— Très bien, commenta Stéphane, soucieux de finir sur une note positive. Autre chose ?

— À vous de voir…, lança-t-il ironiquement en tournant les talons.

Sans attendre que les autres policiers du secteur s'éloignent, le commandant Legrand donna les premières instructions à son groupe.

— On ne pourra visionner les enregistrements des caméras de surveillance du bus que demain. Jérémy, tu t'en charges ?

— Tu veux que j'aille « techniquer » le bus maintenant ?

— Oui, c'est une pièce maîtresse. Dès qu'ils ont fait les photos, tu pars avec quelqu'un de la PTS[2]. Tu fais faire un relevé de traces, surtout sur les barres, même si ça doit être bourré d'empreintes et que ça n'aura aucune valeur juridique. Avec un peu de bol, le meurtrier s'y sera agrippé.

— OK, acquiesça-t-il en desserrant sa cravate.

Tous ses collaborateurs savaient pertinemment que dès qu'ils auraient le dos tourné, il enlèverait ce jabot

1. OPJ : officier de police judiciaire.
2. PTS : police technique et scientifique.

qu'il exécrait : *on se croirait dans un film de Clint Eastwood, ça ne vous fait pas penser à la corde d'une potence ?* À la Crim, le costume cravate était de rigueur lorsque les officiers étaient sur le terrain. Pour Jérémy Lucas, lieutenant de trente-deux ans, motard écolo fan de nature, le prix à payer pour travailler au 36 était lourd. Il aimait les grands espaces et se sentir libre. Il avait eu du mal à se séparer de son blue-jean et de ses vieux tee-shirts usés. Il était arrivé à un compromis où son pantalon en jean noir et ses bottes étaient tolérés pourvu qu'il porte une chemise dans les locaux de la DRPJ[1] et une veste avec cravate à l'extérieur.

— Sophie vient avec moi ? demanda Marie.
— Non. La stagiaire, précisa-t-il à Stéphane. Sophie Dubois.
— Bonjour, Sophie, dit Stéphane en lui tendant la main.
— Bonjour, commissaire, répondit la jeune femme.
— Appelle-moi Stéphane. Et on se tutoie, d'accord ?
— D'accord, répondit-elle en souriant, animant ainsi le grain de beauté près de ses lèvres.

Son sourire était charmant et elle avait un beau visage. Ses cheveux bruns coupés au carré tombaient impeccablement et son tailleur clair était de bon goût. Malgré une silhouette un peu courte, son pantalon épousait parfaitement sa cambrure et sa poitrine généreuse se devinait sous son chemisier blanc. Même s'il faisait des efforts pour ne pas mélanger travail et plaisir, le commissaire ne put s'empêcher de la trouver sexy.

---

1. DRPJ : direction régionale de la police judiciaire.

Son attirance pour une femme se terminant inéluctablement au moment où il avait fait le tour de la question au lit, il avait commencé à refréner ses ardeurs sur son lieu de travail après avoir fait les frais d'une policière hystérique qui s'était jetée à ses pieds devant la moitié de la DIPJ[1] d'Orléans hilare.

— Aujourd'hui, tu suis le travail du chef de groupe, reprit le commandant en s'adressant à Sophie. On va faire les constatations auprès du corps et les mises sous scellés. D'habitude c'est le boulot du procédurier, mais Franck est en congé. Avec ses quatre gosses et son air de cureton, préparation des fêtes de Noël oblige ! Tu veux une clope ?

— Oui, merci.

— Et comme Nono, Noël Normand le numéro 4 après Marie et Franck, a trente-neuf de fièvre, c'est bibi qui s'y colle… On devrait être au moins sept par groupe, dit-il en tirant sur sa cigarette, mais pour l'instant, on est que six et on manque d'effectif. Alors quand en plus, y'en a un qui a la crève et que l'autre prend ses vacances… Bref, bienvenue dans les coulisses de la PJ ! Allez, Benjamin, tu vas avec Marie pour l'enquête de voisinage ?

— Pas de problème.

Benjamin Simon et le capitaine Marie Morin s'éloignèrent en direction du bar. Le jeune lieutenant appréciait l'efficacité de cette dernière sur le terrain. Pour une femme mariée avec deux enfants, il la trouvait particulièrement énergique. « Alors mon gars, plaisantait-elle en essayant de garder son sérieux, il faut te mettre

---

1. DIPJ : direction interrégionale de la police judiciaire.

au boulot ! À ton âge, moi j'étais déjà maman… Je sais bien que chez les mecs, c'est pas la même chose, mais quand même, tu veux pas finir comme Charlie Chaplin ? ! »

De nature optimiste, elle se moquait des lectures de Benjamin qui portait ses choix vers des auteurs en souffrance. Kafka était l'un de ses préférés. Il y faisait souvent référence : « Dans *La Métamorphose,* qui est le monstre ? L'homme qui se transforme en insecte ou sa famille qui le rejette et se réjouit de sa mort ? Qui est celui qui a renoncé à son humanité ? C'est ce que nous cherchons à découvrir dans notre quotidien de flic, non ? Fais pas cette tronche-là, Marie, un peu de philo dans ce monde de brute, ça n'a jamais fait de mal à personne… »

4

Pendant que les constatations près du corps commençaient, le commissaire Fontaine fit un premier compte rendu au chef de la Crim par téléphone. Il admirait Jean-Paul Richard qu'il considérait comme une pointure de la PJ. Ce dernier avait également dirigé la brigade des stupéfiants et la Mondaine où il avait excellé dans plusieurs affaires de répression du proxénétisme.

Faisant les cent pas tout en exposant les faits de cette nouvelle affaire à son patron, il lisait ses notes en essayant d'être le plus précis et concis possible. À chaque question du commissaire Richard, Stéphane passait une main dans ses cheveux, ramenant en arrière les mèches indisciplinées, geste qu'il faisait automatiquement lorsqu'il avait besoin de se concentrer. Il hésitait à lui faire part de la découverte du message anonyme dans son bureau, quand il aperçut la stagiaire sortir en courant de *Chez Michelle* pour se précipiter sur le trottoir à quelques mètres de lui. Sophie Dubois était blanche comme son chemisier. Elle s'appuya contre le mur et se pencha en avant pour vomir. Elle resta avec la tête en bas plusieurs minutes, essayant de reprendre son souffle, attendant que les régurgitations cessent complètement. Stéphane raccrocha et s'avança vers elle.

— Ça va ?

— Commissaire, je suis désolée.

— Désolée de quoi, Sophie ?

— Vous devez me trouver nulle.

— On n'avait pas dit qu'on se tutoyait ?

— Le commandant Legrand va mal me noter ?

— Si tous ceux qui avaient vomi à leur premier cadavre avaient été mal notés, il ne resterait pas grand monde.

— Ah ?

— Allez, ne t'en fais pas. On est tous passés par là.

— Alors, c'est normal ?

— Tout ce qu'il y a de plus normal, mon général !

— C'est que, c'est très important pour moi de ne pas décevoir le commandant Legrand.

— Tu aimes le boulot ?

— Oh oui ! J'ai toujours voulu faire ça.

— C'est ce qui compte. Pour ce qui est du reste, je mentirais si je te disais qu'on s'y habitue.

— Vous avez, enfin, heu… tu as encore des appréhensions ?

— À chaque affaire. C'est toujours difficile de constater la mort des gens dans des circonstances pareilles. Et à la limite, tant mieux que ce ne soit pas une partie de plaisir. C'est vrai qu'on essaye d'être pro et de prendre de la distance, sinon on arrêterait de faire ce métier. Mais d'un autre côté, il ne faut surtout pas banaliser. C'est pas normal de se faire assassiner comme ça à l'heure du déjeuner…

— Oui, je suis d'accord avec toi.

— À n'importe quelle heure du jour non plus, d'ailleurs.

— Mmmmmh.

— Ou de la nuit, aussi.

— Oui, dit-elle en riant. Parce que la nuit, il y a mieux à faire, non ?

— Tout à fait d'accord avec toi. Moi, je suis un grand insomniaque, alors tu vois si j'abonde dans ton sens...

Sophie lui rendit son sourire avec une étincelle dans les yeux que Stéphane connaissait bien.

— Ça va mieux ?

— Oui, merci.

— Tu bois un verre d'eau et tu nous rejoins en haut ?

— D'accord.

— Je ne te propose pas de venir te rafraîchir aux toilettes...

Elle continua de sourire en le suivant à l'intérieur de la pizzeria, se disant qu'elle ne pourrait jamais plus avaler une napolitaine de toute sa vie.

5

Stéphane monta les escaliers du restaurant à peine éclairés et se retrouva immédiatement sur le palier du premier étage. Face à lui, la porte des toilettes était grande ouverte, laissant apparaître la morte. Sans lui laisser le temps d'observer les lieux, le professeur Baudin vint à sa rencontre. Sexagénaire de petite taille, le médecin légiste chauve était réputé pour ses rapports détaillés à outrance et son respect de la procédure. Il préférait de loin côtoyer les magistrats qu'il considérait d'un autre niveau que les OPJ arrogants et impulsifs, cocktail peu fructifiant en matière de cognition et de bienséance. Il tolérait à peine la présence de l'officier dépêché par la brigade criminelle lors des autopsies. La vérité était qu'il affectionnait les intrigues politiques et léchait les bottes de ceux qu'il considérait comme ayant du pouvoir.

— Bien le bonjour, commissaire, lança le médecin de sa voix nasillarde.

— Bonjour, professeur.

— Il ne fait pas chaud aujourd'hui.

Son ton léger sur les scènes de crimes était ce qui irritait le plus Stéphane. Il y voyait non seulement un manque de sensibilité, ce qu'il reconnaissait comme plutôt normal pour un légiste, mais surtout un manque de respect pour le mort. Pour lui, les cadavres n'étaient pas seulement une enveloppe charnelle qui avait subi une agression ou une mutilation physique. Ils avaient été eux aussi des enfants, des femmes, des hommes ; Stéphane ne l'oubliait jamais. C'était sa façon de leur rendre un dernier hommage avant qu'ils soient mis à nu crûment sur la place publique pour les besoins de l'enquête.

Essayant de contenir son animosité et conscient que les autres policiers entendaient leur conversation, il lui répondit :

— J'ignorais que vous étiez également un spécialiste de la météo.

— Toujours aussi aimable, commissaire, lui sourit-il ironiquement.

— Vos premières conclusions, je vous prie, professeur.

— La rigidité cadavérique n'est pas encore installée. Sachant que ce phénomène commence trois heures après le décès, mais vous le savez certainement déjà, n'est-ce pas, j'en conclus que l'heure de la mort remonte à moins de trois heures.

— Et ? demanda Stéphane qui avait horreur de devoir lui tirer les vers du nez.

Baudin aimait se faire prier.

— Et, dès mon arrivée au labo, je réexaminerai le cadavre et vous donnerai l'heure exacte du crime lorsque la rigidité aura figé le corps. Mais…

— Mais ?

— J'ai cru comprendre que peu de temps s'est écoulé entre le moment où la victime est montée aux toilettes et celui où son corps a été retrouvé.

— En effet.

— Je vous laisse donc tirer vos conclusions. Somme toute, je suis payé pour trouver la cause de la mort et non les raisons du meurtre. Je ne serai convié à donner mon avis qu'en cour d'assises, si vous parvenez à mener à bien votre enquête en arrêtant le coupable...

Il sembla à Stéphane que du fond du couloir, Legrand avait regardé brusquement dans leur direction. Il espéra que le commandant ne s'en mêle pas. Le ton entre les deux hommes était monté plus d'une fois et ils se détestaient viscéralement. Ignorant l'allusion du médecin, il continua :

— Quand pensez-vous pratiquer l'autopsie ?

— Dès que j'en aurai reçu l'ordre du parquet. Je répondrai alors aux questions posées dans le réquisitoire de monsieur le procureur aussi rapidement que possible et lui enverrai un rapport d'autopsie minutieux.

Stéphane n'en doutait pas. Le légiste mettrait en avant son savoir scientifique dans un jargon médical quasiment incompréhensible, et se ferait un plaisir de donner des explications détaillées au proc, qui ne manquerait pas de téléphoner après avoir reçu son rapport le premier...

Le policier regarda le bras droit d'Hadès descendre les marches d'un pas assuré et d'un air satisfait, puis poussa un soupir de soulagement en le voyant disparaître.

6

Un professionnel prenait des photos alors que plusieurs pièces à conviction étaient déjà numérotées autour du cadavre. Avec l'aide des ASPTS[1], Maxime Legrand décortiquait les moindres détails de la scène. L'exiguïté du lieu rendait la tâche particulièrement laborieuse. Avec leur combinaison blanche à capuche, les spécialistes aux gants et masque verts faisaient des prélèvements sur tous les éléments avec lesquels le meurtrier avait pu être en contact. Le ballet du *Lac des cygnes* se dansait étriqué et sans musique. Confrontés à l'horreur de la scène, ils se raccrochaient d'un commun accord tacite à l'espoir de trouver des empreintes digitales ou des traces ADN exploitables. Ce qui était une tâche délicate et fastidieuse dans un lieu public. Le commissaire Fontaine s'installa sur la dernière marche pour enfiler des chaussons jetables et placer un masque devant sa bouche. Même s'il n'était pas à proximité directe du corps, le protocole engageait à minimiser les risques de fausser les indices.

1. ASPTS : agent spécialisé de la police technique et scientifique.

Une femme d'une cinquantaine d'années gisait dans la petite pièce des toilettes. Elle était assise sur le trône, jupe relevée, laissant apparaître le haut de ses cuisses et la partie inférieure de son sexe. Ses jambes potelées reposaient sur le sol, écartées à hauteur des genoux et resserrées par un collant en acrylique couleur chair au niveau des chevilles. Ses pieds, emprisonnés dans des chaussures bleu marine trop serrées à petits talons, étaient tordus. Le haut de son corps était penché sur le côté droit, sa tête appuyant sur le pan du mur au-dessus du papier toilette, légèrement en arrière. Le visage figé dans un rictus avec les yeux et la bouche grands ouverts donna à Stéphane une impression de déjà-vu sordide. Ses cheveux blonds, qui avaient dû être relevés en chignon, étaient complètement épars tout autour de son crâne. Un peigne en nacre tombait à moitié sur son oreille gauche. Quand Stéphane se rapprocha, le commandant Legrand était en train de faire le travail du procédurier du groupe en constatant les blessures au cœur.

Contre toute attente, il demanda :

— Comment va la petite stagiaire ?

— Je pense que ça va aller.

— Moi aussi. Deux plaies assez importantes au cœur, et puis une à la clavicule aussi.

Si le manque de transition surprit le commissaire, il n'en laissa rien paraître.

— La morpho-analyse nous donnera des précisions sur la façon exacte dont ça s'est passé.

— À mon avis, le premier coup de couteau qui a provoqué l'hémorragie interne est celui le plus au centre de la poitrine. L'autre a peut-être surpris le meurtrier quand il a retiré son couteau et que le sang a giclé. Ce qui, dans le feu de l'action, aurait pu lui faire dévier sa trajectoire pour le troisième coup qui se serait logé dans la clavicule, juste au-dessus du cœur.

— Ça se tient. Comme je l'ai dit tout à l'heure, l'étude des projections de sang au mur nous en apprendra davantage.

— Ils te diront la même chose que moi.

— Peut-être.

— Sûrement, corrigea Legrand d'un ton assuré.

Leur conversation fut interrompue par l'arrivée de Sophie qui avait retrouvé un peu de couleurs aux joues. Du haut de l'escalier, elle s'adressa à Maxime Legrand d'une voix penaude :

— Je suis vraiment désolée, commandant.

— Tu te sens mieux ?

— Oui, merci, mais je suis un peu déçue de ma réaction. J'ai imaginé longtemps ce moment et j'espérais être plus forte que ça.

— Ça n'a rien à voir avec la force. Mets une combinaison et viens voir. Je vais te montrer.

La stagiaire s'exécuta promptement et en silence. Pensif, le commissaire redescendit en se demandant comment Legrand faisait son compte pour inspirer un tel respect chez les jeunes recrues. Malgré ses airs bourrus et sa sévérité, les officiers sous ses ordres adoraient travailler avec lui. *Il est vrai,* pensa-t-il, *que son franc-parler change « des faux-culs », comme il dit. En prime, il donnerait sa vie pour ses hommes et il en a couvert plus d'un, face à une hiérarchie pas toujours compréhensive. Des qualités qui, associées à des résultats probants, stimulent les troupes et atténuent ses coups de gueule, qui ne durent jamais bien longtemps d'ailleurs...*

Alors qu'il descendait les marches, il entendit la voix lointaine de Legrand qui récitait le laïus habituel :

— Ne va pas croire que les autres n'ont pas dégueulé leurs tripes. La première fois, c'est celle qu'on n'oublie jamais. C'est comme la baise. Soit ça nous laisse un souvenir inoubliable si on y met tout son cœur, soit ça nous donne la nausée chaque fois qu'on y repense si ça a été fait à sec, sans sentiment. Il te faut à la fois ressentir un grand respect pour la victime, de l'empathie, presque de l'amour, et à la fois travailler d'une manière détachée pour être professionnelle. Le premier te donne la niaque pour ne pas laisser un crime impuni, le deuxième te protège pour que tu ne prennes pas ta retraite anticipée. On a suffisamment de vieux à entretenir…

La voix de Legrand s'atténuait quand le commissaire passa la porte de la pizzeria. Il traversa la rue et pénétra dans le bar d'en face. Il n'avait qu'une envie : se réchauffer un peu avec un bon café au lait.

7

Après deux heures d'investigation minutieuse, le corps de Monique Delon était parti à l'Institut médico-légal pour autopsie. Le commissaire et le commandant étaient en route vers le domicile de la victime. Stéphane observait pensivement les immeubles parisiens qui défilaient sous ses yeux, se demandant quels secrets leurs murs abritaient. De combien de souvenirs leurs longues années d'existence les dotaient-elles ? Ils avaient survécu à tant de générations, à tant d'époques…

En passant devant le Panthéon, il admira le monument renfermant la crypte des sépultures de grands hommes ayant marqué l'histoire de France. L'immensité de ses colonnes en granit et son architecture époustouflante donnaient toujours l'impression à Stéphane d'être revenu à une taille embryonnaire. Il s'attendait à chaque instant à être écrasé comme un vulgaire moucheron face au majestueux édifice.

Il écoutait d'une oreille distraite les conseils que Legrand, tout en conduisant, prodiguait à la stagiaire assise sur la banquette arrière. C'est alors qu'il repensa à ses propres tergiversations. Allait-il finalement se décider à informer son chef de cette lettre anonyme ? Il se disait qu'il ne pourrait pas longtemps la cacher, même s'il répugnait à se justifier devant son supérieur. Il avait tout mis en œuvre depuis son arrivée au 36 pour n'avoir que de bonnes appréciations et cette histoire grotesque risquait d'être le premier point noir à son tableau de chasse...

8

Monique Delon habitait dans le Ve, à quelques kilomètres de la Sorbonne, rue des Boulangers. Elle n'avait pas eu d'enfant et s'était dévouée à son métier d'enseignante et à son mari qui partageait sa passion des lettres. Plus âgé qu'elle, il était retraité, mais continuait à inculquer le latin à quelques étudiants qui préparaient leur doctorat. Spécialiste du Moyen Âge et de la Renaissance, il enseignait jusqu'à l'année dernière à l'unité de formation et de recherche de latin de la Sorbonne.

Les policiers avaient recueilli leurs informations auprès de la serveuse de la pizzeria qui connaissait assez bien la victime. À leur arrivée, le commissaire Fontaine remarqua sur la porte en fer forgé couleur bronze, une plaque avec les inscriptions *M & M Delon*. Son cœur se mit à battre plus fort quand il sonna.

Un homme aux cheveux poivre et sel frisés leur ouvrit la porte après une longue minute d'attente. Son visage rond était avenant et ses petites lunettes ovales lui donnaient un air jovial. Avec ses joues rouges, il avait tout d'un clown de cirque.

— Monsieur Michel Delon ? demanda le commissaire.

— Oui, c'est moi, répondit-il d'un air étonné, mais en gardant le sourire.

— On peut vous parler un instant, s'il vous plaît ? Nous sommes de la brigade criminelle du Quai des Orfèvres.

— Mon Dieu ! La brigade des Orfèvres ? Qu'est-ce qui se passe ?

— On peut entrer un instant, monsieur Delon ?

— Oui bien sûr, entrez, entrez.

— Merci.

— Asseyez-vous, je vous en prie. Veuillez m'excuser une minute, j'ai une casserole sur le feu.

Tout en courant vers la cuisine, le propriétaire paniqué leur indiqua le canapé en velours kaki d'un signe de la main. Maxime Legrand et Stéphane s'y installèrent. Le salon, meublé à l'ancienne, était clair et agréable. Une odeur de soupe aux légumes y régnait. Le commissaire ne sut pas identifier les lithographies accrochées sur les pans encadrant les deux fenêtres hautes, mais il considéra qu'elles étaient probablement du même artiste. Il les trouvait trop abstraites à son goût, mais les couleurs vives y étaient harmonieusement réparties. Il reconnut quelques pièces de prix comme deux lampadaires et un vase énorme en cristal. Une collection de petites figurines anciennes en porcelaine sur boîte trônait dans un vaisselier à l'abri derrière une vitre. Elles représentaient des scènes de vie à la cour au temps des rois de France. Sur les autres étagères, un service de table aux couleurs vert bouteille et crème était mis en valeur par des assiettes se tenant droites comme une armée de soldats avec en leur sein, leur général, une imposante soupière. Le reste des murs était littéralement recouvert de livres. Chaque recoin de la pièce avait été utilisé pour entasser des centaines d'ouvrages et des piles de bouquins étaient amoncelées de part et d'autre. Les quatre bibliothèques tournantes étaient bondées. Le policier admira quelques reliures en cuir et une collection d'encyclopédies et de dictionnaires de grande taille en plusieurs volumes.

Michel Delon revint presque aussitôt. Du couloir, il lança, d'une voix affolée :

— Vous êtes des policiers du 36 ?

— Oui, monsieur, répondit Legrand qui était resté silencieux. Je suis moi-même le commandant Legrand et voici le commissaire Fontaine. Mademoiselle est également officier de police.

— Pourquoi restez-vous debout ? s'inquiéta-t-il, comme s'il remarquait la présence de la stagiaire seulement maintenant. Tenez mademoiselle, prenez le fauteuil.

— Non, merci monsieur, je vous en prie, asseyez-vous. Je vais prendre cette chaise.

— Mais qu'y a-t-il ? Mon Dieu, dites-moi !

— Asseyez-vous, monsieur Delon, ordonna le commissaire d'une voix douce.

Le vieux professeur se laissa tomber lourdement. Son embonpoint donna l'impression qu'il était à l'étroit dans le fauteuil et sa tête s'était ratatinée entre ses épaules lorsqu'il croisa les mains sur son ventre. Stéphane remarqua qu'il les tortillait nerveusement lorsqu'il dit posément :

— Depuis ce midi, nous sommes chargés par le procureur de la République de Paris d'enquêter sur les circonstances d'une agression qui a malheureusement coûté la vie à votre épouse.

L'homme souffla plusieurs fois en cachant son visage dans ses mains.

— Je suis désolé, monsieur Delon.

— Mais qu'est-ce qui s'est passé ? suffoqua-t-il.

— Elle a été poignardée à trois reprises dans une pizzeria.

— Mon Dieu, non ! Mon Dieu ! Elle est décédée ?

— Hélas, oui.

— Non, ce n'est pas possible ! cria-t-il en levant des yeux effarés vers le commissaire. Dites-moi que ce n'est pas vrai. Dites !

— Je suis désolé, monsieur.

Son regard désespéré passait de l'un à l'autre, comme s'il cherchait à entrevoir la lumière du jour dans un labyrinthe de galeries souterraines. Stéphane savait que les mots qu'il avait prononcés avaient emmuré vivant le vieux veuf. Se tournant vers Legrand, il l'implora :

— Il y a peut-être une erreur sur la personne ? Je vous en supplie, vérifiez !

— Votre femme a été formellement identifiée, monsieur, répondit Legrand calmement. La pizzeria du boulevard Saint-Michel est proche de la Sorbonne et la serveuse la connaissait.

— Chez Michelle ? hurla-t-il soudain. Elle a été tuée Chez Michelle ?

— Oui, monsieur.

— Mais c'est atroce, c'est immonde ! Elle est morte dans le restaurant qui porte mon prénom. On a toujours été les « Monmons ». M pour Monique et Michel et ON pour Delon.

Le ton de plus en plus hystérique montait dans les aigus et le débit verbal augmentait. Tout en étant assis, il faisait de grands gestes saccadés avec ses mains et le coin de sa lèvre supérieure tremblait. Son visage blanc se décomposait à vue d'œil et Stéphane ne savait que trop ce que cela signifiait. Il avait étudié les différentes étapes du deuil et les avait également constatées sur le terrain. Le choc provoqué par l'annonce de la mort d'un proche revêtait plusieurs visages, tels les masques de monstres vendus dans les magasins de farces et attrapes.

Enfant, il en avait une peur bleue. Il y en avait toujours un pour être plus terrifiant que les autres, avec un couteau de boucher ensanglanté planté dans un œil ou un faciès de mort-vivant digne de Zombies Land. Après le déni, le vieil homme était à présent submergé par une colère qui était le dernier fil le maintenant encore debout. Quand elle allait retomber dans quelques minutes, il allait probablement s'effondrer. Cela étant un avant-goût de ce qu'il aurait à vivre dans la prochaine année.

Sophie Dubois regardait par la fenêtre tout en serrant les dents. Le commissaire se doutait de l'effort qu'elle faisait pour garder son sang-froid.

— Croyez bien que nous faisons tout ce qui est en notre pouvoir pour retrouver le coupable, poursuivit Legrand, très professionnel.

— Momo, non, Momo ! Comment as-tu pu me faire ça ? C'est moi le vieux, c'est moi qui aurais dû partir en premier. C'est comme ça que c'était prévu. C'est pas normal. Oh non, non ! sanglota-t-il.

Il replongea son visage blême dans ses mains pour cette fois fondre en larmes. Les policiers gardèrent le silence quelques minutes, respectant et compatissant avec la douleur du professeur. Sophie se leva pour aller chercher un verre d'eau à la cuisine et revint également avec une boîte de kleenex. Sans interrompre le vieil homme, elle posa délicatement le tout à côté de lui et retourna s'asseoir sur sa chaise près de la table à manger. Elle évita de croiser le regard de ses chefs et fixa le bout de ses chaussures qu'elle frotta machinalement.

— Avez-vous quelqu'un de la famille qui pourrait venir vous aider dans ce moment difficile ? reprit le commissaire lorsque Michel Delon fut un peu calmé.

— Mon Dieu, Jeanine !

— Qui est Jeanine, monsieur Delon ? demanda Legrand.

— La sœur unique de Monique. Elle habite sur le même palier.

— Souhaitez-vous que nous allions la prévenir ?

— Non, c'est à moi de le faire. Mais comment vais-je le lui annoncer ?

Il avait l'air complètement abasourdi et dépassé par les événements. Le commandant Legrand suggéra de l'accompagner afin d'annoncer le décès à la sœur de la victime. Face à la détermination du policier, le professeur accepta. Il avait apparemment besoin que quelqu'un prenne la situation en main.

Restés seuls dans la pièce, Stéphane et Sophie entendirent des bribes de conversation, plusieurs autres voix en dehors de celles de Legrand et du veuf, des cris, des pleurs, puis le silence. Le silence de la mort…

9

De retour au Quai, Legrand et son groupe entendaient les premiers témoins. Le capitaine Marie Morin prenait la déposition du petit ami de la serveuse, alors que celle-ci était interrogée par Benjamin Simon qui tapait sa déposition. Le commissaire Fontaine rejoignit ce dernier dans le bureau qu'il partageait avec Jérémy Lucas et Franck Denis. Il sentit son visage se crisper à la vue du bureau de Jérémy. Un amoncellement de dossiers et de papiers en recouvrait toute la superficie. Deux verres remplis d'un liquide douteux qui avait dû être du café, tenaient en équilibre dans un coin et une pomme à moitié grignotée était posée sur le clavier de son ordinateur. Seul un bac portant le nom de « Papiers à recycler » se trouvait en place sur le côté gauche. Jérémy était un écologiste invétéré. Il avait exigé de son groupe qu'ils appliquent les règles minimales en matière de répartition des déchets et veillait au bon respect du tri sélectif.

Stéphane s'appuya sur le bureau inoccupé de Franck Denis et assista à l'audition sans intervenir. Les voix des protagonistes lui paraissaient lointaines ; il ne pouvait pas s'empêcher de repenser à la lettre anonyme :

Pourquoi ne pas mener ma petite enquête en solitaire ? Après tout, il n'y a pas mort d'homme. Et si j'arrive à retrouver la victime, je peux très bien la persuader de porter plainte. Comme ça, ni vu ni connu, je refilerai le bébé aux collègues.

Sans crier gare, il se leva et lança :

— Racontez-moi exactement ce qui s'est passé depuis le début. Soyez aussi précise que possible, votre témoignage peut nous aider à reconstituer l'emploi du temps de Mme Delon. C'est une pièce de grande importance dans la constitution du dossier.

— Mon Dieu, voyons voir. C'est tellement atroce ! Alors, la professeure s'est installée à la première table à droite de la porte d'entrée, tout contre la baie vitrée donnant sur la rue.

— On aurait pu la voir de la rue ?

— Sûrement.

— Et vous n'avez rien remarqué dans ce sens ?

— Non.

— Continuez, je vous en prie, mademoiselle.

— Je me suis immédiatement approchée d'elle et je lui ai demandé ce qu'elle désirait commander. Elle m'a dit « comme d'habitude » et je lui ai demandé si tout allait bien. Elle m'a répondu : « Tout va bien sauf ce qui ne va pas. » Mais je n'y ai pas vraiment prêté attention, car elle avait toujours des phrases dans ce style-là. Des phrases dont vous n'êtes pas sûre de comprendre le sens à cent pour cent.

Sandrine Martin s'exprimait bien. Le commissaire se dit qu'elle devait être bonne élève et qu'elle était motivée. Elle l'était forcément pour venir ainsi faire ses études dans la capitale, loin de sa famille, tout en travaillant en parallèle. Elle lui inspirait de la sympathie et il la trouvait plutôt jolie avec son front à la Romy Schneider et ses grands cils noirs. Son jean près du corps moulait ses longues jambes fines.

Célibataire endurci à trente-six ans, Stéphane avait tendance à regarder les femmes comme on admire un beau tableau qu'on a envie de posséder. Seulement, une fois acquis, il n'avait aucune intention de le laisser accroché dans son salon. Aucune femme n'était d'ailleurs jamais restée dormir chez lui et il se félicitait de cette règle d'or. Il n'avait pas non plus de type particulier, mais une chose était sûre : il les aimait au pluriel et non au singulier…

— Elle vous a paru comme d'habitude ?

— Au début, oui. Ou alors je me suis focalisée sur la commande. Mais ensuite, quand je lui ai apporté son croissant et sa boisson chaude, elle avait l'air contrariée et semblait chercher quelqu'un du regard à l'extérieur du restaurant. Je me rappelle qu'elle est montée aux W.-C. tout de suite après parce que je me suis dit que c'était curieux qu'elle n'ait pas enlevé son manteau. C'est vrai, il fait très froid dehors, mais le restaurant est bien chauffé et les clients ont plutôt tendance à se déshabiller rapidement chez nous.

Effectivement, le manteau de la victime ainsi que son sac avaient été retrouvés pendus au crochet interne de la porte des toilettes. Le commissaire se garda bien de le lui dire.

Benjamin tapait vite en levant la tête de temps en temps. Il consignait l'entretien dans un procès-verbal qui ferait partie du rapport d'enquête avec les circonstances de la découverte du corps, le lieu du crime, les auditions des autres témoins, l'enquête de voisinage… Il aimait travailler avec Stéphane qu'il considérait un peu comme son grand frère. Ils s'appréciaient mutuellement et se retrouvaient souvent en dehors de la PJ pour boire une bière ou sortir en boîte les samedis soir.

Jérémy Lucas avait été de la partie un temps, jusqu'à ce qu'il trouve l'âme sœur et se marie un an auparavant. Il portait à sa femme une adoration sans bornes et leur avait annoncé la nouvelle de sa grossesse avec les larmes aux yeux. Le couple attendait une petite fille pour la mi-janvier. Le futur père ne leur avait rien épargné des prix exorbitants des poussettes et des chauffe-biberons, ainsi que des détails de la préparation à l'accouchement qui lui faisait une peur bleue.

Si bien que les deux policiers célibataires attendaient ce bébé presque comme s'il était le leur. En particulier, Benjamin qui avait tenu à voir le DVD de l'échographie un soir où les deux compères avaient vu un match de foot chez Jérémy. La femme de ce dernier était également attachée au jeune lieutenant et essayait par tous les moyens de lui trouver une fiancée. Mais Benjamin, qui se trouvait beaucoup trop jeune pour *se passer la corde au cou,* ne l'entendait pas ainsi.

— Quelle heure était-il ? continua le commissaire.
— À peu près 11 h 30.
— Avez-vous entendu du bruit ?
— Il y a pas mal de passage dans la rue et même s'il y avait eu un coup de feu, j'aurais pu prendre ça pour un bruit de pot d'échappement. Il y en a certains qui roulent comme des malades. Moi, je n'ai pas mon permis. Mais avec le métro, ça ne me dérange pas. À Lyon aussi, il y a le métro. Le tram aussi, et le funiculaire. Non, je ne me souviens pas d'avoir entendu quelque chose de particulier. Je suis désolée, je ne vous suis pas d'une grande utilité.

— Au contraire, mademoiselle, vous nous aidez beaucoup, lui sourit-il.

Elle rougit et regarda par terre en attendant la prochaine question. Elle semblait plus calme.

— Que s'est-il passé ensuite ?

— Environ un quart d'heure après, le vieux monsieur est descendu en courant et m'a dit d'appeler la police. Il était tout rouge et essoufflé, et sur le moment, j'ai cru qu'il allait avoir une attaque et qu'il me demandait d'appeler les secours pour lui. Je lui ai dit : « Vous ne vous sentez pas bien, monsieur ? » et il m'a répondu : « Moi si, mais vous avez un cadavre dans les toilettes en haut ! » Au début, j'ai cru à une blague, surtout de la façon dont il m'a annoncé ça. Mais dès qu'il m'a secouée en me criant dessus et en me disant qu'il était médecin, j'ai compris que c'était du sérieux. Les policiers sont arrivés très vite. Il ne devait pas être midi puisque la patronne n'était pas encore arrivée.

— À quel moment votre ami vous a-t-il apporté vos cigarettes ?

— Il est passé environ cinq minutes après que Mme Delon fut montée. Il est à peine resté ; c'est l'heure où il retourne se coucher. Il se lève à 4 heures du mat'. Il est boulanger. Je lui ai annoncé la nouvelle alors qu'il était sur le chemin et il a tout de suite fait demi-tour pour venir me consoler. C'est vraiment affreux. Je n'arrive pas à réaliser. Pauvre professeure ! dit-elle, des sanglots dans la voix.

— Vous êtes ensemble depuis longtemps avec votre ami ?

— Depuis huit mois. Vous allez retrouver le type qui a fait ça ?

— Nous allons faire tout notre possible, mademoiselle, répondit Benjamin.

— Mais combien de temps ça peut prendre ?

— C'est difficile de se prononcer à l'avance. Certaines enquêtes mettent du temps : quelques jours, quelques semaines, parfois plus. Je peux vous dire que nous n'abandonnons jamais.

— Mais alors, il peut revenir à la pizzeria. C'est peut-être un tueur en série et il va revenir pour moi !

— Ne vous inquiétez pas, il n'y a aucune raison de penser qu'il serait susceptible de retourner au restaurant, la rassura le commissaire. Au contraire, il a plutôt intérêt à s'en éloigner et à se tenir tranquille. C'est une chance que votre ami l'ait vu. On va dresser un portrait-robot et les policiers de secteur vont être vigilants. Vous n'avez rien à craindre. En tout cas, si quelque chose vous revient en mémoire, n'hésitez pas à nous contacter.

— Oui, bien sûr.

10

Après l'avoir remercié, Stéphane et Benjamin prirent congé d'elle et se dirigèrent vers le bureau du chef d'équipe afin d'éplucher les témoignages pour un premier bilan. Legrand était installé à son bureau et Marie Morin au sien, Sophie Dubois étant assise sur une chaise près d'elle. Jérémy Lucas, qui venait de revenir de la RATP, était assis sur le bureau vide de Noël Normand, en congé maladie depuis une semaine. Ses pieds reposaient sur une chaise. Le commissaire Fontaine et le lieutenant Simon vinrent s'installer en face de Legrand.

La petite pièce, aux murs encombrés d'anciens posters de vieux films, sentait le chaud et la transpiration. Quelques instants auparavant, l'ami de la serveuse et le couple de retraités avaient été entendus ici même. Avec le nombre de policiers qui s'y trouvaient réunis et en comptant les allées et venues des officiers des huit autres groupes de la Crim, les murs essoufflés du 36 voyaient passer du beau monde et leurs oreilles étaient entraînées à confesse. Les fonctionnaires n'étaient pas juges, leurs collègues du Palais de justice à quelques centaines de mètres de là s'en chargeaient, mais plutôt témoins de choses graves et d'actes qui dépassaient parfois l'entendement…

Le groupe était en pleine discussion.

— Parfois, expliquait le lieutenant Lucas à la stagiaire, on marche sur des œufs entre les pressions politiques et médiatiques, et les exigences de notre hiérarchie. Mais quand une affaire sort, c'est comme après la naissance d'un môme. On oublie tout et on est prêt à recommencer.

— Hum hum. Ça se voit que tu n'as jamais accouché, plaisanta Marie.

— Moi, je dis qu'on ne fait pas d'omelette sans casser des œufs, rétorqua Legrand.

— C'est pour ça que tu es commandant et que Fontaine est commissaire, ironisa la policière. Parfois, il faut savoir mettre de l'eau dans son vin.

Elle était une amie de longue date du commandant et se permettait des remarques que le loup de mer acceptait contre toute attente. Il avait même l'air d'apprécier ses remontées de bretelles sur mesure. Il rouspétait alors pour la forme :

— L'« Adidas[1] », tu m'emmerdes. Je bois mon pinard pur, c'est comme dans la vie, pas de demi-mesure ! Ah, Stéphane. Bon, on se met au boulot ou on y passe la nuit ?

— On pourra visionner demain matin les bandes vidéo des caméras de surveillance de l'autobus dans lequel est monté le suspect, commença Jérémy. Il a été passé au peigne fin et j'ai fait faire des prélèvements

---

1. Adidas : jargon policier. Police en tenue, désigne un capitaine de police dont les galons supportent trois bandes.

plus particulièrement sur les barres. On aura les résultats dans deux jours.

— Impeccable, commenta Legrand. On pourra confronter les images à la description du témoin. C'est une sacrée veine que le petit copain de la serveuse soit passé par là. Bon, l'arme n'a pas été retrouvée sur les lieux du crime. On en saura plus avec les conclusions de Baudin pendant l'autopsie, mais a priori, les blessures ont été faites avec une arme blanche de type couteau. Ah, au fait, il y a un volontaire pour s'y coller ?

— Moi, ça ne me dérange pas, dit Marie.

— Ah non, tu veux que ton mari déclare la Troisième Guerre mondiale ? !

— T'as raison. En plus, on a prévu d'aller acheter les cadeaux de Noël aux garçons demain matin. J'ai deux petits gars de neuf et douze ans, précisa-t-elle à Sophie.

— Ouais, et elle oublie un peu trop souvent qu'ils ont plus besoin d'elle que nos macchabées...

— T'inquiète, j'ai aucune intention de leur acheter le jeu du docteur Maboul[1] ! s'écria-t-elle en éclatant de rire.

Tous l'imitèrent.

— L'autopsie est prévue pour quand ? demanda Stéphane.

— Pour demain matin, répondit Marie.

— Je me dévoue.

— Tu es sûr ?

— Oui. Si tu veux, tu peux venir avec moi, Sophie.

— Merci, lui sourit-elle.

---

1. Docteur Maboul : jeu de société où le joueur doit effectuer des opérations chirurgicales.

— Bien, revenons à nos moutons, trancha Legrand. Question numéro un : pourquoi attaquer la victime dans un endroit public alors que n'importe qui pouvait le surprendre à tout moment ? Question numéro deux : le mec aurait dû être couvert de sang, comment est-il passé inaperçu dans la rue ? Ces deux premiers constats nous entraînent plutôt sur la piste d'un homicide non prémédité, ou alors d'un meurtrier avec deux de QI ! D'autant plus que le mobile n'est pas le vol puisqu'on a retrouvé son sac intact. Je pencherais plutôt pour un mobile perso. Qu'est-ce que vous avez appris sur la victime ?

— D'après les déclarations de la serveuse, répondit Benjamin, Mme Delon était préoccupée par quelque chose ou par quelqu'un qui se trouvait dans la rue. Deuxième fait intéressant, elle ferait partie d'une association revendiquant le droit aux études pour les filles dont les familles sont défavorisées ou s'y opposent. Je te fiche mon billet que ça concerne des étudiantes habitant ou ayant habité dans les cités.

— À creuser. En tout cas, la victime n'était pas poursuivie. Elle n'a pas agi dans l'urgence. Elle a pris le temps d'ôter son manteau dans les toilettes et de le pendre, ainsi que son sac, elle s'est assise sur le trône, et c'est à cet instant qu'elle a été surprise par le tueur. Le petit loquet a été facilement cassé par un coup de pied dans la porte.

— On a dressé un portrait-robot du type qui l'a bousculée, intervint Marie. Une vingtaine d'années, corpulence moyenne, cheveux bruns mi-longs, porteur d'un blouson noir et d'un jean, baskets blanches.

— Le témoin a-t-il remarqué s'il y avait des traces de sang sur ses vêtements ? interrogea Legrand.

— Non, mais il se rappelle que le type gardait les mains dans les poches de son blouson, répondit Marie.
— Tu lui as montré l'album de famille[1] ?
— Oui, on a épluché des centaines de photos répertoriées dans le fichier. Pour l'instant, rien. Soit notre client est inconnu au bataillon, soit le témoin ne l'a pas reconnu.
— Bon, croisons les doigts pour qu'on identifie notre lascar sur les bandes d'enregistrement de la RATP. Demain matin à la première heure, je suis convoqué aux assiettes[2] pour une affaire d'homicide qu'on a traitée il y a cinq ans. On se fait un bilan à midi. Bonne soirée à tous, et revenez-moi en forme demain !

Alors que les policiers quittaient le bureau, Marie lança à Legrand :
— Tu as le temps de boire une bière ?
— T'as rien de mieux à foutre que d'aller t'en jeter une avec un vieux con comme moi ?
— C'est les vieux marins qui connaissent la musique, Legrand.
— Non mais sans blague, se rapprocha-t-il d'elle, arrête de te marrer tout le temps comme ça.
— Pourquoi, c'est interdit par la loi, commandant ?
— Oui, la loi de préservation du mariage, lui rétorqua-t-il sérieusement après avoir vérifié qu'ils étaient seuls.
— Tu fais chier avec ta morale. Je fais rien de mal.

---

1. Album de famille : jargon policier. Archives de photos des malfaiteurs arrêtés par les services de police.
2. Aux assiettes : aux assises.

— Y manquerait plus que ça. Tu sais, ne pas avoir envie de rentrer au bercail alors qu'on a trois jolis petits minois qui n'attendent que ça, c'est pas moins un péché...

Le visage de la policière s'assombrit.

— Tu dis rien, Morin ? Qu'est-ce qu'il y a, ma belle ? Y a de l'eau dans le gaz entre Paul et toi ?

— Non, même pas. Mais j'arrive pas à jouer la parfaite ménagère qui cuisine de bons petits plats à Popol. Même les gosses, j'ai plus la patience.

— Déconne pas, Marie, t'as un mari en or. C'est lui qui fait tout dans la baraque. Il savait bien avec qui il se mariait. Il ne t'a jamais demandé de ne pas jouer à Starsky et Hutch, que je sache.

— Je dis pas le contraire.

— Ben alors ?

— Alors, j'en sais rien, Legrand.

— Fais pas l'andouille, grande bique, tu veux pas te retrouver comme moi à l'âge de la ménopause. Regarde où j'en suis avec Zoé. Attends pas de les perdre pour comprendre que rien ne leur arrive à la cheville...

— Je sais bien que t'as raison.

— Alors arrête de faire la conne et file chez toi, allez, zou !

— OK, chef ! Et toi, tu en es où avec Zoé ? Elle passe Noël avec toi cette année ?

— Négatif.

— Mais ça fait déjà deux ans qu'elle ne vient pas.

— Eh ben, ça fera trois. Qu'est-ce que tu veux que j'y fasse. Elle est grande maintenant, elle a ses copains, sa vie...

— C'est pas une raison. Bon, en tout cas, tu es avec nous.

— On verra. Je vais pas m'incruster chaque année quand même.

— C'est tout vu. Tu vas pas passer le réveillon tout seul, ça m'empêcherait de digérer mes huîtres…

DEUXIÈME LETTRE

11

Le lendemain matin était arrivé trop vite, comme d'habitude. Stéphane avait franchi la porte de son appartement juste avant le lever du jour. Grisé par sa nuit riche en émotion, les couleurs et les odeurs particulières des ténèbres lui collaient encore à la peau. Cela faisait des mois que l'appel du crépuscule l'emportait sur son envie de dormir. Il repoussait ses limites chaque fois plus loin, ne récupérant ses heures de sommeil que quand son corps ne pouvait en supporter davantage. Mais aujourd'hui, il était rentré particulièrement fatigué et il commençait à avoir mal au crâne. Même sa fameuse douche bouillante d'une demi-heure n'avait pas prodigué l'effet escompté.

Installé sur son canapé en cuir marron, le policier trempa des biscuits dans son café au lait. Les langues de chat étaient ses préférés, d'autant plus qu'il détestait ces animaux. Enfant, il avait essayé de caresser celui du voisin et avait récolté un coup de griffe sur la main qui lui avait laissé, plus qu'une cicatrice fine, une animosité définitive pour ces félins qu'il jugeait imprévisibles et fourbes.

L'homme regardait par la fenêtre de son appartement au 3 quai de Conti. La pluie tombait à verse et il faisait encore sombre. Il fixa les flots agités et foncés qui épousaient les flancs du Pont-Neuf. Du haut du dernier étage, il avait une vue imprenable sur la Seine et l'extrémité occidentale de l'île de la Cité. La masse imposante des arbres du square du Vert-Galant dansait au rythme du vent et quelques lumières étaient déjà allumées dans les immeubles aux façades de briques et de pierres en face de lui. Des nuages de fumée s'échappaient de certains conduits de cheminées perchés sur les toits en ardoise pour s'évaporer en direction du ciel gris.

Son regard se tourna instinctivement vers le 36. De l'autre côté de la rive, sa masse imposante et solennelle le saluait depuis son enfance. La « maison pointue » avec son clocheton l'avait toujours fasciné. C'était elle qui l'avait appelé à être ce qu'il était aujourd'hui. Chaque nuit, le bâtiment ancestral et majestueux lui avait raconté des histoires policières dont il était le jeune héros, lui révélant d'incroyables secrets et l'entraînant dans ses couloirs mystérieux. Ses jambes de petit garçon l'avaient porté au-devant d'aventures extraordinaires qui s'étaient terminées inéluctablement par les félicitations chaleureuses du grand patron de la PJ en personne.

D'aussi loin qu'il pouvait se souvenir, il avait rêvé d'être policier, et surtout de travailler au Quai des Orfèvres. La perspective d'un déménagement de la PJ et du tribunal de grande instance de Paris vers le quartier des Batignolles dans une tour dont la construction devrait être achevée dans les cinq prochaines années lui faisait mal au cœur. Il préférait de loin travailler à l'étroit dans les locaux du 36 et espérait que cette hérésie n'aurait pas lieu de son vivant.

Un an avant qu'il ne réalise son souhait, son père était décédé alors que Stéphane étudiait à Saint-Cyr. Malgré sa peine immense, il avait décidé de poursuivre son cursus scolaire et avait investi tout son temps libre dans la formation de commissaire de police. Alors que les autres élèves rentraient chez eux les week-ends et les jours de fête, le jeune homme était resté à l'ENSP pour se perfectionner. Il avait noyé son chagrin dans ses bouquins et la maison de son enfance était restée fermée jusqu'à la fin de ses dix-huit mois d'étude. Il ne s'était senti prêt à la retrouver qu'à l'annonce de son affectation au Quai des Orfèvres. Il lui avait fallu plusieurs semaines pour affronter son passé, faire le deuil de son père et commencer à adopter cet appartement dont il avait hérité. Il avait reconstruit sa nouvelle vie quai de Conti, au rythme des enquêtes de la PJ, se renforçant à petites doses chaque fois qu'il gravissait les célèbres cent quarante-huit marches recouvertes du linoléum noir, emblème du lieu mythique.

12

À son arrivée au 36, Stéphane relut les phrases à même son bureau une énième fois. En prenant soin de ne rien toucher, il observa longuement le curieux message. Il était toujours aussi abasourdi par l'intensité de ces mots qui le pénétraient aussi violemment que des balles de gros calibre. Il sentit sa haine de l'injustice ravivée, tel un vieil ami qui refait surface. Il avait pourtant l'habitude d'enquêter sur les affaires de viol lorsqu'il travaillait à Orléans à la BPM[1]. C'était un sujet qui lui tenait à cœur. Dans un monde moderne où les limites étaient repoussées toujours plus loin, l'âge des agresseurs et de leurs proies diminuait sans cesse. Une affaire, où des adolescents de quinze et seize ans avaient violé une fille de leur classe dans une cave pendant tout le week-end alors que ses parents la croyaient chez une amie, l'avait particulièrement frappé. Il avait été outré de la réaction des jeunes qui semblaient ne pas comprendre la gravité de leur geste et avaient prétexté que la fille était

1. BPM : brigade de protection des mineurs.

d'accord pour picoler et était venue parce qu'elle le voulait bien. Ensuite, elle avait changé d'avis et avait voulu se faire la malle, mais c'était trop tard. Ils étaient déjà trop éméchés pour laisser « la salope s'en tirer à si bon compte ». Les coupables, du reste fils de comptable, de médecin, d'architecte et de notaire, n'avaient exprimé aucun regret, au contraire. Stéphane s'était alors posé de nombreuses questions sur le rôle de la société moderne et des représentants de la loi.

Encore empreint de ses souvenirs, il téléphona au chef de la Crim :

— Bonjour, Fontaine.

— Bonjour, patron. Il m'arrive une tuile.

— Qu'est-ce qui se passe ?

— Je viens de découvrir un truc incroyable.

— Vous avez un pépin sur l'affaire du boulevard Saint-Michel ?

— Pas vraiment, j'étais justement en train de faire un point pour vous mettre au courant.

— Alors quoi ? L'affaire de l'incendie dans le XIe ?

— Non plus.

— Eh bien !

— J'ai trouvé une lettre anonyme sur mon bureau.

— Comment ça ?

— Une femme a écrit un message dénonçant son agresseur, une histoire de viol. Il a été inscrit avec un marqueur noir à même le bois. Je l'ai vu par hasard en bougeant mon clavier.

— Qu'est-ce que c'est que cette histoire ? s'impatienta Jean-Paul Richard.

— Je sais, c'est dingue !

— Vous voulez dire qu'une personne a eu le culot de pénétrer dans votre bureau sans y être invitée et sans qu'on s'en aperçoive ?

— Oui. Et elle n'y va pas de main morte avec les détails.

— Pas croyable ! Bon, qu'est-ce qu'elle dit cette lettre ?

Stéphane la lut à haute voix. Il fit un effort pour que son intonation reste neutre, mais son air détaché ne faisait qu'amplifier la brutalité des mots. Le timbre de sa voix grave résonna dans sa tête en même temps qu'il articulait.

— C'est immonde, laissa échapper le commissaire Richard à la fin de la lecture.

— Oui.

— Aberrant ! se reprit-il. Tout bonnement aberrant. Qui a bien pu écrire ces mots sous le nez d'un commissaire ? !

— Oui, c'est complètement fou...

— Vous vous rendez compte de ce que ça implique au niveau de la sécurité du 36 ?

— Oui.

— Alors, si je comprends bien, on rentre chez nous comme dans un moulin à vent !

— C'est vrai que quand je me rends dans les autres bureaux ou que je reste dans le bâtiment, je ne ferme pas à clef.

— Tout le monde fait comme vous, Fontaine. Avec le passage qu'il y a chez nous, qui aurait imaginé un scénario pareil ? Dans le temps, les gens craignaient la police. De nos jours, il n'y a plus de respect pour rien.

— Je suis d'accord avec vous.

— Vous vous rendez compte que cette inconnue aurait pu se faire surprendre à tout moment ?

— Oui, et il lui aura fallu un certain temps pour écrire ces phrases.

— Sans aucun doute. Elle doit avoir un sacré motif pour avoir pris tant de risques.

— C'est peut-être un appel au secours.

— Appel au secours ou pas, la patronne ne va pas aimer ça. Dites-moi, Fontaine, qui a accès à votre bureau ?

— Tout le monde et personne. C'est-à-dire, heu… il suffit que j'aille chercher un café…

— Mais, l'interrompit-il, ces phrases ont forcément été écrites cette nuit. Sinon, vous vous en seriez aperçu avant, non ?

— Heu, en fait je les ai découvertes hier.

— Ah ?

— Oui, juste avant de partir sur l'affaire du boulevard Saint-Michel. Hier soir, on a fini tard et je me suis dit que ça n'urgeait pas vraiment.

— Cependant… cependant les messages anonymes ne me disent rien qui vaille. Il faudrait quand même savoir depuis quand ces phrases sont là, sous votre clavier.

— Alors là, c'est facile. Mon clavier est parti en réparation avant-hier et devrait d'ailleurs revenir aujourd'hui en fin d'après-midi.

— Ah ! Et il n'y avait rien d'écrit il y a deux jours ?

— Rien.

— Parfait, vous allez dresser votre emploi du temps exact des deux derniers jours et vous concentrer sur toutes les femmes qui sont entrées dans votre bureau ou qui y sont passées à proximité.

— D'accord.

— Ce détail du clavier envoyé en réparation, enchaîna Jean-Paul Richard, est un élément faisant pencher la balance pour une personne en interne. Sachant que le clavier reviendrait dans quelques jours, elle était assurée de la découverte rapide de son œuvre.

— Vous croyez que…

— Je ne crois rien pour l'instant, et je vous avouerai que je n'ai ni le temps ni l'envie de m'attarder sur une affaire qui n'en est pas une. Ce serait bien la première fois que le patron de la Crim gaspillerait l'argent du contribuable en enquêtant sur une affaire de lettre anonyme…

— Je m'en occupe.

— Je compte sur vous, Fontaine. Il ne faudrait pas que cette affaire s'ébruite. On appelle quand même discrètement un gars de l'identité judiciaire pour relever les empreintes, on ne sait jamais. Mais attention, motus et bouche cousue. Pour l'instant, vous naviguez en sous-marin.

— Compris.

— Vous m'informez dès que vous avez du nouveau. Après tout, c'est vous que cette victime a choisi pour mener l'enquête…

— Justement, cette lettre laisse sous-entendre que je suis impliqué.

— Ne dites pas de connerie. Allez, bon courage !

Stéphane se demanda si son patron avait été sincère. N'avait-il pas décelé dans sa voix une nuance de suspicion ? *Bon, c'est pas le moment d'être parano,* se reprit-il. *En tout cas, je me serais bien passé de ce dossier.* Il croulait sous le travail et cette histoire tombait vraiment mal. Par ailleurs, sans parvenir à en identifier la raison, il se sentait mal à l'aise face à la souffrance de cette femme, et son intuition de flic ne lui laissait rien présager de bon. De plus, Jacqueline Moreau, la directrice de la PJ, allait être mise dans la confidence, et *aucun doute,* se dit-il, *elle va détester cette situation grotesque où les policiers de la PJ sont défiés et accusés dans leur propre fief...*

13

Stéphane était assis en face de la secrétaire du procureur. Sa mine de caniche frisé et son regard en coin peu avenant lui confirmèrent qu'il n'était définitivement pas à sa place dans ce Palais de justice trop collet monté pour lui. Il transpirait sous sa veste mouillée et son genou le lançait à nouveau. Les trombes d'eau qui tombaient à l'extérieur n'étaient propices ni à son articulation ni à son moral.

Le climat diluvien s'accordait d'ailleurs parfaitement avec sa mauvaise humeur. Une multitude de questions concernant la teneur de l'étrange missive traversaient son esprit embrumé et il avait du mal à mettre de l'ordre dans ses idées. Tout en se passant la main dans les cheveux d'avant en arrière, il se demanda si l'auteur de cette lettre ne pouvait pas être une ancienne petite amie qui lui en voudrait.

— Non, dit-il à haute voix, ça ne colle pas.

Le policier fut gratifié d'un « Chuuuut ! » par la pimbêche qui avait pris un air exaspéré plus que de coutume sans daigner lever les yeux vers lui.

Pour avoir une telle soif de vengeance, réfléchit-il, *il faut un mobile sacrément plus important qu'une désillusion sentimentale. Et puis, je n'ai jamais rien promis à personne. Non, le bât blesse. Cette femme a subi un viol, il n'y a pas de doute. En partant de cette constatation, il ne me reste que deux hypothèses, puisque je suis le seul à savoir que je ne l'ai pas agressée. Soit la victime a choisi un interlocuteur au hasard pour lancer un appel au secours et elle s'adresse au titre de commissaire, soit elle m'a visé sciemment dans le but de me faire accuser à tort, auquel cas, elle a un sérieux contentieux avec moi.*

— Commissaire Fontaine, caqueta la secrétaire en pinçant des lèvres, entrez, je vous prie.

Stéphane fut surpris en pénétrant dans le cabinet du procureur : la pièce, habituellement pimpante, ressemblait à un champ de bataille. Des dossiers étaient empilés dans tous les coins, des cartons gisaient épars et les vieux tableaux à l'épais cadre noir avaient été décrochés des murs, marquant de leur sceau la peinture grise.

Christian Gérard était assis, en train de consulter un document. Une jeune femme, la trentaine, était installée à l'extrémité droite de son long bureau sophistiqué. Stéphane la trouva jolie malgré son allure de Barbie trop soignée et son col roulé rose bonbon. Elle détonnait avec le désordre qui régnait. Elle le fixa d'un air curieux tout en croisant les mains sur le dossier qu'elle venait de refermer. Sans lever les yeux, le procureur s'adressa à lui d'un air hautain :

— Veuillez ne pas tenir compte de ce foutoir, j'étais censé changer de bureau il y a déjà deux jours, mais les déménageurs en ont jugé autrement. Et avec les lenteurs de l'administration, je crains d'entamer la nouvelle année du pied gauche.

Ses gestes maniérés de reine d'Angleterre lui donnaient des allures de Premier ministre efféminé. Quelle que soit la saison, il avait l'air de revenir d'une journée à la plage après s'être badigeonné d'huile bronzante au carotène. Son nez ressemblait d'ailleurs à une carotte.

— Je vous présente Me Chantal, poursuivit-il. Elle prépare son doctorat de droit, sa thèse porte sur les magistrats du ministère public et elle est venue assister à une journée-type de « la magistrature debout ».

— Bonjour, maître, la salua Stéphane.

— Bonjour, commissaire, lui répondit-elle d'une voix forte et assurée qui contrastait avec le personnage.

Le policier se dit qu'une fois de plus, il ne fallait pas se fier aux apparences. Cette petite poupée maquillée devait se transformer en lion au moment de plaider aux assises. *Je me demande si c'est pareil au plumard,* ne put-il s'empêcher de s'interroger.

— Asseyez-vous, je vous en prie, commissaire. Ce serait plutôt à moi de me lever lors d'une audience, plaisanta-t-il en jetant un coup d'œil à l'avocate qui lui rendit son sourire. Bien, retournons à nos moutons si vous le voulez bien.

Stéphane ne demandait pas mieux. Il avait eu affaire de nombreuses fois à Christian Gérard et s'était heurté à son entêtement renommé. S'il émettait un avis et étayait une théorie sur une affaire, gare à celui qui viendrait le contredire. La présence de la jeune avocate risquait de compliquer la situation en gonflant son ego déjà prêt à éclater.

— Un témoin a vu un jeune homme sortir en courant de la pizzeria et monter dans un bus, avança Stéphane prudemment.

— Je vous remercie bien, je lirai la procédure. Je ne dis pas que votre suspect n'est pas le coupable, mais il me semble important de ne pas négliger la piste de la famille. Le mari par exemple, il peut très bien avoir payé quelqu'un pour faire le sale boulot à sa place.

Stéphane n'eut pas le courage de lui faire remarquer que la préméditation semblait peu probable étant donné les risques que le criminel avait encourus. Un professionnel aurait eu d'autres occasions de la tuer sans se faire remarquer. Pourquoi se mettre en péril dans un lieu public si ce n'était pour assouvir une pulsion incontrôlable ? Il garda le silence, mettant toutes les chances de son côté de quitter rapidement ce lieu qu'il exécrait.

— Ce n'est pas parce que le mari est professeur à la Sorbonne, qu'il doit être traité différemment. Les hommes sont égaux devant la justice, n'est-ce pas votre avis, mademoiselle ?

— Certainement, monsieur le procureur, certainement.

— Avez-vous des questions à poser au commissaire ? dit-il tout en feignant de lire la feuille posée devant lui.

Le magistrat prenait un malin plaisir à parler lentement, étirant ses phrases comme de la guimauve dégoulinante.

— Oui, j'en ai sur la procédure de la garde à vue. Dites-moi, commissaire, comment percevez-vous sur le terrain la nouvelle loi du 14 avril 2011 ?

— Ma foi, mieux que ce que nous avions envisagé. Je suppose que vous êtes pour ?

— Bien entendu. J'espère que vous aussi. C'est également dans votre intérêt que justice soit faite de façon équitable. Somme toute, cette réforme renforce les droits de la défense.

— Et les pouvoirs de l'avocat…

— Effectivement, elle nous place enfin au cœur des actes d'enquête. Mais vous savez, les avocats estiment que c'est encore très insuffisant et le Conseil constitutionnel doit encore se prononcer sur plusieurs dispositions contestées.

— Vous voyez, vous rajoutez de l'eau à mon moulin. Tout cela n'a pas de fin.

— C'est le prix à payer pour améliorer sans cesse les droits de l'homme, quel qu'il soit, innocent ou coupable. La Direction des affaires criminelles et des grâces a publié ses intentions dans un communiqué de presse et…

— Et le prix que les policiers payent, vous en tenez compte, maître ? Avec de tels arguments, pas étonnant que les flics croulent sous la paperasserie au lieu de faire leur boulot dans les rues…

— Vous feriez un très bon avocat, commissaire. En attendant, voici ma carte. Si toutefois vous aviez des besoins, n'hésitez pas…

Le sourire équivoque de la jeune femme lui fit douter de la nature des besoins en question. Stéphane lui retourna son sourire tout en se saisissant de sa carte. Un rapide coup d'œil lui confirma que son numéro de portable y était indiqué.

— Messieurs, je vous quitte. Je vous prie de m'excuser, mais j'ai un entretien avec le bâtonnier. Je vous retrouve tout à l'heure, monsieur le procureur ?

— Avec plaisir, maître.

Stéphane fut contraint de reconnaître que cette petite avocate avait de la repartie et que ses arguments tenaient la route, sous toutes les coutures… Cependant, il sentait ses forces l'abandonner progressivement. Ses tempes étaient lancinantes et ses mains gelées. Contre toute attente, ce fut le procureur qui lui sauva la mise.

— Bon, eh bien, il me semble que nous avons fait le tour de la question en ce qui concerne l'affaire Delon. Je désignerai le juge d'instruction ultérieurement.

— Très bien, réagit à peine Stéphane, soulagé.

— Tenez-moi informé des avancées de l'enquête, commissaire.

— Oui, monsieur le procureur, répondit-il d'une voix lasse.

Stéphane quitta les murs guindés du parquet le plus vite possible. Une fois à l'extérieur du Palais de justice, il inspira une grande bouffée d'air frais, comme s'il venait de sortir de prison. Il sentit l'oxygène réanimer sa poitrine oppressée, et sans tenir compte de la bruine, il emprunta le boulevard du Palais. Malgré le détour, il avait besoin de cet intermède.

Il traversa en direction du pont Saint-Michel et y fit une halte dans les premiers mètres. Il s'appuya sur la vaste balustrade en pierre et regarda en direction du 36. En fonction de l'endroit où il se trouvait, de son appartement quai de Conti, du Pont-Neuf, ou de là où il était, la vue était différente. Il ne se lassait pas d'observer de quelle manière la Seine venait se prosterner aux pieds du bâtiment plus que centenaire.

Puis, il longea le fleuve quai des Orfèvres en ne quittant pas les flots des yeux. Il repensa à la lettre et se demanda comment il pourrait travailler serein sachant que ces mots étaient ancrés juste sous son nez. Il réalisa alors l'impact d'une telle découverte et comprit qu'il n'aurait de cesse de retrouver l'auteur du viol, afin de se disculper, mais aussi et surtout, de rendre justice à sa victime…

14

Au moment où il passait le seuil de la PJ, le chef de la Crim lui téléphona pour le prier de venir dans son bureau. En y entrant, il fut surpris de le trouver en compagnie de deux individus.

— Ah, bonjour, Fontaine, on vous attendait.

— Bonjour, chef.

— Je vous présente Romain Langlois, agent de la police scientifique. Il est là pour votre histoire de lettre anonyme. Il va recueillir les empreintes digitales, ça pourra peut-être vous mettre sur une piste.

— Bonjour, commissaire, dit l'homme noir en lui tendant la main.

Stéphane remarqua ses muscles proéminents lorsque sa poignée de main lui écrasa quasiment les phalanges. Il envia ses épaules larges et son cou de taureau. Il fut étonné de voir un ASPTS dans le bureau de son patron et se demanda pour quelle raison ce dernier s'était finalement préoccupé de joindre la police scientifique. Par ailleurs, comment se faisait-il qu'un agent se soit déplacé si vite pour une affaire aussi insignifiante ?

— Bonjour, Romain, répondit-il. Appelle-moi Stéphane.

— Et voici Anne Bourdon, technicienne, enchaîna Jean-Paul Richard, également à la police scientifique, et experte en comparaison d'écritures manuscrites. Elle est la nièce de la patronne.

— Bonjour, mademoiselle.

— Bonjour, commissaire, dit-elle en lui serrant maladroitement la main.

Sa voix, à peine audible, se perdait vers le sol qu'elle ne quittait pas des yeux. Stéphane eut l'impression d'empoigner un poulpe froid. Lui-même était glacé et son mal de crâne ne faisait qu'empirer.

— Jacqueline a fait appel personnellement à sa nièce, poursuivit le commissaire divisionnaire, afin qu'elle nous donne son avis sur cette lettre.

— Ah ! réagit Stéphane, qui obtenait la réponse à sa question sur la présence de l'identité judiciaire sur les lieux.

— Oui, elle est furax. Elle tient absolument à régler cette affaire au plus vite et vous demande d'opérer avec la plus grande discrétion. Vous imaginez les répercussions sur l'opinion publique ? La presse serait friande de ce genre de scoop…

— C'est vrai, admit Stéphane, tout en dévisageant la nouvelle venue en cherchant les ressemblances avec la patronne de la PJ.

Le policier s'étonna de l'accoutrement de ladite nièce. Il s'improvisa un talent de journaliste de mode en son for intérieur : *le pantalon bouffant que porte notre ravissante Anne nous ramène à l'époque d'Aladin, avec des tissus en toile de jute qui grattent comme du papier de verre, d'une solidité à toute épreuve et idéal pour les mamans qui souhaitent jouer à la course en sac avec leur chère progéniture. Sa haute silhouette svelte met en valeur l'élégant gilet création « Serpillière » et épouse parfaitement le petit haut gruyère recouvert d'un châle à frange. Pour alléger le tout, un foulard couleur menthe dégouline jusqu'aux genoux, soulignant d'une touche de couleur la tenue dernier cri...*

Le commissaire divisionnaire ne perdait pas le fil, lui.

— Bref, vous avez quarante-huit heures pour me régler cette histoire. Vous y passez la soirée s'il le faut. Mlle Bourdon va vous épauler dans cette mission. Après avoir examiné le graphisme de la lettre et ses caractéristiques, elle dressera un profil de la victime. Elle fera ensuite une étude comparative avec l'écriture des policières travaillant à la Crim. Cantonnons-nous à la BC[1] dans un premier temps.

— Toutes les femmes ?

— Oui, il n'y en a pas tant que ça. Pour une centaine de fonctionnaires, environ une quinzaine, il me semble.

— Mais sous quel prétexte va-t-elle leur faire écrire ces phrases ?

— Il me faudrait au moins dix lignes manuscrites et leur signature, murmura l'experte, les yeux toujours baissés.

— Dix lignes ? !

— Oui, Fontaine, surenchérit le commissaire Richard. Et c'est vous qui allez les lui dénicher.

— Moi ?

— Oui, il faut gagner du temps. Pendant qu'elle planchera sur la lettre, vous passerez dans les services.

---

1. BC : brigade criminelle.

Et puis, vous les connaissez, alors qu'elle, pas. Ça sera forcément plus efficace.

— Mais qu'est-ce que je vais leur raconter ? Je ne peux quand même pas leur demander un autographe !

— Démerdez-vous, mon vieux. Inventez un bobard, n'importe lequel. On n'a pas vraiment le choix.

— Mouais.

— Vous opérerez discrètement en la faisant passer pour une élève commissaire. On ne peut malheureusement pas déménager votre bureau dans les locaux du labo comme si de rien n'était. Comprenez bien que si cette affaire s'ébruite, ça risque d'être la débandade. Il y a suffisamment d'histoires de viol dans la presse sans qu'on rajoute de l'huile sur le feu en soupçonnant le 36 d'abriter un violeur parmi ses policiers.

Ce que Stéphane comprenait surtout, c'est qu'il n'avait aucune envie d'avoir sur le dos ce *hibou blond sur échasses*. Avec le début de la procédure de l'affaire Delon, Legrand aux fesses, et ses autres affaires en cours dont un incendie criminel qui avait causé la mort d'un couple et de leur bébé, c'était bien la dernière chose dont il avait besoin…

15

Malgré ses protestations, Jean-Paul Richard ne voulut rien entendre, et c'est accompagné de ses deux acolytes du moment que le commissaire Fontaine se dirigea d'un pas rapide vers son bureau. Il croisa Benjamin Simon qui s'apprêtait à dévaler les larges escaliers du 36 baignés de la lumière blanche du plafonnier. La luminosité froide de cet endroit pourtant familier le dérangea pour la première fois.

Une main sur la rampe en bois usé, Benjamin interpella Stéphane :

— Ben, qu'est-ce que tu fous ? On a essayé de te joindre pour les vidéos de la RATP. Jérémy a réussi à les avoir plus tôt finalement.

— J'étais chez le patron.

— Ah bon. En tout cas, on a visionné les bandes d'enregistrement et la description correspond.

Soudain, le lieutenant remarqua la présence de Romain et d'Anne. Il s'arrêta de parler et interrogea Stéphane du regard.

— Anne Bourdon, commissaire stagiaire, et Romain Langlois, un ami de chez nous.

— Ah, d'accord, dit-il méfiant, en scrutant la mallette que portait Romain.

— Salut, dit Romain.

— Salut, bon alors je continue. Le gars a été filmé à son entrée dans l'autobus et on le voit se tenir à la barre quand il démarre. On ne devrait avoir le résultat des prélèvements effectués par Jérémy dans le bus que demain dans la journée. Je te jure, ils sont pas pressés à la police scientifique !

— De vrais flemmards…, ironisa Romain du haut de son mètre quatre-vingt-dix.

— Avec un peu de bol, il sera peut-être connu des fichiers, continua Benjamin sur sa lancée.

— Euh, oui, dit Stéphane de plus en plus mal à l'aise.

— Il faut que tu voies ça. Au début, le coupable regarde dehors complètement parano. Il est agité et tient son blouson contre lui. Il s'y agrippe et a l'air de vouloir cacher quelque chose. Peut-être le couteau, peut-être des taches de sang ?

— Excusez-moi, intervint timidement Anne, mais pour l'instant, il n'est que l'auteur présumé des faits, non ?

— Si, répondit Benjamin étonné. Et alors ?

— Vous avez dit coupable.

— Ah oui ?

— Oui, rougit-elle.

— Bon, je te laisse, coupa-t-il net. Je file à la Sorbonne pour essayer d'en savoir plus sur cette association dans laquelle la victime était bénévole. J'ai réussi à joindre la présidente qui donne des cours du soir.

— Impec, lança Stéphane soulagé, alors que ses tempes étaient sur le point d'éclater.

— À plus tard.

Sans adresser un mot de plus à Romain ou Anne, le lieutenant les quitta. Le commissaire reprit sa marche vers son bureau et poussa un soupir de soulagement en tournant la clef dans la serrure.

16

Dès que le commissaire eut refermé et verrouillé la porte derrière eux, Romain Langlois se mit au travail. Il enfila des gants jetables, un cache-cheveux et mit un masque. D'un ton jovial, il dit en montrant du doigt le poster accroché au mur :

— *Le crime était presque parfait.* J'adore Hitchcock.

— Oui, c'est un de ses meilleurs films.

— C'est vrai qu'un crime n'est jamais parfait. On est bien placé pour le savoir au labo. Toi aussi tu es fan d'Alfred, non, Anne ?

— Oui, murmura-t-elle.

— Bon, allons-y. Pas besoin de blouse, il faut pas exagérer quand même. Alors commissaire, qu'est-ce qu'on fait ?

— Stéphane, répéta-t-il. Bon, alors commence par les empreintes sur la table et tous les objets qui s'y trouvent, le clavier bien sûr, mon fauteuil aussi.

— OK. C'est pas banal comme histoire, commenta-t-il tout en s'exécutant.

Anne Bourdon se tenait dans un coin de la pièce. Raide comme un piquet, elle attendait patiemment son tour pour intervenir. Son sac en bandoulière était énorme et tirait son épaule vers le bas. Stéphane fit glisser la chaise des visiteurs vers elle.

— Asseyez-vous.
— Merci.
— Où travaillez-vous ?
— À l'INPS[1] de Paris, juste derrière, quai de l'Horloge. Depuis six ans, j'y suis technicienne dans la section documents et traces papillaires.
— Notre meilleur spécialiste en matière d'écriture manuscrite, précisa Romain en levant le nez.
— Très bien, dit Stéphane sans enthousiasme.
— Je t'assure, insista l'agent de la PTS. Elle est vraiment calée en graphologie.
— Je croyais que la graphologie n'était pas une science exacte ?
— Vous vous trompez, commissaire, osa Anne.
— Ah ?
— Oui, c'est une science humaine qui vise à dresser le portrait psychologique d'un individu à partir de l'observation de son écriture manuscrite. Elle est d'ailleurs largement utilisée en criminologie.
— Vraiment ?

Le ton moqueur du commissaire la vexa. Elle le trouva particulièrement désagréable avec ses airs de macho à la *Deux flics à Miami*. Habituellement, les officiers de police l'impressionnaient. *Mais celui-là, se dit-elle, est pathétique avec ses cheveux minutieusement ébouriffés et son costume trempé trop étroit.*

— Je vois que vous êtes sceptique, réagit-elle en haussant un peu la voix. Le vécu intérieur de chacun

---

1. INPS : Institut national de police scientifique.

de nous se traduit par cette manifestation matérielle qu'est l'écriture.

— Vous pouvez trouver dans l'écriture des signes de criminalité ?

— Non, il est malheureusement impossible de prévoir le passage à l'acte.

— Ah, vous me rassurez, mademoiselle Bourdon. J'ai cru un instant que vous alliez m'annoncer que le métier de policier allait bientôt faire partie des spécimens en voie de disparition...

— Hélas non, l'être humain se charge de parfaire ses connaissances en matière de cruauté et de bestialité... Mais en revanche, « commissaire », insista-t-elle sur le dernier mot, nous sommes en mesure de décrire le tempérament, les modalités spécifiques de réaction, les types d'attitude, les orientations, les préférences, les prédispositions, les points faibles qui peuvent déterminer un individu à commettre des actions blâmables ou condamnables.

— Rien que ça ?

Les répliques fusaient dans l'esprit de Stéphane. *Pour qui tu te prends, grande sauterelle ? Ou plutôt rate de laboratoire. Je vais te clouer le bec, moi, avec tes airs de savante et ton bla-bla universitaire. On dirait que tu me ressors des passages appris par cœur dans tes bouquins. Si tu crois m'impressionner, c'est raté ! Il n'y a pas que toi qui aies fait des études...*

— Oui, mais soyez rassuré. Dès que j'aurai fini mon rapport graphologique dont je vous invite à ne pas tenir compte, je comparerai les écritures des femmes travaillant à la brigade criminelle avec celle de l'auteur des lettres, une tâche purement scientifique, comme vous les aimez apparemment...

— Merci bien. C'est pour ça qu'on vous a fait venir, il me semble. Pour dénicher ce corbeau.

— Une fois de plus, je me vois dans l'obligation de vous contredire, commissaire. Cette femme est une victime, pas un corbeau.

— Le mot corbeau est employé ici pour désigner l'expéditeur de lettres anonymes, comme dans le film de Clouzot, mais je doute que nous ayons les mêmes références cinématographiques.

— Pour votre information, je suis fan de vieux films et je l'ai vu trois fois. Ceci étant, le corbeau de ce film accuse les destinataires des lettres qui ont effectivement des choses à se reprocher. Je suppose que vous conviendrez donc que ce terme est inapproprié dans notre cas ? À moins que…

— À moins que j'aie quelque chose à cacher, c'est ça ?

— C'est vous qui le dites.

Stéphane fulminait et avait du mal à refréner son envie de lui botter les fesses.

— Si vous n'y voyez pas d'inconvénient, nous pourrions l'appeler autrement.

— Comment ? La corneille ? !

— Pourquoi pas.

— Je plaisantais, mademoiselle Bourdon.

— Ah vraiment ? Je ne l'avais pas remarqué…

— Non, mais c'est vrai, intervint Romain tentant de faire diversion, je t'assure qu'on n'est pas tous des flemmards dans les labos, pour en revenir à ce que ton collègue a dit tout à l'heure.

— Ce n'est pas ce que je pense.

— Ah bon, tu me rassures.

Son air blagueur et le clin d'œil qui accompagna sa phrase détendirent un peu l'atmosphère. Stéphane le trouvait sympathique avec son accent du Sud et sa façon de parler avec les mains.

— Ne tiens pas compte de ce que Benjamin a dit tout à l'heure, c'était dans le feu de l'action.

— Et je suppose qu'il y a souvent le feu au 36 ?!

— Oui, répondit-il en souriant. Vous aussi vous avez pas mal de boulot. Ces derniers temps, de plus en plus de corps sont brûlés pour faire disparaître les traces d'ADN. Les meurtriers regardent aussi les séries policières apparemment.

— Ils peuvent toujours essayer de brouiller les pistes, on arrivera toujours à faire chanter le microscope, même si aujourd'hui on se sert plutôt de techniques plus sophistiquées. En tout cas, les criminels ont raison d'avoir peur de nous, même un corps carbonisé va livrer ses secrets.

— Oui, la police en blouse blanche est de plus en plus omniprésente dans l'imaginaire collectif, même si elle reste encore entourée de mystères. Ses capacités sont méconnues et de ce fait, elle est crainte. Ce qui n'est pas plus mal…

— Je suis d'accord avec toi.

Anne fixait le bout de ses Converse vertes assorties à son écharpe. Elle bougeait le fauteuil de droite à gauche d'un air lointain. La technicienne était inquiète. Elle n'était jamais allée sur le terrain. Contrairement à certains de ses collègues qui avaient débuté leur carrière en tant qu'agent spécialisé, elle n'était jamais allée sur les scènes de crime pour y recueillir des indices. Elle se sentait plus à son aise au laboratoire, rassurée par l'odeur des produits chimiques. Elle comprenait mieux le langage des infrarouges et des ultraviolets que celui des hommes.

Romain revint à la charge :

— Tu te souviens de l'affaire de Chamonix, Stéphane ? En 2009, quand on retrouve les corps calcinés d'un couple et de leurs deux enfants dans la cave de leur chalet de vacances de ski, on pense immédiatement au jeune frère de l'épouse qui avait déjà un casier. Seul fait qui ne concorde pas, la présence de dizaines de fax adressés au mari qui était promoteur. Les collègues du LPS 69[1], soupçonnant l'homme d'escroquerie sur les parcelles qu'il vendait, font appel à Anne, puisqu'ils n'ont pas de section « examen de documents ». L'analyse graphologique d'un des fax manuscrits révèle alors une écriture propre aux sujets schizoïdes. Elle appartient à un voisin résident, qui se met exagérément en avant en donnant de nombreuses interviews, comme c'est souvent le cas pour les meurtriers. Dès lors, l'enquête prend un nouveau tournant. Son caractère ambivalent et asocial vient confirmer l'analyse d'Anne et ses aveux ne tardent pas.

— Je reconnais que c'est intéressant.

La technicienne ne pipait mot. Elle regardait à présent ses mains croisées sur ses genoux tout en triturant ses doigts. Elle se remémorait les détails morbides de cette enquête de Chamonix pour laquelle elle s'était particulièrement investie. Une fois de plus, elle avait travaillé en solitaire face aux mots figés sur le papier,

---

1. LPS 69 : laboratoire de police scientifique de Lyon.

et ça avait payé. En se trouvant confrontée au commissaire aujourd'hui, elle réalisait à quel point elle avait eu raison de se réfugier dans son univers. Suivre les instructions d'un enquêteur comme Stéphane Fontaine, tout en gérant le stress engendré par la vision d'horreur des cadavres, aurait été au-dessus de ses forces. Elle se jugeait également incapable de réagir à chaud ou d'avoir les bons réflexes en situation de terrain. À part dans son travail où la minutie était une qualité, elle avait toujours été considérée comme trop lente. Elle se sentait à présent agressée par le cynisme du policier et n'avait qu'une envie : repartir avec Romain. Elle appréhendait de se retrouver seule avec cet homme trop sûr de lui.

— Bon, je crois que j'ai fait le tour de la question, conclut son collègue.

— Tu as bien insisté sur les accoudoirs de mon fauteuil ?

— Oui, je crois que j'ai tout ce qu'il nous faut. Je mets un technicien sur le coup en lui demandant de ne pas ébruiter l'affaire et je te tiens au courant ?

— Oui, parfait.

— Par contre, il faudrait que je prenne tes empreintes digitales pour qu'on puisse les différencier des autres.

— Ce sera bien la première fois que… Tiens, dit-il en lui tendant son pouce.

— Il y a une première fois à tout…

— Ouais, hein ? ajouta-t-il avec un sourire.

Anne hésitait sur la marche à suivre. Fournir une explication sur son éventuel départ la paniquait encore plus que de rester. Elle eut juste le temps de faire un petit signe de la main en direction de Romain avant de le voir disparaître. En professionnel expérimenté, l'agent n'avait pas lu la lettre. Cela aurait pu fausser son objectivité. Une des erreurs à éviter était d'arriver sur le terrain avec un jugement ou un *a priori*. Ne pas mener l'enquête et ne pas s'intéresser à la famille aidait à se détacher. L'enjeu était important : s'il ne relevait pas les bons indices à chaud, après il serait trop tard.

La jeune femme réalisa que pour elle, il était justement trop tard. Elle entendit le bruit du verrou qui se refermait sur elle et par là-même, lui clouait le bec. Elle était livrée à cet individu aussi imbu de lui-même qu'antipathique. Fermant les yeux, elle pria en son for intérieur pour trouver la force d'affronter aussi bien le policier que l'homme...

17

Resté seul avec l'experte, le commissaire remarqua que la jeune femme avait l'air de Coluche dans sa salopette avec son nez rouge et ses binocles. Croisant son regard inquisiteur, elle fourra son nez dans son sac pour y chercher bruyamment quelque chose. Dans sa précipitation, elle fit tomber une loupe sur le sol et répandit la moitié du contenu de son cabas vert pomme en se penchant pour la ramasser. Après avoir balbutié quelques mots d'excuse, elle fourra les objets en vrac dans son sac. Elle se leva enfin et vint s'asseoir dans le fauteuil de Stéphane. Celui-ci était resté debout dans l'embrasure de la porte à l'observer. Il trouva la scène comique, mais se garda bien de le montrer.

Il la vit ensuite approcher son nez assez près pour pouvoir déchiffrer les lettres minuscules. En silence, elle lut à son tour les phrases. Elle avala sa salive plusieurs fois et parcourut la lettre à trois reprises. L'air grave, elle examina la surface de la table avec sa loupe. L'experte scruta en détail plusieurs mots, revenant parfois en arrière et secouant la tête. Ses cheveux blonds comme les blés étaient attachés en chignon bas, quelques mèches venant se perdre dans son cou. Son visage sans maquillage était fin et sa peau blanche. Stéphane remarqua un léger frémissement au coin de ses lèvres bien dessinées. Elle leva alors le visage vers lui et il put y lire la consternation. Derrière ses lunettes démodées à monture blanche carrée en plastique épais, ses yeux bleus en amande exprimaient la tristesse et malgré lui, la jeune femme l'émut.

— Alors ?
— Je ne dispose pas des méthodes d'observation du labo, mais je peux déjà vous dire que la personne s'est servie d'un feutre indélébile noir. Pour ce qui est de la surface, il n'y a bien sûr rien à en dire, ce n'est pas comme si j'avais une qualité de papier sous la main.
— Autre chose ?
— Pour l'instant, non.
— Alors je vous laisse poursuivre votre analyse. Vous en aurez pour longtemps ?
— Oui, ça va prendre plusieurs heures.
— Je dois assister à une autopsie. Je vous propose de vous enfermer dans mon bureau pour ne pas éveiller la curiosité.
— D'accord, commissaire.
— Vous avez besoin d'autre chose ?
— Non merci.
— Très bien, alors j'essayerai de vous pêcher les éléments pour votre étude comparative plus tard.
— Qu'est-ce que vous allez leur dire ?
— Aucune idée ...

18

Le commissaire Fontaine conduisait la voiture de fonction en direction de l'Institut médico-légal, place Mazas. Toute cette histoire de lettre anonyme était invraisemblable, et sa coopération avec Anne Bourdon, ridicule. Malgré son animosité envers elle, il culpabilisait un peu de ne pas lui avoir proposé au moins un café. Après tout, elle était coincée dans son bureau pour plusieurs heures. Il se demanda ce qui avait pu le déranger à ce point chez la jeune femme. En dehors du fait qu'elle aurait pu être la fille de Mme de Fontenay et de Quasimodo, il était conscient que son antipathie venait d'ailleurs. Il essaya de se souvenir si elle lui faisait penser à quelqu'un, sans succès, et décida de la chasser de ses pensées.

Les décorations de Noël clignotaient par intermittence, pluies blanches sur les arbres bordant les allées, ou parures diverses accrochées au-dessus des rues de la capitale. Les passants se pressaient de rentrer au chaud, les bras chargés de paquets ou un attaché-case à la main. L'ambiance de fête détonnait avec l'humeur de Stéphane. Ce dernier avait allumé le chauffage à fond et l'air chaud commençait à devenir étouffant. Il en réduisit l'intensité tout en maintenant la température, remarquant le léger spasme des jambes de la stagiaire. Il savait exactement ce qu'elle ressentait, ils étaient tous passés par là : un mélange d'appréhension, de peur, de curiosité professionnelle et d'adrénaline, goût commun des officiers travaillant en PJ. Quasiment tous ressentaient le besoin de vivre des sensations fortes, d'avoir le cœur qui bat la chamade, les mains moites, le cerveau stimulé, les sens exacerbés, de travailler dans l'urgence. Et surtout de se sentir utile, de contribuer à soulager les familles des victimes en leur apportant le réconfort de la justice bien faite. Leur trajet le long de la Seine se déroula dans le silence jusqu'au quai de la Rapée.

Stéphane pensa au mari de la victime pour qui, ce Noël, et probablement tous ceux à venir, serait sans sapin. Il ne le comprenait que trop bien. Lui-même détestait cette période de l'année qui lui rappelait son drame personnel. Alors qu'il n'avait que huit ans, sa mère l'avait abandonné. Celle-ci avait subitement disparu, après avoir griffonné quelques phrases à son père, expliquant sans détour qu'elle était tombée amoureuse d'un homme d'affaires américain et qu'elle se devait de suivre sa destinée. Pour lui, son fils unique, en guise de cadeau de Noël, elle avait laissé la panoplie de policier qu'il avait tant espérée, avec tous ses accessoires : revolver, étui, matraque, képi, talkie-walkie, et même un carnet de contravention en bonne et due forme. En revenant de l'école le jour des vacances scolaires, alors que sa seule préoccupation était la rédaction de sa lettre au Père Noël, il avait trouvé son père assis par terre sous le sapin décoré du salon. Abattu et livide, il lui avait tendu le grand paquet sans un mot. L'enfant, innocent et candide, avait déchiré le papier cadeau avec enthousiasme et avait poussé un cri de joie dans l'effusion de l'instant. Ce ne fut que lorsque son père avait fondu en larmes, que le garçon comprit que quelque chose n'allait pas, et qu'il avait porté attention au billet qui accompagnait le cadeau empoisonné.

Malgré lui, il le connaissait par cœur :

Mon cher enfant,
Je ne te demande pas le pardon, je suppose que tu ne pourras jamais excuser mon acte. Mais j'espère qu'un jour, quand tu seras grand, tu me comprendras.
Tu seras toujours avec moi, où que j'aille.
Je t'aime de toutes mes forces.
Maman.

Stéphane haïssait ces mots. Il les trouvait pire que le silence. Non, elle n'avait pas été avec lui toutes ces années. Sinon, comment expliquer le frisson qui lui parcourait l'échine lorsqu'il posait ses yeux sur la photographie de mariage en noir et blanc que son père avait laissée à sa place sur l'étagère ? Sinon, pourquoi ne se souvenait-il plus du son de sa voix ? Eh non, il ne comprenait pas. Peut-être n'était-il pas suffisamment mature pour ses trente-six ans. Peut-être ne voulait-il tout simplement pas grandir pour ne pas avoir à comprendre. Peut-être que si « aimer de toutes ses forces » voulait dire ça, il préférait qu'aucune femme ne l'aime, justement.

Non, il n'était effectivement pas en mesure de pardonner…

19

Suivi de Sophie Dubois, le commissaire marchait dans le couloir, soumis à la lumière crue des néons de la morgue. L'odeur caractéristique lui transperça les narines et perfora son crâne jusqu'à ses tempes qui ne lui laissaient pas un instant de répit. Il exécrait ces relents de produits chimiques mêlés à ceux de la chair et du sang. Ils lui rappelaient les émanations provenant des tripes de grenouille qu'on l'obligeait à disséquer en classe de chimie au collège. C'était l'association que son cerveau avait faite, mais il savait que pour Sophie, cette odeur rappellerait autre chose. Chacun faisait l'amalgame à sa façon.

Tout en suivant le légiste d'un pas lent, Stéphane se demanda quel était celui du professeur, lui qui baignait dans cette ambiance quotidiennement. *L'arrière de son crâne chauve,* remarqua-t-il, *brille autant que ses chaussures vernies noires qu'il doit astiquer avec le perfectionnisme qui lui est propre, c'est le cas de le dire.*

Le petit homme avançait rapidement tandis que ses pas résonnaient, ce qui creusa un écart avec les policiers. Sans prendre la peine de les attendre, le maître des lieux pénétra dans la salle d'autopsie, puis la porte se referma sur lui.

— On y va ? interrogea Stéphane.

— On y va, répondit Sophie.

Le commissaire poussa la porte du sas d'accès qui faisait office de vestiaire. Ils ôtèrent leur manteau et revêtirent des surchaussures à usage unique. Ils étaient présents en tant qu'observateurs et resteraient loin du corps pour éviter tout risque de transmission de germes, la pullulation microbienne étant particulièrement virulente après le décès. Stéphane invita ensuite la stagiaire à passer en premier, une vieille habitude qui lui permettait d'admirer à loisir les fesses de ces dames.

— Ladies first !

Baudin avait eu le temps de revêtir une blouse de protection imperméable et un tablier plastifié blancs, aidé par sa collaboratrice elle-même parée d'un masque et de gants chirurgicaux. Elle avait préparé une table avec des instruments au manche inaltérable et des scies protégées par un manchon en plastique. La table d'autopsie en inox avec évacuation au tout-à-l'égout avait été trop astiquée pour être innocente. Elle brillait dangereusement telle la lame d'une guillotine. Tout en enfilant ses gants métalliques entre deux paires de gants chirurgicaux, le professeur interrogea d'une voix mielleuse :

— Mademoiselle ?

— Je vous présente Sophie Dubois, elle est stagiaire chez nous. C'est sa première autopsie.

— Eh bien, bonjour, mademoiselle. N'ayez pas peur, ici, les cadavres ne vous mordront pas. Ce n'est pas comme à la PJ où vous devez être constamment sur le qui-vive, avec tous ces voyous qui vous insultent. Tout compte fait, je me demande si ce n'est pas des mauvaises manières des officiers dont vous devriez plutôt vous méfier…

— Je vous remercie pour vos recommandations, professeur, ironisa Stéphane. Pouvons-nous commencer ?

— Bien entendu.

— Avez-vous pu déterminer l'heure de la mort ?

— Évidemment. Ce cas d'école est d'une simplicité… Les premières rigidités faciales ont débuté à mon retour à 14 h 35. Sachant qu'elles apparaissent au bout de la troisième heure après le décès – ces précisions sont pour Mlle Dubois – l'heure de la mort est donc fixée à 11 h 35 exactement. Voyez-vous, mademoiselle, cette rigidité est liée à l'acidité qui augmente dans les tissus. Elle est due à la détérioration du glycogène présent dans les muscles. Il y a alors apparition d'une acidose qui fait perdre de la souplesse aux tissus.

Satisfait de son explication, Baudin resta silencieux quelques secondes, attendant apparemment les questions passionnées de la stagiaire qui ne vinrent pas. Quelque peu déçu, il poursuivit :

— Ceci étant, ces 11 h 45 ne correspondent pas exactement aux conclusions découlant de la prise de température du corps sur les lieux du crime. Mais il me reste à déterminer une inconnue : la température initiale était peut-être supérieure à 37 °C, auquel cas, les deux estimations coïncideraient. Nous verrons bien.

Le médecin mit ses lunettes de protection fermées sur les côtés et sortit de sa poche un petit magnétophone qu'il mit en route. Toutes ses observations y seraient enregistrées au fur et à mesure de l'autopsie, puis retranscrites par écrit dans le rapport qu'il adresserait au procureur de la République. Il y joindrait également les photographies de la victime et de ses blessures réalisées par ses soins. Sa collaboratrice découvrit le corps nu de Mme Delon et Stéphane perçut le léger sursaut de Sophie. Ils se tenaient debout l'un à côté de l'autre, face au professeur. Ce dernier commença ses constatations :

— La victime est une femme de couleur blanche. La masse graisseuse importante indique un surpoids conséquent. Elle ne devait pas s'adonner à un entretien physique régulier. Taille : 1 m 56, tour de bassin : 110 centimètres, tour de taille : 84 centimètres, tour de poitrine : 101 centimètres et dessous de poitrine : 84 centimètres. Je constate trois blessures de nature similaire au niveau du thorax causées par une arme blanche :

Plaie n° 1 à hauteur du cœur. Mesures : épaisseur 5 millimètres, largeur 40 millimètres, profondeur 166 millimètres.

Plaie n° 2 à 2,16 cm sur le même plan à gauche de la blessure n° 1, transperçant le torse de part en part, l'orifice de sortie se trouvant sur le côté gauche de l'omoplate. Mesures : épaisseur 5 millimètres, largeur 40 millimètres, profondeur 102 millimètres.

Plaie n° 3 au niveau de la clavicule gauche. Mesures : épaisseur 5 millimètres, largeur 40 millimètres, profondeur 86 millimètres.

Je les photographie et fais un dessin représentant l'ensemble des blessures. Les deux coups près du cœur ont été violents, je constate des marques autour des plaies qui confirment que la lame a été enfoncée jusqu'au pommeau. Les abords sont lisses et l'arme du crime pourrait être un couteau dont la pointe est centrée avec un léger contre-tranchant pour faciliter une meilleure pénétration. On retrouve ce type d'article en vente libre dans les magasins spécialisés pour la chasse. Pour savoir quelle blessure a perforé le cœur et causé la mort, il faudra attendre l'ouverture du corps, même si le diagnostic des circonstances de la mort paraît évident à l'œil nu.

En passant le corps aux rayons X, j'analyse la peau de la victime à la recherche de traces de violence. En plus des ecchymoses autour des plaies, j'en constate une large au niveau de la paume droite de la joue et une autre en haut du front. L'emmêlement de la chevelure laisse supposer que le tueur lui a attrapé les cheveux pour la maintenir de force. L'utilisation des lasers va me permettre de déceler la présence d'éventuelles empreintes digitales sur la peau. Je peigne les cheveux à la recherche d'une matière étrangère et je récolte un grand nombre de lambeaux épidermiques qui se détachent du cuir chevelu. La victime souffrait de pityriasis, affection très fréquente caractérisée par l'apparition de squames ou « pellicules » qui sont ici graisseuses et reposent sur une peau séborrhéique. Je joindrai ces échantillons aux prélèvements pour le laboratoire en espérant y trouver des fragments de peau du tueur. Je prélève également les rognures d'ongles au niveau des mains de la victime dans le même but. Il est à noter qu'elle a une cicatrice ancienne de type laparotomie au niveau de l'abdomen et une autre plus petite sur le quadriceps droit.

Le commissaire Fontaine se crispa lorsqu'il vit Baudin se saisir de son scalpel. Il savait pertinemment ce que cela signifiait et observait Sophie du coin de l'œil. Lui-même eut un pincement de cœur quand le légiste posa la lame sur la peau blafarde. Ce dernier pratiqua une incision longue et profonde du menton jusqu'aux organes génitaux de manière à laisser apparaître la cage thoracique et la cavité abdominale renfermant les organes. Une odeur âcre envahit la pièce. C'était l'instant que Stéphane redoutait le plus, son sens de l'odorat étant particulièrement développé. Il remarqua que Sophie restait de marbre, bombant le torse, mains croisées dans le dos. Il ne sut dire si cela était un bon présage, mais il reconnut qu'elle avait du cran. Le médecin continuait son examen :

— Je procède à la section des côtes afin d'accéder aux principaux organes : cœur, poumons, foie, rate, pancréas, estomac, reins et intestins. Je constate que la lame a perforé le cœur lors de la blessure n° 1 et qu'elle a provoqué une hémorragie interne, causant la mort. Les blessures n° 2 et n° 3 ont été effectuées alors que la victime était déjà morte, l'intensité des coups s'amenuisant à chaque nouvelle frappe.

Le professeur, assisté de sa collaboratrice qui amortissait largement le matériel en utilisant sans relâche le système d'aspiration à usage unique, extrayait tous les organes du corps et les pesait un à un sur une balance protégée par un film plastique. Il observait leur aspect général, leur forme, leur couleur, afin de détecter d'éventuelles maladies. Puis, il les disséquait sur une plaque à découper les organes en Téflon pour être sûr qu'ils ne cachent aucune pathologie.

Malgré la tragédie du moment, Stéphane sourit en imaginant le crâne d'œuf de Baudin recouvert d'une toque de chef cuisinier aussi haute que lui. Ce fut au moment où le légiste passa au crible les sept mètres de long du gros intestin que Sophie se précipita vers la sortie en courant, main devant la bouche. Elle disparut en laissant la porte grande ouverte. Stéphane eut tout juste le temps de lui crier :

— Première à droite !

Sans même lever les yeux, Baudin continua d'enregistrer ses commentaires comme si de rien n'était. Sa froideur et son indifférence irritèrent le policier. Elles allaient bien au-delà du détachement assimilé à sa profession. Sans s'excuser, il sortit à son tour, claquant la porte derrière lui. Dans le couloir, la voix du petit homme lui parvint lointaine :

— Les trois segments du gros intestin, cæcum, côlon et rectum, sont sains. Le stockage des matières fécales dans l'ampoule rectale n'est pas…

Stéphane s'adossa au mur face à l'entrée des toilettes. Il attendit quelques minutes que Sophie en sorte. Son visage pâle accentuait ses grands yeux noirs qui étaient gonflés. En plus de vomir, le policier se dit qu'elle avait dû pleurer. Ses cheveux à hauteur du front étaient mouillés.

— Ça va, Sophie ?
— On fait aller, murmura-t-elle.
— Tu te sens mieux ?
— Pas vraiment.
— Tu veux m'attendre dans la salle de repos ? Tu pourras y boire un café.
— Non merci.
— Un thé ?
— Non merci.
— Un chocolat au lait ?
— Non plus, merci, finit-elle par sourire.

— Non mais sans blague, tu n'es pas obligée d'y assister jusqu'au bout.

— Si, c'est important pour moi.

— Tu as déjà bien assuré. Je peux te dire que Baudin s'attendait à ce que tu sortes beaucoup plus vite.

— Ah bon ?

— Oui, tu es plutôt au-dessus de la moyenne.

— Tu veux dire que ça fait ça à tout le monde ?

— Oui. Et ceux qui se vantent du contraire, je ne les crois pas.

Cette fille lui plaisait. Non seulement pour son physique, mais aussi pour sa ténacité. Se rapprochant d'elle, il lui murmura à l'oreille :

— Et quand bien même, qu'est-ce que ça prouve ? Dégobiller ses boyaux n'a jamais empêché personne d'être un bon flic...

— C'est vrai.

— Ni une belle femme.

— Vraiment ? ajouta-t-elle.

Elle sourit et passa ses bras autour de son cou.

— Vraiment, lui susurra-t-il en pressant son corps contre le sien.

— Tu sais, j'ai un petit copain et je crois que c'est du sérieux.

— Moi, je n'ai pas de petite amie et je n'ai pas l'intention d'en avoir.

— Je l'aime, mais au lit, c'est... disons que...

La porte battante des toilettes s'ouvrit. Le couple s'y engagea en restant collé, puis Stéphane posa sa bouche sur l'oreille de la stagiaire en murmurant :

— J'espère seulement que pour ta première fois, tu ne garderas pas un trop mauvais souvenir...

20

De retour au 36, Stéphane se rendit directement dans les bureaux du groupe de Legrand. Il trouva les officiers prêts à commencer la réunion.

— Qu'est-ce qui t'arrive, Legrand ? demanda Jérémy. T'en tires une tronche.

— J'ai que ça m'emmerde d'avoir perdu ma matinée aux assises. Je peux plus blairer ce panier de crabes.

— Qu'est-ce qui s'est passé ? s'enquit Marie.

— Rien, mais les « bonjour maître par-ci et bonjour monsieur le juge par-là », et que je te salue bien bas, et que je te fais un sourire de faux-cul, c'est plus de mon âge.

— Si je me souviens bien, ça ne l'a jamais été.

— C'est vrai, bougonna-t-il. Mais aujourd'hui, plus que jamais. Bon, alors où on en est avec l'avis de recherche ?

— On a tiré une centaine de photos, répondit Jérémy. J'espère qu'ils ont enfin acheté du papier recyclé.

— Tu rêves, au prix que ça coûte…

— Du moment que ça ne touche pas directement ton petit confort, tu te fous de tout. C'est ta fille et ses enfants qui devront vivre dans la pourriture que nous leur laisserons, si ça continue comme ça…

— Tu vas finir par avoir du gazon à la place des cheveux !

— Très drôle.

— On va distribuer une cinquantaine de photos à la RATP, coupa Marie. Sophie, tu viendras avec moi cet après-midi. On passera surtout à Magenta, la station de métro où le suspect est descendu du bus.

— D'accord.

— Au fait, et cette première autopsie ?

— C'était bien, euh, je veux dire que c'était moins pire que ce que j'avais imaginé.

— Elle s'est très bien débrouillée, vint Stéphane à sa rescousse.

La jeune femme prit soin de ne pas croiser son regard, mais malgré tout, ses joues s'empourprèrent.

— J'irai diffuser aussi l'info dans les commissariats des environs, intervint Jérémy d'un ton boudeur.

— Bon, c'est pas tout ça les gars, continua Legrand, mais on ne connaît toujours pas le mobile. Benjamin, tu as appris quelque chose d'intéressant à la fac ?

— Et comment ! La présidente de l'association Touche pas à ma fac m'a reçu hier soir dans les murs de la Sorbonne.

— Et ? s'impatienta le commandant.

— La victime s'investissait énormément pour cette association qui consiste à aider les jeunes qui souhaitent poursuivre des études supérieures malgré l'opposition de leur famille. En pratique, la majorité des étudiants qui viennent demander de l'aide sont des filles vivant en milieu défavorisé. L'entourage conteste leur droit à s'instruire et use souvent de la force pour les en dissuader : du père qui veut marier sa fille contre son gré, aux frères qui préservent l'honneur de la famille en les empêchant de sortir de la maison. Plus d'une fois, la directrice de l'association a dû faire appel à la police pour canaliser les débordements.

— Mme Delon était-elle présente lors d'une de ces altercations ? demanda Stéphane.

— Non, mais ces derniers temps, elle s'était particulièrement engagée avec une jeune fille de la cité des Boullereaux à Champigny.

— Ce n'est pas vraiment le genre d'endroit où ils ont pour habitude de s'asseoir sur les bancs de la fac, dit Marie.

— Pas franchement le choix quand on vit dans ces cages à poules, maugréa Jérémy.

— Ah ça, c'est sûr qu'ils ont d'autres priorités que le tri des déchets…, ironisa Legrand.

— La ligne E du RER dessert la commune, précisa Stéphane. On peut supposer qu'il l'a pris à Magenta pour rentrer à la cité.

— Oui, enchaîna Legrand, ça se tient.

— J'ai convoqué l'étudiante à 14 heures, j'espère qu'elle viendra. Je voulais que tu sois rentré du tribunal.

— Bien vu, Benjamin, et si elle ne se pointe pas, il faudra qu'on aille la chercher.

— On préfère s'en passer, commenta Marie.

— On n'aura pas le choix si elle se dégonfle. Ce sera toujours mieux que de se balader aux Boullereaux en montrant la photo du mec à tout le monde. Allez, au boulot, ordonna Legrand.

Au moment où Stéphane se levait, Benjamin le harponna en souriant d'un air entendu.

— Eh Steph, pas mal ta stagiaire !

— Tu te fous de ma gueule ?

— Non, sans blague. Elle a l'air, disons… pas comme les autres, s'esclaffa-t-il.

— Tu es vache.

— Elle n'est pas franchement dégourdie, rit Benjamin de plus belle. Tu es sûr qu'elle ne s'est pas trompée de crémerie ? Je la verrais plutôt chez Jean-Paul Gaultier, mais alors, dans le rayon mode pour bonnes sœurs…

— C'est ça, c'est ça, l'ignora Stéphane en sortant.

Il fit mine de se diriger vers son bureau, puis attendit dans le couloir. Il se passa la main dans les cheveux en s'appuyant contre le mur. Il resta planté là deux bonnes minutes jusqu'à ce qu'il voie Marie surgir avec Sophie.

— Ah Marie, l'interpella-t-il.

— Stéphane ?

— Je voudrais te demander un service.

— Quoi ?

— Je vous laisse, rougit la stagiaire qui ouvrait des yeux ronds.

— Non, non. Toi aussi.

— Quoi, elle aussi ? s'étonna Marie.

— Voilà, heu… Ma cousine fait des études de graphologie et sa thèse porte sur les femmes travaillant dans un univers d'hommes. Elle a besoin d'une dizaine de lignes manuscrites avec signature pour constituer ses stats et j'ai promis de l'aider. J'ai pensé que si vous, enfin… Quelques minutes…

— Pas de problème, hein Sophie ?

— Oui, bien sûr, acquiesça celle-ci, visiblement soulagée.

— Ah merci, c'est super sympa.
— On pourra avoir les résultats ensuite ? demanda Marie.
— Euh, je ne sais pas vraiment, mais il me semble que c'est un questionnaire anonyme.
— Ah, tans pis, ça aurait pu être intéressant. On s'en occupe dès qu'on rentre.
— Non !
— Comment ?
— Non, je suis confus, mais j'en ai besoin tout de suite. Je lui avais promis de m'en charger la semaine dernière et j'ai oublié. Si tu pouvais me faire ça maintenant, ça m'arrangerait vraiment.
— Bon, d'accord. Donne-nous cinq minutes.
— Merci.

Il fit les cent pas en les attendant. Il avait l'impression de s'être ridiculisé. Sophie avait été au bord de l'apoplexie et Marie l'avait regardé bizarrement. Il détestait ce qu'il était en train de faire et bougonna en pensant qu'il devrait répéter ce petit manège une bonne dizaine de fois encore. Il sentait son mal de crâne revenir au galop. Il sortit de sa poche de pantalon un paquet de Kleenex et se moucha énergiquement. *Il ne manquerait plus que je me sois enrhumé,* remarqua-t-il. *Ce n'est vraiment pas le moment...*

21

Fier de son butin, Stéphane franchit la porte de son bureau en brandissant les feuilles qu'il avait soutirées aux deux policières. Anne Bourdon, absorbée par sa tâche, hocha la tête sans lever les yeux.

— C'est tout ce que vous trouvez à dire après tout le mal que je me suis donné ?

— Ah, oui, excusez-moi. J'étais concentrée sur le t.

— Pardon ?

— Oui, la lettre t.

— Comment ça ?

— Oui, la barre de t descendante montre que le sujet vit des sentiments d'impuissance et manque de confiance pour l'avenir.

— Ah ?

— Au fait, bravo pour les échantillons.

— Merci, mais j'ai eu l'air d'un con.

— Qu'est-ce que vous leur avez dit ?

— Je leur ai raconté un bobard sur une prétendue cousine qui préparait un mémoire sur les femmes évoluant dans un milieu professionnel masculin.

— Très inventif.

— N'est-ce pas ? Je ne suis pas certain qu'elles aient avalé la pilule, mais bon.

— L'essentiel est que je puisse commencer à comparer les écritures.

— Vous vous rendez compte que je bosse avec ces femmes ? Ce sont mes collègues de travail, certaines d'entre elles, heu… enfin, bon passons. Et je suis là, à les soupçonner de… de… je ne sais trop quoi d'ailleurs…

— Je comprends.

— Non, vous ne pouvez pas comprendre ! s'emporta-t-il. Et puis, j'en ai ma claque.

— Mais je…

— J'ai l'impression de les trahir, cria-t-il.

— Vous ne…

— Oh, et puis ce putain de mal de tronche !

— Est-ce que je peux…

— Non, vous ne pouvez pas. On ne nous a pas passé les menottes ensemble, que je sache.

Debout face à elle, il regretta immédiatement ses paroles. Ne sachant quoi dire, il fit quelques pas alors qu'elle fixait ses notes. Elle remonta ses lunettes plusieurs fois d'affilée en se frottant le nez. Il remarqua qu'elle était sur le point de pleurer. Mal à l'aise, il s'adoucit :

— Je suis désolé. Ça n'a rien à voir avec vous.

Face à son mutisme, il dit d'une traite :

— Je me doute que vous non plus, vous ne devez pas vous sentir dans votre élément. J'ai été injuste avec vous. Voulez-vous un café ?

Elle secoua la tête en pinçant les lèvres. Stéphane eut l'impression qu'elle faisait un effort pour ne pas fondre en larmes. Il détourna le regard et crut l'entendre sangloter. Ils restèrent ainsi plusieurs minutes, jusqu'à ce que la sonnerie du téléphone ne vienne rompre ce silence pesant.

Ne le regarde pas, ce sale flic prétentieux, ignore-le, ne pense pas à ce qu'il vient de dire. Il n'est pas là, il n'existe pas, il ne peut pas te toucher. Des pensées en vrac se mirent à se bousculer dans la tête d'Anne qui fit un effort pour penser à autre chose. Elle se demanda s'il ne restait pas des bouts de chocolat coincés entre ses dents. Ce matin, elle n'avait pas résisté à la tentation d'acheter deux pains au chocolat chauds en passant devant la boulangerie de sa rue. Elle avait mangé le deuxième quelques minutes avant l'arrivée de Stéphane et le regrettait. Elle avait de moins en moins de volonté face aux pâtisseries et sucreries qui lui faisaient de l'œil de façon éhontée, et elle allait devoir en payer le prix.

Afin de désamorcer la bombe d'effusion de sentiments prête à exploser, la jeune femme se força à faire défiler les images rassurantes de son quotidien. En sortant de chez elle, elle avait respiré les odeurs du quartier comme chaque jour. Elle les connaissait bien pour les avoir souvent côtoyées durant son enfance. Elle avait eu l'habitude de passer tous les samedis chez sa marraine, dans ce même appartement du XIVe arrondissement qui était le sien aujourd'hui. À la mort de la vieille dame qui ne s'était jamais mariée, elle en avait hérité. Très attachée à elle, la jeune fille avait conservé le grand trois-pièces en l'état, gardant sous la main les souvenirs qu'elle chérissait tant. Les meubles anciens Louis-Philippe se mariaient parfaitement avec les couleurs douces qu'Anne avait choisies pour les rideaux, nappes et draps. Les lignes droites et la sobriété du mobilier symbolisaient le caractère des deux femmes qui appréciaient la franchise et l'humilité.

Stéphane la fit sursauter en s'adressant soudain à elle :

— Venez, on va avoir besoin de vous.
— Qu'est-ce qui se passe ?
— Notre corneille a encore fait des siennes...

22

Le commissaire et l'experte se retrouvèrent rue de Harlay, perpendiculairement au Quai des Orfèvres sur le côté de la PJ. Huit gendarmes étaient attroupés autour d'un fourgon de gendarmerie bleu flambant neuf. Un gardien de la paix était en pleine discussion avec un des gradés. Stéphane reconnut le major de police Dutronc. Celui-ci vint à sa rencontre.

— Bonjour, commissaire.

— Bonjour, major.

— C'est la patronne qui m'a dit d'appeler votre chef. J'avais pas envie de la déranger pour un truc pareil, mais quand j'ai lu l'inscription, j'ai compris qu'il y avait quelque chose qui ne tournait pas rond. Elle a dit qu'elle serait de retour au 36 avant le pot de ce soir.

— Vous avez bien fait. Voici Mlle Bourdon, stagiaire chez nous.

— Mademoiselle. Le brigadier René et ses gars ont été appelés dans le VIIIe tout à l'heure. En ouvrant la porte du fourgon des escadrons de gendarmerie mobile C2, ils ont immédiatement remarqué les phrases inscrites sur la fenêtre, dès qu'on monte en face, côté intérieur. Au début, ils ont pensé à un graffiti, mais après avoir lu, ils m'ont tout de suite prévenu.

— Quelqu'un d'autre est au courant ?
— Non, j'ai suivi les instructions de Mme Moreau.
— Très bien. Allons-y.

Suivis d'Anne, les deux hommes se dirigèrent vers le véhicule qui stationnait entre deux autres fourgons numérotés C1 et A2. Le major resta sur le trottoir alors qu'il invitait Stéphane et son accompagnatrice à monter. Tous deux grimpèrent dans la camionnette par la porte coulissante. La première rangée de sièges était rabattue, ce qui leur facilita la tâche et leur permit de se retrouver immédiatement nez à nez avec l'inscription. Étant donné l'exiguïté du lieu, ils durent se serrer pour lire les phrases ensemble. La vitre, teintée d'origine, avait été foncée avec un spray. Des mots épais, tracés au marqueur blanc sur toute la largeur de la fenêtre, s'en détachaient. Conscients de l'implication de cette découverte, tous deux lurent fébrilement :

Cher Salopard,
(Je ne peux pas dire « espèce de salopard » étant donné que tu ne fais partie d'aucune espèce ; aucun spécimen ne voudrait t'apparenter à lui...)

Non, décidément, il n'existe aucun traitement analgésique susceptible d'apaiser mes souffrances, aucun antipyrétique capable de faire baisser la fièvre qui me ronge.

Personne ne peut m'aider, pas même toi. Tu es pourtant présent à chaque instant, et es devenu de fait, mon obsession. Tu hantes mes nuits qui se transforment invariablement en cauchemars. Dans une semi-torpeur j'imagine, terrorisée, où tu te trouves, ce que tu fais, avec qui...

Tu as pris toute la place dans ma vie qui n'en est plus une. Toi, tu dois à peine te souvenir de moi, non ?

Qu'ai-je été pour toi ? Une salope de plus, la seule, ou un hasard ? Le hasard d'une rencontre peut-être. Rencontre qui aura tout changé, tout balayé, tout bouleversé. Le hasard fait bien les choses dit-on ? Je parlerai plutôt de l'ironie du sort qui rejoint ton cynisme pervers et m'incite à me poser sans cesse la sempiternelle question à laquelle personne ne peut répondre. Personne, sauf toi. Alors dis-moi ! J'ai tant besoin de savoir. Pourquoi ? Pourquoi moi ?

Moi, mon cœur s'est arrêté de battre depuis. Je suis devenue myope, dépendante des lunettes que tu m'as implantées à vif, sans anesthésie, et qui placent irrémédiablement les images de ce jour fatidique devant chaque chose, déformant le monde et la vie. Plus de joie, d'amour, d'envie ou d'espoir. Rien qu'un gouffre noir qui m'entraîne chaque jour davantage en son fond. Vers l'horreur, vers le néant, vers la cruauté, vers la frayeur, vers la douleur atroce... vers toi.

P.S.

Stéphane eut brusquement du mal à respirer. La jeune femme l'entendit subitement claquer des dents. Elle eut à peine le temps de percevoir la convulsion de son bras qu'elle le vit sortir de la camionnette. Elle le suivit dehors et fut frappée par sa pâleur lorsqu'il s'adossa au fourgon.

— Ça va, Stéphane ?

— Ça va, et vous, Anne ?

— Vous ne vous sentez pas bien, commissaire ? s'enquit le major de police qui était resté sur le trottoir.

— Tout va bien, pourquoi ?

— Vous êtes livide, répondit Anne en lui mettant la main sur le front. Permettez ? Mais vous êtes brûlant de fièvre !

— Vous voulez que j'appelle un médecin, commissaire ?

— Un médecin, sûrement pas, pour quoi faire ?

— Mais…, protesta Anne.

— Deux aspirines feront l'affaire. Vous pouvez me trouver ça, major ?

— Attendez, lança Anne. J'en ai dans mon sac.

Il lui fallut moins de cinq secondes pour lui tendre les deux comprimés blancs et la bouteille d'eau qu'elle gardait toujours sur elle.

— Merci. Je ne vous aurais jamais crue si rapide. Et surtout capable de trouver quelque chose dans le bric-à-brac de votre grenier ambulatoire, plaisanta-t-il tout en avalant les cachets d'aspirine. Il faut dire que vous avez un sacré foutoir là-dedans.

La technicienne de la police scientifique baissa la tête en souriant.

— Merci, Anne. Vous pouvez demander à Romain de venir, s'il vous plaît ?

— Oui, bien sûr. Mais vous êtes sûr que ça va ?

— Oui, oui.

La jeune femme s'éloigna pour parler au téléphone. Le commissaire poursuivit :

— Dites-moi, major, ce véhicule a servi quand pour la dernière fois ?

— C'est justement ce que j'ai demandé de vérifier avant votre arrivée.

— Et alors ?

— Le C2 a été garé là il y a une semaine. Les véhicules dans la rue de Harlay sont moins utilisés que ceux qui sont devant le 36.

— Vous avez moyen de savoir qui s'en est servi en dernier ?

— Oui, on tient un registre.

— Très bien, il faudra quand même s'assurer qu'il n'y avait rien d'inscrit à ce moment-là.

— D'accord.

— Et aussi, si quelqu'un a emprunté la clef pour une raison ou pour une autre.

— On s'en occupe.

— Y avait-il une raison pour qu'il soit utilisé aujourd'hui plutôt qu'un autre jour ?

— Une raison ?

— Je veux dire qu'on aurait aussi bien pu découvrir l'inscription après les fêtes de fin d'année, non ?

— Ben non, puisque comme chaque année avant Noël, on envoie les fourgons à la révision, et on fait un roulement avec les véhicules qui nous restent.

— L'auteur savait donc que son message serait trouvé ces jours-ci.

— S'il était au courant de cette histoire de révision, oui. Vous croyez que c'est quelqu'un de chez nous ?

— J'en ai bien peur, sinon comment expliquer qu'il ait eu les clefs en main. Mais pas un mot, il est hors de question d'ébruiter cette affaire.

— C'est pas croyable.

— Il va falloir visionner les images filmées aux alentours de la PJ, mais j'ai peu d'espoir. Si l'auteur savait que les fourgons étaient au garage, il devait également connaître les emplacements des caméras de surveillance.

— On s'en occupe.

Anne revint tout essoufflée du bout de la rue où elle était allée pour joindre le technicien de l'identité judiciaire.

— Romain arrive dans cinq minutes. On a de la chance, il est justement quai de l'Horloge.

— Parfait.

— Je retourne dans le fourgon en attendant. Je voudrais commencer à analyser l'écriture.

— D'accord, mais ne touchez à rien. On fera aussi des clichés pour que vous puissiez les comparer à l'écriture sur mon bureau.

— Je me demande pourquoi elle fait tout ça. Si ce n'est... si ce n'est pour débusquer son agresseur ...

— Oui, et je crains que sa cache ne soit...

— Le 36, laissa échapper Anne dans un souffle.

23

Quand Romain Langlois arriva, le commissaire et les huit gendarmes faisaient un dernier point. Son gilet gris sans manche de la police scientifique enfilé par-dessus son pull à col roulé noir mettait en valeur ses pectoraux. Il déposa sa mallette à terre et s'adressa à la ronde comme s'il connaissait tout le monde :

— Salut, les gars.

— Ah, bonjour, Romain, dit Stéphane en finissant le sandwich qu'un gendarme lui avait apporté. Excuse-moi, je n'ai pas eu le temps de déjeuner. Je vous présente Romain Langlois, il est de la PTS.

— Salut, lui retournèrent les gendarmes.

— Alors, sourit Romain, ton corbeau a encore frappé ?

— Ce n'est pas « mon » corbeau, se défendit Stéphane.

— Un peu quand même, non ?

— Mouais, si tu veux. Mais alors tant qu'à faire, ma corneille…

— Va pour corneille. Où est Anne ?

— Elle est à l'intérieur du fourgon.

— Tiens, je t'ai apporté les premières conclusions des prélèvements d'hier dans ton bureau.

— Déjà ? s'étonna Stéphane en lui prenant des mains l'enveloppe marron.

— Oui, j'ai pas mal de copines au labo. Je leur ai demandé de me faire cette faveur.

— Merci, c'est sympa.

— Y a pas de quoi. À charge de revanche ! Non, je déconne.

— Alors ?

— Alors, à part tes empreintes, pas grand-chose.

— Je vois.

— Mais tu t'y attendais, non ?

— Oui, surtout après cette deuxième lettre.

— Je peux juste te dire que la première lettre a été écrite avec un marqueur permanent à encre indélébile noire sans solvant, pointe ogive, largeur de trait 5 millimètres.

— En bref ?

— Tout ce qu'il y a de plus courant dans le commerce.

— On est bien avancé.

— Ouais, ton histoire de corneille devient de plus en plus intéressante…

24

Assis l'un à côté de l'autre, le commissaire Fontaine et Anne Bourdon écoutaient gravement Jacqueline Moreau qui exposait les faits dans son propre bureau. Le chef de la Crim était également présent, ainsi que les huit gendarmes concernés.

— Messieurs, la situation est grave. Deux lettres anonymes en deux jours, et nous sommes sûrs aujourd'hui de ce que nous redoutions hier : l'auteur de ces messages fait partie des murs…

Onze paires d'yeux étaient tournées vers elle. Stéphane luttait contre la douleur de sa poitrine et se concentrait sur les mots de la grande patronne, malgré son nez qui coulait. Son esprit se troublait souvent face à cette femme d'acier qui s'était forgé une réputation grâce à son tempérament de feu et sa verve sans concession. Il supposait qu'elle devait avoir autour de cinquante-cinq ans, mais physiquement, il était impossible de lui donner un âge. Son dynamisme et son allure jeune étaient légendaires. Avec une coupe de cheveux courte et des chemises d'homme au col évasé, elle ressemblait à Steve Austin dans le feuilleton *L'Homme qui valait trois milliards*, ce qui, associé à un sens de l'honneur à toute épreuve et une détermination infatigable, lui avait valu le surnom de *La Bionique*.

— Non mais vous vous rendez compte ? Un corbeau au 36 ! On aura tout vu. C'est bon, je peux prendre ma préretraite là… Bon, ces lettres laissent à supposer qu'une de nos policières a été victime d'un viol. Les mots sont écrits avec une telle intensité émotionnelle, que j'ai du mal à croire à un canular ou à un bluff. Qu'est-ce que tu en penses, Richard ?

— Oui, je suis d'accord avec toi. Moi aussi, ça m'a fait le même effet.

— Alors premièrement, j'aime mieux vous dire que ça me glace le sang de savoir que l'une des nôtres a subi des violences sexuelles. Le désespoir qui transpire de ce message est touchant et sa solitude impose un questionnement que je me poserai en temps voulu sur la solidarité entre flics.

Jacqueline Moreau avait déjà dirigé la Crim, la brigade du grand banditisme, les Stups et la Mondaine. Comme elle le disait souvent : « Quand on dirige une brigade, on n'a pas droit à l'erreur, mais quand en plus on a le malheur d'être une femme, on est doublement attendu au tournant. »

— Deuxièmement, poursuivit-elle, elle dénonce clairement son agresseur, même si elle ne le nomme pas. Il ne manquerait plus que ça qu'on ait un violeur parmi nous ! Et puis, il faut être complètement au bout du rouleau pour faire un truc aussi dingue au lieu de porter plainte. Ça sent le passage à l'acte à plein nez. Soit contre elle-même, soit contre l'agresseur. Il y a forcément un facteur déclenchant qui fait qu'elle se manifeste aujourd'hui. Anne, qu'est-ce que tu peux nous apprendre sur sa personnalité ?

La jeune femme serrait contre elle un dossier depuis le début de l'entretien. Rouge comme une pivoine, elle l'ouvrit et lut son rapport d'une voix fluette. Toutes les deux phrases, elle se raclait la gorge et remontait frénétiquement ses lunettes.

— Avant tout, il est important de préciser que l'étude de l'écriture permet de voir où le dynamisme psychique a été perturbé dans le cas de troubles psychologiques, mais on ne peut pas prévoir le passage à l'acte.

L'experte s'arrêta, regardant sa tante. Celle-ci l'encouragea à continuer.

— Nous en sommes bien conscients.

Anne se lança dans une explication détaillée du portrait graphologique qu'elle avait dressé. Alors que sa voix délicate tentait de se frayer un chemin vers les oreilles des policiers, Stéphane s'évada dans ses pensées. Il n'aimait pas la tournure que prenait cette affaire. Il commençait à croire que la victime ne s'était pas adressée à lui par hasard. Il avait l'intention de passer en revue les dossiers de viol qu'il avait traités à son arrivée à la PJ. Peut-être qu'un détail lui reviendrait en mémoire. Il n'entendit que la fin de l'exposé de l'experte.

— Les torsions (notées par le chiffre 12 sur l'écriture) nous indiquent que ces signes sont la manifestation principale d'une souffrance intérieure : le sujet a des moments de dégoût pour la vie, des états dépressifs, hésitations, peurs. Tendance à exagérer l'aspect dramatique des sentiments et à valoriser les faits, personnes ou choses d'après le degré de sympathie ou de répulsion que ceux-ci lui inspirent (subjectivisme exagéré). Besoin d'accaparer pour soi la tendresse, les attentions des personnes qui sont importantes pour lui (égoïsme affectif et instinctif, jalousie).

Anne Bourdon finit sur cette phrase et referma maladroitement son dossier sans un mot de conclusion. Elle plongea son nez dans son grand sac et fit mine d'y chercher à nouveau quelque chose. Stéphane se dit que c'était une manie qu'elle avait pour parer à sa timidité.

Voyant que personne ne prenait la parole et que tous les regards convergeaient vers elle, Anne demanda d'une voix mal assurée :

— Heu, des questions ?

— Vous parlez de jalousie, mademoiselle Bourdon, dit Jean-Paul Richard, cela laisse-t-il supposer que nous recherchons une femme qui fait des scènes de jalousie à son mari ou à son compagnon ?

— Effectivement, mais pas nécessairement, monsieur le commissaire.

— Pardon, mais je ne vous ai pas bien entendue.

— Ah, excusez-moi. Hum, je disais donc, pas forcément, commissaire. Ce peut être également une personne qui est possessive en amitié ou dans ses relations de travail. Quelqu'un qui, pour se sentir aimé, a besoin de beaucoup plus d'attention que les autres.

— Ce qui est compréhensible si elle a effectivement été violée, compléta la patronne.

— Oui, accorda le commissaire divisionnaire.

À cet instant, Stéphane fit du coude à Anne en lui indiquant en souriant le bloc de papier qui était sur ses genoux. Il y avait inscrit : *Brillant et... très convaincant !*

Elle lui retourna son sourire en piquant un fard une nouvelle fois, alors que sa tante poursuivait :

— Enfin, le point le plus inquiétant, ce sont ces accusations qui laissent supposer qu'il y a un violeur parmi nous, enfin plutôt parmi vous, messieurs. Car sinon, dans quel but aurait-elle entrepris cette chasse à l'homme ? !

— Sur ce point, dit le chef de la Crim, je ne suis pas tout à fait d'accord avec toi. Dans ces lettres, elle s'adresse directement à son agresseur, mais cela ne prouve pas qu'il fasse partie de la PJ.

— Explique ton hypothèse.

— Eh bien, on pourrait supposer qu'elle se tourne vers nous, non pas parce que le coupable se trouve parmi nous, mais plutôt pour que justice soit faite. C'est peut-être à ce que symbolise la police en tant que force qu'elle s'adresse.

— Effectivement, c'est une possibilité. Mais à ce moment-là, pourquoi ne pas porter plainte directement ? Ce serait plus efficace et tout à fait légitime.

— C'est vrai, reconnut Jean-Paul Richard.

— Sauf si elle est elle-même flic, fit remarquer Stéphane. Elle cache peut-être son secret depuis trop longtemps pour arriver à en parler ouvertement.

— Oui, ça se tient, constata la patronne.

— Et si ce viol a été commis il y a un certain temps, il existe forcément un détonateur. Peut-être même que l'agresseur a été ferré pour autre chose, ou pour le viol d'une autre femme, ou qu'il est sorti de prison ces derniers jours.

— Pas bête, reconnut Jacqueline Moreau. Tu me vérifies tout ça, Fontaine ?

— Oui, répondit-il en toussant. Excusez-moi.

— Sinon, où on en est au niveau de la comparaison d'écriture ?

— Anne s'apprêtait à commencer avec deux échantillons que je lui ai amenés ce matin. Voulez-vous qu'on élargisse aux autres brigades ?

— Tu commences déjà par me tutoyer. Tu sais, je viens d'une maison de six enfants et mon père était ouvrier alors… pas de chichis. Pour répondre à ta question, j'hésite. Impossible d'obtenir une telle quantité d'écritures sans éveiller les soupçons. Qu'est-ce que tu en penses, Jean-Paul ?

— Oui, ça va créer un sacré remue-ménage. Tu t'imagines passer dans les services et demander uniquement aux femmes de t'écrire un mot sans fournir d'explication.

— On peut passer par l'intermédiaire des chefs de section.

— Oui, mais tu sais bien à quelle vitesse les bruits de couloirs circulent. Et sans explication, l'affaire peut être montée en épingle.

— Tu as raison. C'est vraiment une histoire à dormir debout.

— De toute façon, je suppose qu'il faudra un certain temps à Mlle Bourdon pour comparer les documents.

— Anne ? interrogea la patronne.

— Heu, oui, ça dépend du style de l'écriture. Quoi qu'il en soit, je dois déjà commencer par la dernière lettre de la camionnette.

— Ce qui nous laisse un peu de temps. Avec le réveillon de Noël demain soir, tu as du pain sur la planche, ne serait-ce qu'avec les femmes travaillant à la BC.

— Oui.

— Alors pour l'instant, on s'en tient à la Crim. Avec un peu de chance, on aura une piste d'ici là. Ce sera tout, messieurs.

Au moment où les gendarmes allaient franchir la porte de son bureau, la directrice de la PJ lança :

— Ah, j'allais oublier. Joyeux Noël à tous !

Une fois les policiers sortis, Stéphane et Anne s'apprêtèrent à prendre congé, mais la maîtresse des lieux les pria de rester encore un instant.

— Tu ne crois pas que tu devrais informer les autres chefs de brigade ? demanda le commissaire divisionnaire en se levant.

— Si, il va falloir ouvrir les mirettes. Mais je préfère attendre après les fêtes de Noël. De toute façon, il n'y a pas grand-chose à faire d'ici là.

— Très bien, je file.

Restés seuls dans le bureau, le jeune commissaire et l'experte se tenaient debout à côté de leurs chaises. Stéphane eut le sentiment que la trogne d'ivrogne d'Anne était contagieuse tant sa propre tête était sur le point d'éclater comme un thermomètre surchauffé. Jacqueline Moreau se rapprocha pour s'adresser à Stéphane :

— Le pot de Noël a lieu ce soir. Tu comptes y venir ?

— Oui.

— Je peux te demander de servir de chaperon à ma nièce ?

— Mais je…, intervint Anne alors que Stéphane était pris d'une quinte de toux.

— J'aimerais que tu viennes, Anne. C'est vrai, tu ne sors jamais de chez toi. C'est l'occasion.

— Je ne crois pas que le commissaire…

— Excusez-moi, cette toux ne me lâche pas, coupa Stéphane. Je me ferai un plaisir de vous y accompagner, Anne.

Au moins, se dit Stéphane, *la patronne ne me soupçonne pas d'être l'auteur du viol, sinon elle ne m'aurait pas confié sa nièce. Ou alors au contraire,* changea-t-il d'avis, *peut-être que le chaperon n'est pas celui qu'on croit...*

25

Il était 17 h 12 lorsque le commissaire Fontaine se retrouva dans le véhicule de fonction en direction du IIIe arrondissement. Comme la veille, il était installé à côté de Benjamin Simon qui conduisait au son de la sirène. Jérémy Lucas était assis à l'arrière et lui résumait la situation :

— On a eu du bol. L'étudiante a immédiatement reconnu son frère sur la photo et s'est mise à pleurer en comprenant qu'il était impliqué dans la mort de sa prof. Elle a entendu parler du crime à la fac.

— C'est pas du bol, le corrigea Benjamin, c'est mon flair.

— Grâce au flair du lieutenant Simon…

— S'il vous plaît, pavoisa Benjamin en prenant un virage serré.

— Bref, on a identifié notre suspect : un certain Steven Thomas. Sa sœur nous a dit qu'il n'était pas rentré chez lui depuis hier, mais qu'elle savait où le trouver. Elle lui a téléphoné pour s'assurer qu'il était bien dans le studio de son cousin et nous a même donné les clefs ; c'est elle qui lui fait ses courses et son ménage. La brigade d'intervention est en route.

— Bon boulot, dit Stéphane.

— Apparemment, le gars joue les caïds dans la cité et a pris la place du père qui est handicapé à la suite d'un accident du travail sur un chantier. Il aurait déjà marié les autres sœurs de force et destinait celle-là au même sort. Il n'a pas apprécié que la petite dernière de la famille le contredise et l'aurait menacée plusieurs fois depuis le début de l'année scolaire. Il l'aurait même frappée à deux reprises et aurait tenté plusieurs fois d'intimider Mme Delon.

— Comment se fait-il que son mari ne nous en ait pas parlé ?

— Parce qu'il n'en savait rien. L'étudiante nous a raconté que la prof lui cachait les heures sup qu'elle faisait pour l'association.

— Pourquoi ?

— Il y a deux ans, elle se serait attachée particulièrement à une élève qui lui aurait tourné le dos une fois son cursus scolaire terminé et en serait tombée en dépression. Il lui aurait fait promettre de quitter l'assoce.

— Et elle ne l'a pas fait.

— Eh non, confirma Benjamin.

Quelques minutes plus tard, ils arrivaient sur place. Le vieil immeuble s'étendait sur trois étages et l'adresse indiquée par l'étudiante se trouvait au premier. Le hall et la cage d'escalier étaient étroits et vétustes. Une odeur de moisi et de friture y régnait. Le commissaire Fontaine prit le commandement des opérations et monta, suivi de ses deux lieutenants et de huit autres policiers. Ce genre d'intervention faisait partie de la routine. Les officiers de PJ portaient leur brassard par-dessus leur veste. Il ne leur fallut que cinq minutes pour être opérationnels, une minute pour se retrouver devant la porte et dix secondes pour l'ouvrir.

Les voix fusèrent quand ils découvrirent trois jeunes hommes assis autour d'une table basse couverte de marijuana, de papiers à rouler et de pipes à eau. Dans le studio, seuls deux matelas étaient à même le sol et une kitchenette minuscule croulait sous la vaisselle sale. Un papier vieillot à grosses fleurs marron et kaki recouvrait les murs, déchiré par endroits.

— Police ! À plat ventre ! Tu bouges plus, toi non plus. Toi, lève les mains !

— Qui est Steven Thomas ? demanda le commissaire.

— Qu'est-ce que vous lui voulez ?

— C'est toi ?

— Ouais, et alors ?

— Police judiciaire. On est là pour homicide.

— C'est quoi, ces conneries ?

— Tu es placé en garde à vue dans une affaire de meurtre.

— Vous avez pété un plomb ou quoi ?

— Eh oh, y a une femme qui est morte, alors…

— Putain, j'ai tué personne, moi !

— On n'est pas là par hasard.

— Dès qu'un mec habite les cités, vous l'accusez. C'est ça, les flics…

— Bon, écoute maintenant !

— Le mec il est là, tranquille, y cherche pas de noises et vous…

— Écoute bien !

— C'est ça, la police française ? C'est du beau.

— Regarde-moi, regarde-moi, là. Tu es en garde à vue et tu vas pouvoir t'expliquer.

— Mais c'est des conneries tout ça !

— Tu es impliqué dans une affaire d'homicide. Alors, baisse d'un ton.

— Eh merde, fais chier ! Je peux avoir au moins un tee-shirt ?

— On va t'habiller, on va te notifier la garde à vue, et on va procéder à la perquisition.

— Perquisition ? Va te faire foutre avec ta perquisition.

Jérémy, qui était accroupi à côté de lui, prit la parole :

— Tu es en garde à vue depuis 17 h 41, moment où on t'a interpellé pour homicide sur la personne de Mme Delon.

— J'suis là, tranquille avec mes potes, et j'vais faire un homicide, c'est n'importe quoi.

— Laisse-moi terminer. Donc, tu es en garde à vue pour vingt-quatre heures qui va être prolongée de deux fois vingt-quatre heures ou d'une seule prolongation de quarante-huit heures. Tu as le droit de te taire et de demander l'assistance d'un avocat. Si tu n'en as pas, tu peux demander au bâtonnier de t'en commettre un d'office. Tu pourras aussi prévenir des personnes de ta mise en garde à vue.

Pendant que les policiers procédaient à la perquisition, le commissaire sortit dans le couloir afin d'informer Jean-Paul Richard du déroulement des opérations.

— On l'a interpellé… Oui… Non, avec deux autres types… Oui, marijuana… D'accord.

En revenant dans la pièce, il entendit le suspect hurler :

— Bande d'enfoirés, bande d'allumés !

— Eh oh, cria Stéphane, tu te tais ! Tu vas passer quelques jours avec nous, alors tu te tais. On va faire un bout de chemin ensemble.

— Mais j'ai buté personne !

— On n'est pas venu te chercher par hasard, tu t'en doutes ? Y a des témoins.

— J'les encule vos témoins.

C'est à cet instant que Benjamin sortit de la salle de bains, munis de gants jetables et d'un petit sac plastique avec des mèches de cheveux. Il demanda :

— Qui s'est coupé les cheveux, là ?

— Quoi, rétorqua l'interpellé, c'est interdit par la loi ?

— Tu voulais changer de tête ? ironisa-t-il. Quelle coïncidence…

26

De retour au Quai des Orfèvres, Stéphane avait fait une halte dans son bureau pour entendre les premières constatations de l'experte. Anne Bourdon, en pleine étude comparative des deux lettres, avait été trop absorbée par son travail pour lui fournir des éléments détaillés, mais avait toutefois pu être formelle sur un point : les deux messages avaient été écrits de la même main…

C'est fort de cette certitude qu'il se retrouva dans le bureau du commandant Legrand pour assister à l'audition de Steven Thomas. Contre toute attente, il constata que l'avocat commis d'office était déjà en entretien avec son client. Il reconnut Me Renoir et ne put retenir un juron :

— Eh merde !

— Je ne te le fais pas dire, commenta Marie qui était assise à son bureau.

— C'est pas vrai, mais on n'a vraiment pas de bol. Ça fait longtemps qu'ils sont en entretien ?

— Non, cinq minutes. Tu en as encore pour vingt-cinq à patienter.

— J'avais espéré qu'il arrive après les deux heures de délais de carence.

— Moi aussi.

— Ça va pas être de la tarte avec Renoir. Où est Legrand ?

— Il est allé fumer une clope avec Sophie.

— Le calme avant la tempête, il a bien raison. Tiens au fait, mieux vaut prévenir que guérir. Tu n'aurais pas deux aspirines, par hasard ?

— Non, mais j'ai du Doliprane, ça te va ?

— Oui, merci.

— Tu as attrapé la crève ? lui demanda-t-elle en lui tendant une boîte jaune qu'elle sortit de son tiroir.

— Oui, répondit-il sans s'attarder.

Il se versa un verre d'eau et avala les cachets d'un trait. Elle lui proposa de garder les médicaments jusqu'à ce qu'il puisse passer à une pharmacie. Il accepta tout en se faisant la réflexion suivante : *Ce n'est pas parce qu'elle est mariée avec deux gosses qu'elle ne peut pas avoir été violée. Au contraire, elle aurait une bonne raison de cacher cette agression pour protéger sa famille. Se croyant suffisamment forte en tant que flic, elle se mesure seule à cette tragédie qui finit par avoir raison d'elle. Elle craque et nous appelle à l'aide de façon détournée.*

Stéphane regretta immédiatement ces soupçons. Il les trouva complètement injustifiés : Marie Morin était une femme vivante et gaie, et son profil ne correspondait pas du tout à ce qu'Anne avait révélé de la personnalité de l'auteur des lettres. De plus, son comportement restait inchangé depuis qu'il la connaissait, et il la tenait même pour la personne la plus équilibrée du groupe de Legrand. Il se sentit complètement idiot d'avoir eu de telles pensées et maudit cette enquête.

Alors qu'elle pianotait sur son clavier, le commissaire l'observa discrètement. De taille moyenne, son visage aux cheveux châtains mi-longs et yeux noisette était agréable sans pour autant être jolie. Ses traits communs et sa silhouette proportionnée auraient pu la faire passer inaperçue, mais sa jovialité lui donnait un charme certain. La quarantaine lui allait bien et son mari avait d'ailleurs organisé une grande fête surprise pour son anniversaire l'été dernier. La moitié de la Crim y avait été conviée et la soirée avait été bien arrosée.

Le commandant Legrand et Sophie Dubois firent leur entrée.

— Salut Stéphane, dit Legrand. Tu as vu le cadeau ?

— Oui.

— Me Renoir alias Noir de Robe…

— Pourquoi ce surnom ? s'informa la stagiaire.

— Parce que mademoiselle Dubois, répondit le commandant en imitant la voix de l'avocat et en prenant la pause, à la question : faut-il porter la robe lors des auditions, l'ordre des avocats de Paris répond par la négative, mais sans en donner les raisons. J'en disconviens donc respectueusement car l'article 3 de la loi du 31 décembre 1971 prévoit que nous portions notre costume « dans l'exercice de nos fonctions judiciaires ».

— Or la garde à vue, compléta Marie sur le même ton, fait à présent partie intégrante de la procédure. En comparution immédiate, elle constitue même la totalité du dossier sur lequel s'appuie le parquet, comme tu le sais certainement, Sophie.

La policière finit sa phrase dans un éclat de rire. Stéphane et Legrand ne purent retenir un sourire et eurent du mal à garder leur sérieux quand l'avocat fit son apparition, vêtu de ladite tenue.

Ténor du barreau, il faisait partie de ceux qui estimaient que les droits de la défense étaient toujours trop insuffisants et, malgré les nombreuses permanences qu'il assurait pour faire face à la mobilisation qu'imposait la réforme concernant la garde à vue, il avait largement contribué à l'attaque violente de la nouvelle loi devant le Conseil constitutionnel. Il était très proche du bâtonnier, réclamant une assistance effective du gardé à vue et l'accès au dossier sans aucune restriction, comme le prévoyait la décision de la Cour de cassation du 15 avril 2011. Me Renoir, homme de la cinquantaine à l'allure élégante et aux yeux de glace gris foncé, n'avait aucune envie de prendre en considération les difficultés que sous-tendaient de telles mesures pour les officiers de police judiciaire.

— Bonjour, messieurs, dit l'avocat. L'OPJ Morin m'a notifié la nature des faits, la date, et l'heure présumée de leur commission. Elle m'a également présenté le procès-verbal de notification des droits et j'ai donc en ma possession l'identité complète de mon client.

— Bonjour, maître, le salua Stéphane.
— Quand pensez-vous procéder à l'audition ?
— Immédiatement.

— Je suppose que la perquisition a déjà eu lieu.

— Vous supposez bien, répondit Legrand qui perdait déjà patience.

— Très bien, j'en prends note.

Assis à côté de son client, Me Renoir se tenait droit, son attaché-case sur ses genoux, stylo en main. Sa feuille d'observation y était posée ainsi qu'un grand bloc-notes.

— Je te rappelle que tu es placé en garde à vue à compter de l'heure de ton interpellation cet après-midi, 17 h 41, commença le commandant.

Marie retranscrivait l'audition sur son ordinateur, Sophie étant assise à ses côtés, en face du suspect. Le commissaire Fontaine assistait à la scène un peu en retrait, assis au bureau de Noël Normand.

— J'sais pas c'que vous me voulez, lança l'inculpé.

— C'est très simple, répondit Legrand calmement, on a un témoin qui t'a vu sortir du resto dans lequel Mme Delon s'est fait assassiner.

— Quoi assassinée ? Mais j'ai tué personne moi !

— Tu la connaissais, Mme Delon ?

— Non.

— Ah bon ? Parce que ce n'est pas ce que dit ta sœur.

— Quoi, qu'est-ce qu'elle dit, cette pute ?

— Pourquoi pute ?

— Elle en fait qu'à sa tête. Mais j'vais lui montrer moi, qui c'est qui décide.

— Ça, j'en doute fort. Tu vas en prendre pour un moment. Tu sais, les juges ne sont pas cléments avec les meurtriers. Surtout ceux qui ont prémédité leur geste.

— Mais j'ai rien prémédité du tout, moi !

— Non ? Alors tu t'es énervé, c'est ça ? Elle t'a provoqué et tu as perdu le contrôle ?

— Faites pas chier avec vos conneries !

— On sait que tu connaissais la victime. On a plusieurs témoins qui confirment t'avoir vu la menacer. Elle s'est mêlée de ce qui ne la regardait pas, elle s'est mise entre ta sœur et toi, c'est ça ?

— D'abord, personne ne se met entre ma frangine et moi. Même pas en rêve !

— Ah bon ?

— Chez nous, c'est moi qui décide, et personne d'autre.

— Elle pense autrement.

— Ah ouais ?

— Ouais.

— C'est ce qu'on verra.

— Pourquoi ta sœur dit que c'est toi qui as commis les faits ? bluffa-t-il.

— Ne répondez pas, monsieur Thomas, intervint l'avocat. Cette question est manifestement destinée à Mlle Thomas. Mon client n'est pas télépathe, commandant, ce n'est pas parce que c'est lui et non sa sœur qu'on a sous la main qu'il faut lui poser cette question. Je vous rappelle que vous avez le droit de garder le silence, monsieur Thomas.

— Sale menteur ! vociféra Steven qui ne semblait pas avoir entendu son avocat.

— Je t'assure que quand tu n'es pas rentré chez toi le jour du crime, elle a immédiatement pensé que c'était toi.

— Salope ! s'énerva-t-il de plus en plus.

— Pourquoi tu as fait cette grosse connerie ? Si on le sait pas, on pourra pas t'aider.

— Mais j'ai rien fait, merde !

— Eh oh, tu arrêtes ton cirque là, dit Legrand montant le ton. Je te dis qu'on a un témoin qui t'a vu, et en plus, la caméra de l'autobus t'a filmé quelques minutes après le meurtre.

— C'est pas moi, putain !

— Auriez-vous l'obligeance de fermer la porte du bureau concomitant ? intervint maître Renoir.

— Pardon ? demanda Legrand.

— Avec vos collègues qui parlent boulot, une plaignante qui dépose sa plainte, et la radio allumée en ambiance de fond, je vous avouerai que j'ai légèrement du mal à me concentrer.

Après avoir lancé un regard qui en disait long à l'avocat, le commandant pria le stagiaire de s'en charger. Stéphane se dit que Renoir avait commis une erreur car Legrand, irrité par l'intervention du magistrat, durcit le ton :

— Bon, on va arrêter de se jouer la comédie, là !

— Je te dis que c'est pas moi, t'es sourd ou quoi ?

— Alors t'as un sosie, dis !

— P't-être bien.

— Regarde, c'est pas toi, là, sur la photo ? vociféra Legrand, passant à la vitesse supérieure. Mais regarde !

— J'sais pas moi !

— Regarde bien avant de dire des trucs qui pourraient se retourner contre toi. C'est toi ou c'est pas toi ? le pressa-t-il.

— C'est moi, c'est moi, lâcha-t-il. Et alors ? Qu'est-ce que ça prouve ?

— Que t'étais sur les lieux au moment du meurtre. Qu'est-ce que tu foutais là-bas ?

— Mais rien.

— Rien ? C'est ta réponse, ça ?

— Je sais pas, merde ! Qu'est-ce que je dois répondre ? Qu'est-ce que t'en dis, toi l'avocat ? s'agita-t-il.

— Selon les PV d'audition des témoins et les cassettes vidéo de l'autobus, vous avez été formellement vu boulevard Saint-Michel.

— Alors toi aussi t'es contre moi ?

— Bien sûr que non, je suis là pour vous défendre. Mais il me semble inutile de nier les faits quand ils sont aussi probants qu'une vidéo.

— Tu confirmes, reprit Legrand. C'est bien toi sur le cliché ?

— Ben, ouais. Mais ça prouve rien, j'ai rien fait, putain !

— Les juges seront plus indulgents si tu reconnais, continua Legrand.

— Foutez-moi la paix, merde.

— Tu commences à me courir. On sait que tu voulais empêcher ta sœur d'étudier à l'université. C'est pour ça que tu l'as tuée. Pour garder le pouvoir sur elle et la marier de force. Combien ça t'a rapporté pour les autres frangines ?

— Vous y comprenez rien, s'emporta-t-il. T'as pas l'respect de la famille, toi. Sûrement que t'en as même pas. C'est pour le nom de la famille que j'l'ai fait !

— Quoi, la tuer ?

— Non, j'l'ai pas tuée, putain. Merde, merde, merde !

Malgré l'interrogatoire musclé de Legrand, le gardé à vue nia les faits en bloc. Il fut incapable de donner

27

La brasserie du Quai était un restaurant qui se trouvait quai des Orfèvres à quelques centaines de mètres du 36. Jean-Pierre, le gérant, était réputé pour ses menus variés et ses plats en sauce. Sa clientèle était composée en majeure partie de policiers de la DRPJ, alors que le restaurant côté Palais de justice comptait plutôt sur la présence des magistrats. À son arrivée à la PJ, le commissaire Fontaine avait proposé à ses collaborateurs d'aller y déjeuner une fois de temps en temps, mais ils avaient refusé, chacun d'eux connaissant au moins un magistrat ou un avocat qu'ils préféraient éviter. Après quatre ans d'expérience, il comprenait pourquoi…

Chaque année à la même date, la brasserie de Jean-Pierre fermait ses portes pour la journée et se préparait à recevoir le gratin du 36 pour fêter Noël dignement. De plus en plus grippé, Stéphane se serait bien passé de cette soirée. Il n'était rentré chez lui que depuis une heure et devait déjà ressortir. Plutôt que d'affronter le froid, il n'avait qu'une envie après s'être réchauffé sous la douche : se glisser sous la couette jusqu'au matin. Au lieu de cela, il devait non seulement aller trinquer au nom d'un Noël qui, pour lui, n'avait jamais été joyeux, mais également faire bonne figure à la nièce de la patronne. *Non décidément, impossible d'annuler. Quelle poisse !* se plaignit-il en se relevant du canapé où il était allongé dans l'espoir de neutraliser son mal de crâne en écoutant un air de jazz.

Le son de la trompette de Louis Armstrong s'élevait, forte et poignante, interprétant *La Vie en rose*. Il resta debout à l'écouter encore quelques minutes. Parmi l'héritage musical laissé par son père, l'auteur-compositeur faisait partie de ses favoris. Son timbre chaleureux et grave le touchait particulièrement et lui rappelait les longues soirées passées à écouter du blues avec l'homme qui l'avait élevé seul. Ce dernier lui avait transmis sa passion de la musique qui venait *du cœur et des souffrances de l'âme*. Stéphane ne ratait pas une occasion d'écouter les disques de collection sur le vieux tourne-disque de son père, comblant ainsi le vide laissé par sa disparition.

Le commissaire quitta la rive gauche et se dirigea d'un pas traînant vers l'île de la Cité. Ses gants et sa grosse écharpe de laine parvenaient à maintenir au chaud le haut de son corps, mais ses jambes étaient exposées au mordant du froid à travers son jean. Il faisait maintenant nuit et il ne put s'empêcher de faire halte afin d'admirer la Seine. Du haut du Pont-Neuf, il s'appuya sur la rambarde en pierre au niveau du troisième renfoncement sur sa gauche. Il contempla ce fleuve majestueux et généreux, donnant sa dimension unique à la capitale. Il s'étendait à perte de vue, bordé des fameuses rives qui avaient fait couler tant d'encre et qui portaient en leur sein ces fabuleux trésors architecturaux propres à Paris. En arrière-plan du pont des Arts, la tour Eiffel dépassait de la ligne horizontale des immeubles et des monuments chargés d'histoire. Les illuminations de Noël conféraient à la ville un aspect féerique dont Stéphane ne se lassait pas.

Il était en admiration devant ce quartier qui lui rappelait tant de souvenirs d'enfance. Il suivit du regard les bateaux-mouches éclairés, glissant harmonieusement sur l'eau sombre tels des flambeaux, ouvrant la voie vers les profondeurs des flots augustes. Des péniches habitées aux allures sédentaires attendaient sur les berges, prêtes à repartir à l'aventure. Enfant, il avait souvent rêvé de vivre à bord de l'une d'elles, entouré d'une famille nombreuse, aimante et chaleureuse. Il avait imaginé chaque détail : leurs prénoms de bohémiens, leurs visages, leurs liens et les histoires fabuleuses qu'ils vivraient en parcourant la France. Des péripéties qui l'aidaient à s'évader, lui faisant oublier un instant sa réalité de l'époque.

28

La brasserie était très spacieuse avec de larges baies vitrées donnant sur les quais. Elle regroupait deux anciens restaurants et avait une grande capacité d'accueil. L'ambiance rustique qui y régnait était cordiale et le personnel accueillant, au même titre que le patron qui était connu comme le loup blanc par les policiers du secteur. L'endroit avait été aménagé spécialement pour l'occasion, et les chaises et tables, poussées contre les murs. Des canapés et des petits-fours étaient disposés sur des nappes rouges recouvertes de neige artificielle.

En entrant, le commissaire repéra immédiatement Benjamin qui lui tournait le dos, assis au bar. Saluant les quelques personnes qui venaient apparemment d'arriver, il rejoignit son ami, heureux de s'installer avant la cohue.

— Ah, salut Steph !
— Salut.
— Ça va ?
— J'ai une de ces crèves. J'aurais préféré rester chez moi.

— Ben, pourquoi tu es venu ? Si tu n'es pas bien, personne ne t'en aurait voulu.

— Je sais, mais j'ai proposé à ma stagiaire de venir.

— Tu me fais marcher.

— Non, pas du tout.

— Tu déconnes ou quoi ?

— Non.

— Oh, fais chier !

— Attends, y a pas de quoi en faire un fromage.

— J'en fais pas un fromage, mais je vois pas pourquoi tu avais besoin de t'embarrasser d'elle. Pour une fois qu'on pouvait se retrouver entre nous. Jérémy vient sans sa femme. Elle doit accoucher dans deux semaines.

— Ça m'étonnerait qu'elle reste longtemps, et puis de toute façon, je suis cuit.

— Bon allez, qu'est-ce que tu veux boire ?

— Un café.

— Un café ? !

— Oui, pas d'alcool pour moi ce soir. Avec la quantité de médicaments que j'ai pris aujourd'hui, j'ai pas envie de cuver mon vin aux urgences. Un café s'il te plaît, René, lança-t-il au barman.

— En plus, poursuivit Benjamin, franchement, ça a pas l'air d'être un cadeau ta stagiaire.

— Tu peux le dire !

— Tu vas te la farcir longtemps ?

— Je ne sais pas encore. Dis donc, pas mal la petite rousse là-bas.

— Sur la gauche de la porte ?

— Oui.

— Je la connais, c'est la sœur de Nathalie, tu sais, celle qui bosse aux mineurs.

— Ah, oui. Drôlement bien roulée.
— Si t'as un kick sur elle...
— Un quoi ?
— Le béguin, quoi.
— Ah, toi et tes expressions québécoises... Non, tu sais bien que je ne mélange jamais travail et plaisir.
— Mais elle n'est pas de la maison, je te dis que c'est sa sœur.
— Non, non. Les sœurs, c'est encore pire. Je ne veux pas d'embrouille. C'est pas les jolies nanas qui manquent...
— Comme tu voudras.
— Tu en es à ta combientième ? changea-t-il de sujet en pointant le demi pression qui était posé devant le lieutenant.
En guise de réponse, il lui fit un signe de la main.
— Trois ? Tu commences fort.
— Tiens, voilà Jérémy, s'écria-t-il en ignorant la remarque. Salut Jem !
— Salut les gars. Ça fait longtemps que vous êtes là ?
— Moi quarante minutes, et Stéphane dix.
— Ça va, Steph ?
— Oui.
— Alors, qu'est-ce qu'on boit ?
— Moi je suis à la bière et Stéphane au café. Grippe oblige.
— Ah bon, tu ne veux pas un petit grog ?
— Non, mais commande pour toi.
— Alors une bière aussi. Après, je me mettrai au champagne. Tu as eu le temps de passer à la salle de sport, Benjamin ?

— Oui, je me suis douché là-bas et je suis venu directement.

— Quoi de neuf ?

— J'ai rencontré un gars super sympa qui travaille à la BRI[1]. On s'entraîne ensemble.

— Je le connais ? demanda Stéphane. Comment s'appelle-t-il ?

— Ronald Ducan.

— Ça ne me dit rien.

— Figure-toi que lui aussi a vécu au Canada.

— Ah oui ?

— Ouais, et à Montréal en plus.

— Vous avez des souvenirs en commun, alors.

— Pas mal, oui. Sa femme aussi doit bientôt accoucher, c'est pour ça qu'ils sont revenus. C'est leur premier et ils ne se voient pas l'élever là-bas. Moi, si j'avais des gosses, j'aimerais bien.

Issus d'une famille d'alcooliques où père et mère rivalisaient dans les domaines de la dépendance et de la violence, Benjamin et sa sœur jumelle avaient été pris en charge par une cousine, vieille fille habitant Montréal. Le jeune policier avait raconté à Stéphane combien il lui était reconnaissant d'avoir été pour eux ce que sa mère avait été incapable d'être. Ces dix années avaient été les plus belles de sa vie, jusqu'au décès de sa sœur.

Benjamin avait confié à son ami qu'un soir d'été, alors qu'ils fêtaient leur licence de commerce et leurs vingt et un ans, un chauffard avait renversé la jeune femme sous ses yeux. Stéphane ne connaissait pas les

1. BRI : brigade de recherche et d'intervention.

détails de cette tragédie, le jumeau n'aimait pas se souvenir de ce jour. Il savait juste que le conducteur ne s'était pas arrêté et que, même après son retour en France, il ne s'était jamais vraiment remis de cette séparation. Depuis le jour de l'enterrement, il refusait de voir ses parents qui habitaient Meaux, ville de son enfance, et n'était pas non plus retourné sur la tombe.

Après cette tragédie, il avait présenté le concours externe d'officier de police qu'il avait réussi haut la main. Stéphane avait été touché par la sensibilité du lieutenant qu'il ne considérait d'ailleurs pas comme une faiblesse. Il était persuadé que les flics d'aujourd'hui n'avaient plus besoin de cacher leur humanité avec une panoplie d'ego et de muscles. Le policier moderne, comme l'homme tout court, avait gagné en altruisme sans perdre de son charisme et de sa force.

— Au fait, comment va Sandrine ? demanda Stéphane à Jérémy.

— Elle en a marre. Sur la fin, ça commence à être long. Je crois qu'elle a surtout hâte de la voir.

— Ça se comprend.

— Moi aussi, j'ai envie de la voir. Par contre, l'accouchement...

— Quoi l'accouchement ?

— J'ai la frousse.

— C'est normal, non ?

— Ouais, mais je n'ose pas en parler à Sandrine. Elle compte tellement sur moi, je ne veux pas la décevoir. Mais la vérité, c'est que je ne me sens pas d'y assister.

— Alors là, sourit Benjamin, t'es dans la merde, mon gars.

— Je ne te le fais pas dire.

— D'un autre côté, t'es pas obligé de prendre un ticket aux premières loges non plus. Tu peux te contenter du room service en lui tenant la main et l'y laissant te planter ses ongles avec un sourire constipé.

— Merci Benjamin, tu m'as franchement rassuré, là.

— Vous savez déjà comment vous allez l'appeler ? s'enquit Benjamin tout en commandant une quatrième bière. Je te rappelle que c'est moi le parrain.

— On hésite entre deux prénoms.

— Lesquels ? C'est que je dois veiller aux intérêts de ma filleule, moi. Alors, pas de Clafoutis ou de prénoms sans queue ni tête, pas vrai ?

— Audrey ou Cléa, mais que ça ne sorte pas d'ici, hein ? Mme Lucas est superstitieuse et ne veut pas que j'en parle avant la naissance.

— Audrey, ça me plaît bien.

La salle commençait à se remplir. Un brouhaha ambiant couvrait leur voix et Stéphane regardait de temps en temps vers l'entrée, surveillant l'arrivée de l'experte en documents.

— En tout cas, continua Jérémy en finissant son verre, je peux vous dire que ça me fait plaisir de me retrouver un peu avec vous, tapa-t-il dans le dos de Benjamin.

C'est à ce moment qu'une grande femme aux cheveux blonds très longs s'adressa à Stéphane. Son visage était clair, et ses yeux bleus, immenses comme ceux d'un enfant. Elle portait un jean un peu trop évasé pour être à la mode et un pull à col roulé orange avec de grosses boucles d'oreilles multicolores. Ses baskets assorties lui donnaient un air décontracté et l'ensemble de sa silhouette évoquait un mélange peu conventionnel, mais beau sans aucun doute.

— Bonsoir, commissaire.

Il ne la reconnut qu'en entendant sa voix.

— Anne ? !

— Oui, c'est moi. Vous êtes probablement surpris à cause des lunettes ?

— Oui, heu... pas seulement.

— Je porte des lentilles de contact en dehors du travail.

— Mais, comment dire, les cheveux aussi... Et le reste...

— Bonjour, mademoiselle. Jérémy Lucas, se présenta-t-il.

— Bonjour, rougit-elle. Anne Bourdon.

— Stagiaire commissaire, intervint Stéphane, reprenant ses esprits. Mais ce matin son look était complètement différent et je ne l'ai pas reconnue.

— Ah bon ? s'étonna Jérémy qui ne l'avait pas encore rencontrée. À ce point ?

— Et encore plus que ça, sourit Benjamin en dévisageant Anne qui baissa immédiatement la tête. Vous avez pu liquider votre stock de patates ? ironisa-t-il en référence à la toile de jute qu'elle portait le matin même.

Stéphane se dit que son ami commençait à être éméché et il craignait ses interventions sans tact dans ces moments-là. Il ne voulait pas risquer de le voir faire un impair avec la nièce de la grande patronne sans savoir qui elle était. Remarquant l'air narquois du jeune lieutenant qui s'apprêtait à continuer sur sa lancée, il coupa court :

— Anne, je vois que Mme Moreau s'apprête à faire son discours. Venez, je souhaiterais vous présenter le commissaire François. Vous serez sûrement amenée à travailler avec lui. Je reviens tout de suite les gars, leur lança-t-il en s'éloignant avec Anne.

La prenant par le bras, il l'entraîna de l'autre côté de la pièce en lui disant tout bas :

— Ouf, on l'a échappé belle. Vous n'auriez pas tenu cinq minutes avant qu'ils ne découvrent la supercherie.

— Vous croyez ?

— Oui, vous n'êtes pas très crédible en officier de PJ.

Ce que Stéphane énonça comme une blague vexa la technicienne dont le regard devint distant. Le policier se rendit compte tout de suite qu'il l'avait blessée. Son visage était tellement expressif qu'il avait l'impression d'être en face d'une petite fille.

— Je vous ai froissée ?

— Non, dit-elle en regardant dans la direction opposée.

— Vous cherchez quelqu'un ?

— Oui, Romain.

— Ah, il est venu avec vous ?

— Oui, il m'a proposé de me raccompagner après la soirée. Je ne prends pas le métro à des heures tardives.

— Très bien.

— Mais je préférerais rentrer maintenant, si cela ne le dérange pas.

Ne sachant quoi dire, Stéphane se tut. La jeune femme s'était renfermée sur elle-même et cherchait désespérément son collègue du regard. Elle semblait apeurée.

— Est-il accompagné ? demanda Stéphane scrutant également la salle de la brasserie maintenant remplie à bloc.

— Non, sa femme n'a pas pu se joindre à nous. Elle est malade depuis déjà plusieurs mois. Une maladie auto-immune.

— Mince.

— Oui. Ils ont deux filles.

— Je suis désolé pour tout à l'heure. Je n'avais pas l'intention d'être désagréable. Franchement, c'était une plaisanterie. Dans le cas inverse, aucun doute que je ferais moi-même tache dans votre labo.

Elle décocha un sourire timide.

— Vous m'imaginez en blouse blanche, masque et charlotte ?

Elle répondit par un large sourire en haussant les sourcils.

— Ah, vous voyez, continua-t-il, les techniciens du LPS ne feraient qu'une bouchée du pauvre commissaire que je suis, si vous m'y jetiez en pâture.

— C'est vrai, répondit-elle en riant doucement. Mais la différence, c'est que moi, je ne vous aurais jamais donné en pâture…

Cette remarque spontanée de la jeune femme troubla le policier qui se trouva bouche bée quelques secondes. Reprenant ses esprits, il avança prudemment :

— Moi non plus, si ?

— Si.

— Pas volontairement, alors. Mais je vous ai quand même sorti des griffes de Benjamin, non ?

— Un peu.

— Alors, je suis pardonné ?

— Oui.

— Je peux vous offrir un verre aux frais de la PJ ?

La jeune femme accepta en évitant son regard. Ils se dirigèrent tant bien que mal vers une table où des flûtes de champagne étaient disposées en forme de pyramide. Les gens se serraient les uns aux autres tant la salle était bondée et l'ambiance battait son plein. Vers le fond de la pièce, ils virent Marie et son mari, Sophie et son compagnon et Legrand qui étaient en pleine conversation. Romain et un autre homme que Stéphane ne connaissait pas s'étaient joints au groupe. Chacun tenait une coupe et la discussion était animée. Le couple leur fit un signe de la main et le commissaire proposa du champagne à Anne. Elle se saisit de la flûte sans grande assurance et ils trinquèrent.

— À quoi lève-t-on notre verre ? demanda Stéphane.

— À ma réussite au concours de commissaire ?

— Ne vous moquez pas de moi.

— Pourquoi, serait-ce une telle hérésie ?

— Non, mais vous n'avez aucune expérience du terrain et…

— L'expérience, ça s'acquiert, commissaire. Vous aussi, vous avez débuté un jour.

— Oui, mais…

Anne se renfrogna et vida son verre d'une traite. Elle avait parlé plus par envie de provocation qu'autre chose, mais la réaction de Stéphane l'avait agacée.

Stéphane se radoucit :

— Si ça vous tient à cœur, c'est qu'il y a une raison.

— C'est vrai.

— Oui ? Mais encore ?

— Effectivement, il y a une raison.

— Ce n'est pas de tout repos avec vous. Il faut constamment vous tirer les vers du nez. L'avantage, c'est que ça ne me change pas trop des détenus...

La jeune femme rit. N'ayant pas l'habitude de boire, le champagne fit rapidement effet et elle s'expliqua un peu plus :

— D'un côté, j'ai toujours rêvé d'être sur le terrain, mais de l'autre, ça m'effraye. Me mesurer à d'autres personnes, fournir des résultats, satisfaire mes supérieurs, je sais que c'est au-dessus de mes forces. Malgré mes années d'ancienneté qui me donnent la possibilité de postuler au concours interne d'officier ou de commissaire, ne vous en faites pas, je suis consciente de n'avoir aucune chance.

— Mais vous pourriez effectivement commencer par être lieutenant, l'encouragea Stéphane qui avait des remords de s'être moqué d'elle. Vous l'avez dit vous-même, le métier peut s'apprendre à tout moment.

— Ah, maintenant vous êtes d'accord avec moi ? Allons commissaire, pas besoin de faire semblant. Si c'est pour ma tante que vous...

— Non, ce n'est pas pour ça. Je...

— Oui ?

— Non, rien.

Stéphane avait du mal à reconnaître son erreur. Il avait été trop dur avec elle et se demandait ce qui le poussait à se conduire de la sorte. Somme toute, il avait déjà encouragé des stagiaires avec aussi peu de prédispositions qu'Anne. *Pourquoi elle me fait réagir au quart de tour, comme ça ?* se demanda-t-il. *C'est vrai qu'elle a l'air tout droit sortie d'un livre pour enfants avec ses manières vieillottes et son ton décalé. Pas étonnant qu'elle n'ait pas sa place dans la jungle de la PJ. Ou plutôt, dans la jungle de ta vie, mon bon Fontaine...*

L'alcool et les comprimés aidant, il se surprit à la dévisager. L'homme dut reconnaître qu'il était attiré par cette jeune femme pas comme les autres. Elle-même, plongea ses yeux azur dans les siens. Ils restèrent ainsi, sans se soucier de la proximité des gens, jusqu'à ce que Stéphane ait envie de se rapprocher d'elle. C'est au moment où il fit un pas vers elle qu'il remarqua qu'Anne avait le front moite. La peau de son visage était aussi brillante qu'une traînée d'escargot. Elle tituba en fermant les yeux, puis se reprit rapidement :

— Excusez-moi. Le champagne, sans doute.

Alors que Stéphane s'apprêtait à poser sa main sur le bras de l'experte, celle-ci bondit en arrière, puis lui tourna le dos pour se frayer un chemin parmi la foule. Il la vit se faufiler à toute vitesse en direction des toilettes. Quelque peu dépité, il se servit une autre coupe. Il ravala les questions qui lui brûlaient les lèvres et ne dut pas attendre longtemps pour que la jeune femme réapparaisse.

C'est alors que la grande patronne prit la parole. Des « chut » fusèrent et il fallut attendre un peu avant que le silence ne se fasse. Le commissaire en profita pour glisser à l'oreille de la technicienne de la police scientifique :

— Au fait, vous êtes très belle ce soir.

En se faufilant discrètement aux toilettes pendant le discours de Jacqueline Moreau, Stéphane regretta ces mots et se demanda ce qui lui avait pris. *Ce n'est déjà pas dans mes habitudes de flirter avec des collègues de travail, Anne Bourdon n'en est d'ailleurs pas une, et encore moins avec la nièce de la patronne,* remarqua-t-il. *Comme si je n'avais pas assez d'emmerdes avec cette histoire de corneille. Attends, tu n'es pas en train de t'attacher quand même ? Et puis, elle n'est ni ton type, ni le genre de femme à coucher pour une nuit, alors...*

De plus en plus confus, il reconnut que son air candide l'avait attendri et que sa beauté inattendue avait fait mouche. *Il ne manquerait plus que ça que tu te mettes dans une embrouille avec la patronne,* marmonna-t-il en entrant dans les toilettes des hommes. Absorbé par ses pensées, il poussa la porte des cabinets du milieu tout en déboutonnant son pantalon. Lorsqu'il leva les yeux, il s'arrêta net face à la cuvette. En une fraction de seconde, il reconnut les lettres rouge sang qui formaient les mots écrits sur le mur repeint en bleu depuis peu.

Le cœur battant, il lut attentivement en se reboutonnant :

Cher Salopard,
Les fêtes de fin d'année approchent et avec elles, leur trop-plein de cadeaux et de champagne. Dans ma liste au Père Noël, je demande la même chose chaque année : que tu ailles griller en enfer ! Je sais qu'un jour, il m'exaucera...
Les guirlandes illuminées du sapin feraient un merveilleux collier funeste autour de ton cou marqué au fer rouge par mes ongles désespérés. Elles serviraient à te pendre haut et court à l'arbre enfin en fête, entraînant ton agonie lente, et surtout jouissive pour une autre personne que toi, pour une fois. Bleuâtre et gonflée, tu aurais alors la langue gluante et bien pendue une toute dernière fois...

Ta queue, oubliant ses distractions habituelles de trempette violente dans le con des femmes qui hurlent de douleur et d'humiliation, serait la meilleure des ficelles pour accrocher les boules multicolores et les petites figurines de Noël. Autant que leur innocence soit enterrée au plus tôt, car moins longtemps on espère, et plus on a de chance de se remettre de la blessure infligée par la désillusion.

Le paquet que j'attends au pied du sapin est tout ce qu'il y a de plus élémentaire, tu en conviendras. Il ne tient qu'à toi de le rendre accessible, faisant du rêve une réalité...

P.S.

29

La suite de la soirée ne fut qu'un merveilleux gâchis. Au lieu de profiter des amuse-gueules et du champagne, les policiers durent interrompre la fête afin d'être informés par la directrice de la PJ elle-même. Irritée au plus haut point, elle décida que le petit manège avait assez duré et elle prit le taureau par les cornes en dévoilant la situation à toutes les personnes présentes. Elle relata les faits, ainsi que toutes les étapes de l'affaire. Il semblait évident que l'auteur des lettres se trouvait parmi eux ce soir et elle comptait bien mettre fin à la plaisanterie.

Par ailleurs, il n'y avait plus aucun intérêt à garder l'affaire secrète. En effet, deux policiers étaient descendus aux toilettes au moment où le commissaire Fontaine découvrait la troisième lettre. Il leur avait demandé de surveiller la place pendant qu'il remontait informer Jacqueline Moreau et Jean-Paul Richard, mais en revenant avec les deux chefs, ils avaient constaté qu'une dizaine de policiers étaient amassés devant le mur des W.-C. Ils avaient déjà lu les phrases et ils envisageaient déjà des hypothèses à tour de rôle. La responsable de la PJ les pria de remonter dans la salle et de ne laisser sortir personne. Puis, s'adressant à Stéphane sur un ton de reproche, elle maugréa :

— Elle commence à m'emmerder sérieusement, ta corneille…

La directrice du 36 sortit alors l'artillerie lourde. Des tables furent placées au milieu de la salle de la brasserie et trois policiers s'y installèrent. En face d'eux, trois files de femmes, policières et femmes de policiers, se profilaient dans un brouhaha incommensurable. Chacune devait s'inscrire sur une liste de présence, noter en quelques mots avec qui elle avait passé la soirée, si elle s'était retrouvée seule et à quel moment, et évidemment, si elle était allée aux toilettes. On préleva même leurs empreintes à des fins de comparaison avec celles relevées dans les W.-C. La patronne avait tenu à être la première : « J'ai dit *toutes* les femmes présentes, et jusqu'à preuve du contraire, je fais partie du lot. Je ne fais pas exception à la règle. »

Les personnes ayant remarqué quelque chose d'anormal, ou une femme dans les toilettes des hommes, étaient également conviées à témoigner. La situation était grotesque et Stéphane ne put s'empêcher de faire l'amalgame avec les images des films aux files d'attente interminables des hommes à l'étoile jaune. Voir ses collègues de travail mises sur la sellette le mettait mal à l'aise. Il bénit ce rhume qui l'avait empêché de boire trop l'alcool. Dans cette ambiance rocambolesque, il avait besoin de toutes ses capacités.

Après avoir donné sa contribution après sa tante, Anne Bourdon descendit continuer son travail de spécialiste avec Romain Langlois qui commença les prélèvements dès qu'on lui porta son équipement. Sous les yeux du commissaire divisionnaire de la Crim et de Stéphane, il entreprit de relever les traces papillaires qui étaient nombreuses en ce lieu. Stéphane ne put s'empêcher d'être cynique en lui-même : *Je suis trop souvent mêlé à une affaire de chiottes, ces derniers temps. Ça commence à être pesant...*

— Ça risque de prendre du temps, Stéphane, dit Romain maussade, tout en s'accroupissant dans les cabinets.

L'agent de la police scientifique avait perdu son sens de l'humour. Stéphane se dit qu'en venant boire un verre ce soir, il ne s'attendait pas à se retrouver à quatre pattes dans les cabinets au lieu de déguster des toasts aux œufs de lump...

— Ça prendra ce que ça prendra. Désolé, Romain, mais de toute façon, on n'est pas encore couché, ajouta-t-il en se mouchant.

— Ouais, ça va. J'ai prévenu ma femme. C'est pas ça qui va arranger ses insomnies...

— Qu'est-ce que vous pensez de l'encre employée, cette fois ? demanda le commissaire divisionnaire de la Crim à Anne Bourdon.

— On dirait du sang, mais ça peut aussi être une encre rouge spéciale. On en saura plus après l'analyse du labo.

— Vous pensez qu'ils pourront traiter ça en priorité ?

— Oui, Mme Moreau a demandé à avoir les résultats demain matin. Ça l'ennuie suffisamment de devoir venir à la PJ le jour du réveillon...

— Si c'est du sang humain, ça change complètement la donne.

— Effectivement.

— Même si c'est du sang, réfléchit Stéphane à voix haute, on peut aussi envisager que ce soit celui de la corneille. Qu'est-ce que vous en pensez, Anne ? Je veux dire, d'un point de vue technique, c'est possible ?

— Tout à fait. Les lettres sont assez grandes, mais le tracé en lui-même n'est pas large. À mon sens, elle a dû tremper un pinceau fin dans de la peinture rouge ou dans du sang. Elle peut très bien avoir prélevé son sang à l'avance et l'avoir conservé dans une petite boîte pour l'utiliser ensuite comme un encrier.

— Mais, il en aurait fallu une grande quantité, non ?

— Pas tellement. En se coupant une veine dans un bain chaud, elle en aurait récupéré plusieurs millilitres sans aucun problème.

— Sans que ça nuise à sa santé ?

— Vous savez, lors d'un don de sang, une poche de 450 millilitres est prélevée. Il en aura fallu beaucoup moins pour écrire la quinzaine de phrases.

— C'est vrai, je n'avais pas pensé à ça.

— En tout cas, intervint Jean-Paul Richard, quelle que soit l'origine du produit utilisé pour écrire, le matériel est forcément quelque part. Je ne pense pas qu'il soit nécessaire d'humilier davantage ces dames en fouillant leur sac. Je vais déjà devoir trimer toute la semaine pour me faire pardonner auprès de Mme Richard…

— Oui, sourit Stéphane, je ne crois personne assez bête pour se trimbaler avec un pot de sang et un pinceau sous le nez de la moitié des flics du quartier. On va fouiller le resto jusqu'à ce qu'on trouve ce matos.

— Quant à l'histoire des veines, enchaîna le chef de la BC, on ne peut décemment pas demander à nos policières de remonter leurs manches pour leur vérifier les poignets…

— Surtout qu'on n'est sûr de rien pour l'instant. Si ça se trouve, elle a utilisé de l'encre.

— Oui, et cette situation est suffisamment loufoque. Pas besoin d'en rajouter.

— C'est vraiment dingue.

— Et la veille de Noël, en plus ! Bon, je vous laisse, Stéphane. Jacqueline m'attend pour faire une réunion au 36 avec les autres chefs de la PJ. Cette histoire prend une sale tournure.

Après son départ, le commandant Legrand, ainsi que Benjamin et Jérémy, rejoignirent Stéphane sur le pas des toilettes. Leurs expressions contrariées en disaient long.

— Tu es dans le coup depuis le début ? lui demanda Jérémy.

— Oui, c'est moi qui ai découvert la première lettre sous mon clavier d'ordi, le jour du meurtre Delon.

— Alors la stagiaire, c'est pas une stagiaire ? s'enquit Benjamin qui tenait une bouteille de bière à la main.

— Non, elle est technicienne à la police scientifique et spécialiste en écritures. La patronne, qui est sa tante, lui a demandé de m'aider à élucider ce mystère.

— Et ça ne te dérange pas de soupçonner nos policières ? interrogea Legrand qui ne paraissait pas moins éméché que Benjamin.

— Il n'est pas question de soupçons, mais plutôt de recherches. Avec la première lettre, on a aussi envisagé la piste de quelqu'un d'extérieur au service. Mais avec la deuxième, il n'y a plus eu aucun doute. Seul quelqu'un de la maison pouvait prendre la clef d'un véhicule.

— Et ce soir, lâcha Legrand, c'est le pompon ! Au lieu d'attraper une angine de comptoir, on est tous là à avoir la tension qui monte pendant que nos collègues sont accusées. Accusées de quoi d'ailleurs ? Celle qui a écrit ces lettres n'a tué personne que je sache ?

— C'est vrai, mais d'un autre côté, on ne peut pas laisser quelqu'un se balader dans la PJ en distribuant son courrier où bon lui semble sans que personne ne sache comment ou pourquoi. L'honneur du 36 est en jeu.

— Mais attends, s'énerva Benjamin, l'honneur du 36, l'honneur du 36, on s'en balance ! C'est celui de cette pauvre bonne femme qui a été bafoué, non ?

— Je suis d'accord avec toi, mais on n'est pas des psys non plus.

— Tu te rends compte qu'il s'agit d'une policière de la maison ? Si ça se trouve, c'est quelqu'un qu'on connaît, et toi tu n'en as rien à foutre, grogna-t-il en haussant le ton.

— Mais non, je ne m'en fous pas. Au contraire, la seule façon de l'aider, c'est de savoir qui elle est. C'est aussi le seul moyen de mettre la main sur le coupable du viol, quel qu'il soit.

Benjamin était hors de lui. Il marchait de long en large dans le couloir et était agité. Stéphane savait qu'il était saoul et que, comme il l'avait constaté plus d'une fois lors de leurs virées du samedi soir, le jeune homme avait le vin mauvais.

— En plus, continua-t-il tout en essayant de le calmer, on perd notre temps à essayer de démasquer l'auteur de ces lettres au lieu de résoudre l'affaire en elle-même. Notre boulot, c'est de mettre le coupable sous les verrous.

Benjamin changea soudain d'expression. Il eut l'air d'un petit garçon qui a été pris en train de faire une bêtise. Il se tint la tête et ferma les yeux en s'adossant au mur. Le commissaire, qui se doutait de l'étape suivante, lui parla doucement :

— Si tu ne te sens pas bien, tu peux aller te passer de l'eau sur le visage dans les toilettes des femmes, là, juste derrière toi.

Stéphane eut à peine le temps de finir sa phrase que Benjamin se précipita vers la porte. Les trois hommes restèrent silencieux en l'entendant vomir plusieurs fois. Soucieux de préserver sa fierté, ils remontèrent dans la salle où ils retrouvèrent Marie et Sophie assises à une table avec leurs compagnons.

Secondé par ses serveurs, le patron de la brasserie s'efforçait de limiter les dégâts en étant aux petits soins avec les quelques policiers qui avaient malgré tout décidé de rester. Il servait lui-même des assiettes d'assortiments et apportait des litres de café chaud. Le commandant Legrand rapprocha une table et se joignit à eux. Stéphane et Jérémy l'imitèrent en prenant soin de rajouter une chaise pour Benjamin.

— Voilà exactement ce qu'il me faut, dit Legrand, un bon café.

— Oui, acquiesça Marie, la descente est plutôt rude.

Stéphane et Jérémy saluèrent le mari de la policière, et Sophie leur présenta son petit ami. Elle l'avait rencontré deux mois plus tôt lors d'un gala de charité en faveur des enfants malades. Elle le présenta fièrement comme l'un des organisateurs et révéla la phrase qui l'avait séduite ce soir-là : « L'enfant malade d'un seul d'entre nous est l'enfant de tous. » Joueur de basket-ball de première division au club de Paris Levallois, le jeune homme de vingt-trois ans était bénévole dans l'association Sourire d'enfant. Le commissaire, qui suivait le championnat de France de temps en temps, reconnut l'homme roux d'un mètre quatre-vingt-quinze qui était un défenseur réputé. Il excellait pour faire fauter son adversaire et avait largement contribué à l'excellent classement de son club la saison dernière. Stéphane fut rassuré de voir que Sophie l'ignorait totalement.

— Tu as passé tous les barrages de police, Marie ? plaisanta Jérémy. Ça y est, tu es en zone libre ?

— Oui, Sophie et moi, on a fait notre déposition, mon lieutenant !

— Moi je ne suis même pas allée aux toilettes, précisa la stagiaire.

— Ne te crois pas obligée de te justifier, bougonna Legrand en se servant un café.

— Ben si, quand même un peu, dit-elle en croisant le regard de Stéphane.

— C'est incroyable cette histoire, continua Marie. Il paraît que ça fait déjà plusieurs jours que ça dure.

— Ouais, grimaça Legrand. Demande à Stéphane, il est dans le coup depuis le début.

— C'est vrai, Stéphane ?

— Oui, j'ai découvert la première lettre avant-hier.

— Pourquoi tu ne nous en as pas parlé tout de suite ?

— Parce que la patronne m'a demandé de garder le secret. Au départ, on ne savait pas vraiment où ça allait nous mener.

— Tu n'as quand même pas cru qu'une de nous...

— Là n'est pas la question.

— Si, justement, là est toute la question...

Lorsque Benjamin vint s'asseoir à la table, il ne prêta pas attention à l'atmosphère tendue. Son air dépité ne contrastait pas avec celui des autres et il accepta le café que Sophie lui servit sans un mot. Se sentant de trop, Stéphane prit congé de la ronde. Il redescendit les marches qui conduisaient aux toilettes pour la énième fois et se retrouva nez à nez avec Romain Langlois qui rangeait son matériel.

— Alors ? demanda Stéphane.

— Alors, il y a pas mal de traces exploitables. Tu auras les résultats demain midi. Par contre, pour la comparaison, il faudra attendre un peu plus. Il y avait au moins une centaine de bonnes femmes, ce soir.

— Qu'est-ce que tu as ? Ça ne va pas ?

— Non, ça va pas. J'avais aucune envie de faire des heures sup, ce soir. Et puis, j'avais promis à ma femme de rentrer tôt.

— Désolé.

— Fais chier ! explosa-t-il en donnant un coup de pied dans sa mallette.

— Allez calme-toi, Romain, dit Anne. Personne ne pouvait prévoir un truc pareil. J'ai pris des photos, mais je peux déjà vous dire que c'est sans aucun doute la même écriture.

— On s'en serait douté, lâcha Romain d'un ton âpre.

— Je suis désolé de t'avoir gâché la soirée, s'excusa Stéphane, mais la patronne tenait à conserver la même équipe sur cette affaire.

— Et ce que Dieu veut, tu le veux ! lança-t-il en partant.

Alors qu'Anne suivait Romain qui devait la raccompagner, le mal-être du commissaire allait grandissant.

Telle une ombre tapie dans l'obscurité, il sentait que quelque chose d'anormal se tramait. Il réalisa qu'il avait fait confiance à de parfaits inconnus, alors qu'il soupçonnait des collègues de longue date. Sa vue se brouilla.

Éreinté, il en voulut soudain à la terre entière, et en particulier à la directrice de la PJ qui l'avait entraîné dans ce guêpier. *Ou plutôt dans cette bourdonnière,* se reprit-il.

30

Le lendemain matin, l'affaire des lettres anonymes était étalée en première page des journaux et faisait sensation. Il était évident qu'avec le nombre de policiers présents à la fête, les fuites étaient inévitables. D'autant plus que certains avaient des relations dans le milieu de la presse. La réunion de la veille au soir avec les chefs des différentes brigades s'était finie tard. Le secrétaire général pour la zone de la défense avait été présent en sa qualité d'ancien directeur de la PJPP[1], et la stratégie à adopter avait été décidée d'un commun accord avec le préfet de police qui préparait son communiqué de presse pour 11 heures. Même si aucun crime n'avait été commis, symboliquement, cette enquête devait être traitée rapidement. Pas question de laisser les journalistes monter cette histoire en épingle.

Dans les services, la rumeur d'un corbeau parmi les policières de la maison créait un remue-ménage évident. Ceux qui n'étaient pas venus à la fête de Noël regrettaient d'avoir manqué le clou du spectacle et les

1. PJPP : police judiciaire de la préfecture de Paris.

autres ne se lassaient pas de raconter ce qui s'y était passé. Quant aux femmes qui faisaient partie de la liste des auteurs potentiels, elles étaient partagées entre l'indignation et l'amusement.

Mais plus que l'identité de la mystérieuse délatrice, c'était la supposition de l'implication de la PJ abritant un violeur qui créait une agitation évidente. Un vent de méfiance se mit à souffler dans les murs du 36, alors qu'au dehors, la tempête annoncée par Météo France battait son plein, au diapason avec les délits et actes de violence habituels qui n'avaient aucune intention de tenir compte des problèmes internes de la PJ.

31

Anne, qui était arrivée au Quai des Orfèvres en même temps que Stéphane, travaillait à l'étroit, essayant tant bien que mal de comparer les trois lettres. Le policier, incapable de se concentrer dans ce désordre, alla chercher une petite table sur laquelle il s'installa, laissant ainsi le champ libre à l'experte. Celle-ci, jetant un coup d'œil vers lui, fut prise d'un fou rire en le voyant étriqué comme sur les bancs de l'école.

— Vous vous moquez de moi ?
— Avouez que la scène est cocasse.
— Quoi, le commissaire mis au coin ou l'homme soupçonné ?
— Les deux. Et elle se mit à rire.

En souriant, Stéphane dévisagea la jeune femme. Ses cheveux étaient rattachés en chignon bas, mais elle ne portait plus de lunettes. Elle revêtait le même jean que la veille au soir et son pull-over vert pomme était presque normal. Il ignorait s'il s'était habitué à elle ou si son charme lui avait été dissimulé dans les premiers jours de leur collaboration, mais il la trouvait de plus en plus belle.

— Vous non plus, vous n'avez pas dû beaucoup dormir, s'aventura-t-elle.

— Je ne me suis pas couché.

— Ah ?

— Oui, je suis sujet aux insomnies, alors plutôt que de tourner en rond toute la nuit, je préfère sortir.

— Je vois.

— Qu'est-ce que vous voyez, chère Anne ? Que je me change en loup-garou à chaque pleine lune ? Que j'arpente les rues de Paris à la recherche de mes proies ? Que je les ramène chez moi au petit matin pour mieux les dévorer ?

Il se mit à rire bruyamment en voyant sa frimousse de nonne outragée.

— Ne faites pas cette tête-là ! Aucune femme n'est jamais restée dormir chez moi, alors vous voyez, aucun de risque de ce côté-là...

32

En entrant dans le bureau de Legrand, Stéphane fut surpris de trouver tout le groupe réuni. Benjamin, qui l'avait prié de venir, se leva pour lui céder sa chaise, alors que le commandant entreprit de lui résumer la situation. L'ambiance était plus détendue que la veille et Stéphane se demanda si la routine avait réellement repris le dessus.

— On a ses aveux. Marie a réussi à coucher ses déclarations sur le papier avant qu'il ne se rétracte.

— Bien joué, Marie, la félicita Stéphane.

— Merci, répondit-elle sèchement. En le prenant par les sentiments, après une nuit blanche dans l'aquarium, ça a marché.

— Les violons du capitaine Morin sur le mari qui pleure sa femme ont porté leurs fruits, compléta Legrand. Elle lui a dit que s'il respectait tant la famille, il devait une explication au veuf qui avait besoin de comprendre.

— Il a complètement craqué, précisa Jérémy, quand on lui a dit que les empreintes retrouvées dans les toilettes et sur la victime étaient les siennes.

— Et c'est vrai ?
— Oui, les résultats nous sont parvenus ce matin. Il a laissé ses empreintes partout, et aussi dans l'autobus.
— Son geste n'était donc pas prémédité ?
— Non, répondit Marie. Il n'arrêtait pas de dire qu'il voulait, je cite, « juste lui foutre la trouille en l'humiliant dans les chiottes et quand elle s'est mise à beugler, j'ai pas pu me contrôler. J'ai pas voulu la tuer, je vous jure, je voulais pas ».
— Le couteau a été acheté dans un magasin de chasse et pêche, poursuivit Jérémy. Il l'aurait jeté dans une poubelle en allant chez son cousin, les gars vérifient. Il prétend qu'il n'a parlé à personne de son acte.
— Les témoins ont été convoqués pour la confrontation en début d'après-midi, précisa Legrand.
— Ça n'a pas été de la bûche de les convaincre de venir un jour de réveillon ! enchaîna Marie.
Durant tout l'entretien, Benjamin Simon était resté silencieux. Stéphane avait remarqué les cernes sur sa peau claire et ses grands yeux noirs qui regardaient dans le vide. Il prit la parole :
— Il n'y a pas que cette affaire qui se devait de sortir. On a tous parlé de ce qui s'est passé hier soir et on est tombé d'accord. On s'est comporté comme des cons avec toi. Surtout moi.
— Moi aussi, rajouta Legrand. J'avais un petit coup dans l'aile et je te suis un peu tombé dessus.
Ne lui laissant pas le temps de réagir, il enchaîna :
— Tu as vu la presse ?
— Non, pas encore.
— Tiens, regarde. C'est pas joli, joli.

Stéphane lut le titre du quotidien que le commandant lui tendait :

*FOIE GRAS DE CORBEAU
POUR LES POLICIERS DU 36*

Le pot de Noël, fêté en grande pompe hier soir dans la brasserie du coin, regroupait les plus grands noms du Quai des Orfèvres. Au lieu d'être arrosée de champagne, la soirée a fini en eau de boudin lorsque les policiers ont découvert une lettre anonyme écrite sur le mur des toilettes. La missive, qui ne serait d'ailleurs pas la première, accuse un officier de la PJ d'être l'auteur d'un viol.

Dans quel but agit cette inconnue qui, selon toute évidence, fait également partie des murs ? Vient-elle réclamer la tête de son agresseur ? Est-elle animée par un désir de vengeance ? Ou cherche-t-elle simplement à ridiculiser la crème des PJ en se jouant d'elle ? Ce matin, dans un climat de dindes aux marrons, les policières se retrouveront quasiment en garde à vue dans l'exercice même de leur fonction. On aura distribué de meilleurs cadeaux sous le sapin de Noël de la police de Paris...

— Eh bien, commenta Stéphane, ils n'y vont pas de main morte.

— C'est une période creuse, bougonna Legrand. Pas de mort de Lady Di ou de mariage de Sarkozy à se mettre sous la dent.

— Oui, reconnut Marie. C'est toujours plus alléchant que les articles sur la fraîcheur des huîtres. Et puis, c'est malheureux à dire, mais l'opinion publique raffole des histoires de viol. Et si, en prime, des flics y sont mêlés, aussi bien dans le camp des victimes que sur le banc des accusés, que demande le peuple ?

— C'est vrai, convint Stéphane qui avait l'impression que la policière était plus froide que d'habitude.

— En tout cas, dit Benjamin, on voulait te dire qu'on est tous avec toi.

— Oui, confirma Jérémy, personne ici n'a aucun doute sur ton innocence dans cette histoire de viol.

— Merci.

— Bon, trancha Legrand. Comment on peut t'aider à y voir plus clair dans ce merdier ?

— Étant donné les regards en coin et les messes basses sur mon passage, ça m'étonnerait que je reste sur l'affaire encore longtemps, mais en attendant, il faudrait fouiller un peu dans les anciennes affaires de viol.

— Qu'est-ce qu'on cherche exactement ?

— Forcément une affaire criminelle, si c'est un dossier dont je me suis occupé.

— Peut-être mêlé à une histoire de viol, rajouta Jérémy.

— Je ne voudrais pas jouer les oiseaux de mauvais augure, bougonna Legrand, mais on n'a pas grand-chose pour l'instant.

— Surtout qu'au niveau oiseau, ironisa Marie, on affiche complet avec les trois lettres de la corneille et une pie violeuse en liberté…

Stéphane reçut un appel. Le silence se fit lorsque son ton s'assombrit :

— Comment ?… Oui, dans le XVIe… Non… Quoi ?… Un homme qui aurait été étranglé… Non, pourquoi ?… Pendu à son arbre de Noël ?!

33

L'adresse indiquée à la PJ se situait 1, rue des Eaux, sur la rive droite de la Seine, à quelques kilomètres du jardin du Trocadéro. Bâti sur sept étages, l'immeuble donnait sur la rue avec un vis-à-vis direct sur la rangée d'immeubles d'en face. Au-dessus de la porte en fer forgé noir, la pierre avait été taillée en forme de colliers de fleurs et de feuilles. Un policier en uniforme posté en faction surveillait l'entrée. Il salua le commissaire Fontaine, Maxime Legrand et Benjamin, qui arrivèrent les premiers, et il leur indiqua le premier étage, juste au-dessus du porche. De la rue, ils distinguèrent trois fenêtres habillées au premier tiers d'une balustrade assortie à l'embrasure principale. Des rideaux en voile clair étaient tirés. Les officiers s'engouffrèrent dans le hall de l'immeuble et montèrent les escaliers rapidement. Un autre agent leur ouvrit la porte sans un mot.

Dès qu'ils pénétrèrent dans le salon, ils s'arrêtèrent net. Un homme, qu'ils reconnurent immédiatement, était accroché à un arbre de Noël gigantesque qui était lui-même attaché par une rallonge à la poignée de la fenêtre, probablement pour que le sapin ne s'écroule pas sous le poids du corps dont les pieds touchaient néanmoins le sol. Une guirlande électrique qui clignotait encore enserrait son cou, entamant légèrement la chair bleuie jusqu'au visage. La langue gonflée sortait de la bouche, épaisse et violacée. Les yeux exorbités étaient ouverts dans une expression figée. Des branches de lunettes de vue avaient été insérées sous la peau à hauteur des oreilles, constituant un sillon épais et boursouflé sous l'épiderme. Des deux côtés des yeux, les entailles formaient une plaie d'où avaient coulé des larmes de sang coagulé. Le sapin évangélique, décoré des petits santons de la crèche de Noël, contrastait avec la vision du pénis qui pendait mollement et aurait mis mal à l'aise le plus fervent des athées. Il avait été sorti par l'orifice du jean dont trois boutons avaient été dégrafés. Une figurine représentant un berger avait été nouée autour de la verge, lui donnant un air de fête.

Le commissaire ne put repousser l'image de son père effondré sous le sapin le jour du départ de sa mère. Dès lors, il ne s'était jamais plus approché de l'arbre maudit. Une phrase qu'il avait apprise par cœur à l'école lui revint en mémoire : *le genre* Abies *ou sapin fait partie de la famille des pinacées, avec entre autres le* pinus *ou pin, tous deux étant comme la plupart des conifères, des gymnospermes.* Il improvisa ensuite : *pin, pinacée, pénis,* pinus, *foutu sapin.*

Étonné du silence consterné des trois officiers, le policier de secteur présent dans l'appartement prit la parole :

— Salut, pas beau à voir, hein ?

— Oui, excusez-nous. Commissaire Fontaine, se présenta-t-il.

— Bonjour, commissaire. On a tout de suite compris que c'était une affaire pour la BC. Il n'y a quasiment pas eu de passage.

— C'est très bien. Commandant Legrand, et voici le lieutenant Simon. On vous écoute.

— Le cadavre a été découvert il y a une heure par la femme de la victime.

— La femme ? s'exclama Benjamin qui était encore plus pâle que d'habitude.

— Oui, elle est rentrée vers 15 heures de chez sa grand-mère d'Évreux. Elle y est allée hier matin et a dormi chez elle pour l'aider à cuisiner le repas familial de demain midi. Ils auraient dû tous s'y retrouver pour fêter Noël. Tu parles d'un réveillon…

— Vous me confirmez que la victime était mariée ?

— Oui, commissaire, répondit le policier ne comprenant pas l'insistance des officiers sur ce point.

— Et c'est elle qui a découvert le corps ? s'enquit Legrand.

— Oui, la voisine l'a entendue hurler et s'est précipitée pour venir voir ce qui se passait. Elle l'a trouvée hystérique dans le hall de l'appartement et a dû la traîner de force chez elle. Heureusement que son mari et son fils aîné étaient présents. Ce sont eux qui l'ont aidée à la porter et qui ont téléphoné à la police après avoir eu la présence d'esprit de verrouiller la porte.

— Elle est chez la voisine ?

— Oui. Ses parents et sa sœur viennent d'arriver. Apparemment, ils étaient mariés depuis peu.

— Merci. Tu peux nous laisser un instant ? demanda Legrand. Et ne laisse entrer personne, s'il te plaît.

Une fois que le policier fut sorti de l'appartement, le commandant se laissa aller :

— Merde, c'est pas vrai, mais quelle merde !

— Benjamin, ça ne va pas ? s'inquiéta Stéphane. Tu es en sueur.

— Je crois que j'ai un peu de fièvre. Tu as dû me refiler ta crève. Je sors respirer un peu d'air.

— Oui, ça vaudrait mieux, dit Legrand. Déjà que d'habitude tu n'es pas bien bronzé, mais là, tu es carrément gris. Qui va lui annoncer ça ?

— À la façon dont vous me regardez tous les deux, grimaça Stéphane, je crois que je n'ai pas vraiment le choix… Je descends avec toi, Benjamin. Elle va arriver d'un instant à l'autre, il faut l'intercepter avant qu'elle ne monte.

Des bruits de pas se firent entendre sur le palier. Stéphane reconnut les voix de Marie et Sophie qui insistaient pour que le policier les laisse passer. Il sortit alors avec Benjamin qui referma la porte derrière eux. Ce dernier dévala les marches en regardant vers le sol, alors que Marie interrogeait le commissaire du regard.

— J'ai besoin de vous en bas, les filles.

— Qu'est-ce qui se passe ?

— Marie, tu viens ? insista Stéphane. Jérémy, tu retrouves Maxime à l'intérieur.

Sans leur laisser le temps de réagir, le commissaire prit les deux femmes par le bras et les entraîna en bas de l'escalier. Une fois dans la rue, il constata que Benjamin avait disparu et se dirigea sur sa droite en direction de la Seine, à la recherche d'un endroit chaud pour s'asseoir. Une pluie fine s'était remise à tomber et ils marchèrent rapidement vers le premier café en vue, à quelques mètres de là. Marie suivait le pas en silence.

Curieusement, depuis qu'il avait vu le cadavre, le commissaire ne pouvait chasser de sa tête une chanson :

Mon beau sapin, roi des forêts, que j'aime ta verdure.
Quand par l'hiver, bois et guérets, sont dépouillés de leurs attraits.
Mon beau sapin, roi des forêts, tu gardes ta parure...

Les trois policiers pénétrèrent dans le café et Stéphane choisit une table dans un coin. Puis, il commanda trois cafés et une bouteille d'eau sans même leur demander ce qu'elles souhaitaient boire. Il prit ensuite la parole sans plus tarder.

— La mise en scène du crime est exactement la même que celle décrite dans la dernière lettre du corbeau. La victime a été pendue à un sapin de Noël et malheureusement, c'est quelqu'un proche de toi, Sophie.

— Quoi ?

— Je suis désolé, c'est ton petit ami.

— Non, c'est pas possible ! Non, c'est pas vrai, dit-elle en soufflant.

La stagiaire enfouit son visage dans ses mains et se mit à pleurer bruyamment. Marie, qui était assise à côté d'elle, l'enlaça. Sophie resta ainsi sur l'épaule de la policière jusqu'à ce que le serveur apporte la commande. Marie la força à boire un peu d'eau et Stéphane but son café en avalant deux comprimés de Doliprane avant de se lever en disant :

— On va tout faire pour retrouver celui ou celle qui a fait ça.

En sortant, il maudit le vent glacé en frissonnant. Tout en avançant à grandes enjambées, il revit le regard de Sophie quand son beau visage rond s'était brusquement décomposé. « On va tout faire pour retrouver celui ou celle qui a fait ça. » *Quelle phrase banale ! Mais que pouvais-je dire de plus, que faire d'autre que mon boulot de flic ? Je n'ai pas de baguette magique pour réparer la brutalité de l'irrémédiable. Car face à la mort, nous sommes tous égaux. Tous...*

34

Stéphane avait prévenu le chef de la Crim qui avait répondu dès la deuxième sonnerie, malgré sa présence dans un grand magasin. Il était en train de choisir un cadeau pour sa femme et hésitait entre une nuisette à moitié transparente ou un ensemble culotte et soutien-gorge en dentelle noire. Tel un voleur pris en flagrant délit, il avait reposé les articles précipitamment en reconnaissant la voix du commissaire. Malgré la cohue et le brouhaha environnant, il avait saisi immédiatement les répercussions d'une telle nouvelle et avait demandé à Stéphane de le tenir informé toutes les heures. Il avait ensuite alerté lui-même le parquet et la directrice de la PJ.

Quand Stéphane pénétra à nouveau dans l'appartement de Kévin Béranger, les agents de la police scientifique avaient commencé leur travail, alors que Jérémy se chargeait des constatations. Stéphane savait ce qu'il en coûtait au futur jeune père de prendre à sa charge la tâche du procédurier qui demanderait une longue retranscription écrite par la suite. Il chercha des yeux

Benjamin, sans succès. Il semblait plus que probable que les officiers seraient en retard pour réveillonner.

— Quelle merde, marmonna Legrand en s'approchant de lui. Sophie ?

— Marie est avec elle.

— Rude.

— Oui, elle est en état de choc.

— Tu lui as dit qu'il était marié ?

— Non, pas encore.

— C'est dingue qu'elle ne s'en soit pas aperçue. Tu veux me dire qu'elle n'est jamais venue chez lui ?

— Apparemment non, sinon elle aurait reconnu son appart avant que je lui parle. Or elle est complètement tombée des nues.

— Comme quoi, tu sais jamais vraiment qui tu as en face de toi, constata Legrand, amer.

— Oui, on en saura plus tout à l'heure. Je suppose que Marie va la faire parler un peu. Le médecin légiste est passé ?

— Oui, un doc que je ne connais pas. S'il est de garde un après-midi du 24, il a forcément pas trop de bouteille.

— J'espère qu'il connaît quand même suffisamment son affaire.

— En fonction de la rigidité cadavérique et après avoir pris la température du corps, il estime la mort entre hier soir minuit et ce matin tôt, en tout cas pas après 7 heures du mat. Il pourra être plus précis avec l'autopsie.

— Il va falloir trouver quelqu'un qui s'y colle, un soir de Noël…

— Benjamin s'est déjà proposé.

— Ah, il est remonté ?

— Oui, je l'ai envoyé dans l'immeuble commencer l'enquête de voisinage. Ensuite, même si les rideaux étaient tirés, il faudra aussi aller voir en face.

— La rue est assez étroite et le vis-à-vis est excellent.

— Ouais. C'est pas tout, maintenant, faut qu'on s'y colle avec la vraie Mme Béranger. Mais avant, laisse-moi deux minutes, j'ai besoin d'un clope.

35

Leur intrusion chez la voisine fut perçue comme l'arrivée du Messie. Tous se levèrent pour saluer les deux officiers, sauf une jeune femme qui pleurait à chaudes larmes. Assise dans un fauteuil recouvert d'un tissu finement rayé beige et rouille, assorti au reste du mobilier, la veuve aux cheveux auburn avait le front et le menton rouges contrairement à sa peau blanche parsemée de taches de rousseur. Ses mains lissaient nerveusement les plis de sa jupe en tweed gris et une boîte de Kleenex était posée sur l'accoudoir.

— Bonjour. Madame Béranger ?
— Oui.
— Je suis le commissaire Fontaine et voici le commandant Legrand. Nous vous présentons toutes nos condoléances.

La phrase eut l'effet d'une bombe. L'épouse de la victime redoubla de pleurs et les femmes présentes se joignirent à elle. Sa mère vint se serrer contre elle dans le fauteuil et la voisine, qui leur avait ouvert la porte, leur fit signe de s'asseoir. Un des deux hommes présents prit la parole :

— Bonjour commissaire. Qu'est-il arrivé à mon gendre ?

— Kévin Béranger a été victime d'un meurtre, monsieur ?

— Monsieur Fournier, je suis le père de Sophie.

Les deux policiers se regardèrent d'un air surpris. Ainsi, l'épouse Béranger portait le même prénom que la maîtresse. *Bien pratique,* railla Stéphane en son for intérieur. *Comme ça, pas de risque de se tromper sur l'oreiller.*

— Depuis combien de temps connaissiez-vous M. Béranger ?

— Ma fille l'a rencontré il y a huit mois et ils se sont mariés en octobre.

À ces mots, les sanglots s'intensifièrent.

— Donc, vous ne le connaissiez que depuis huit mois ?

— Oui et non. Tous les amateurs de basket-ball savent qui est Kévin Béranger. Je l'avais vu jouer plusieurs fois en Pro A, mais je ne l'avais jamais rencontré personnellement, si c'est ce que vous voulez dire.

— Comment ça se passait pour lui dans l'équipe ?

— Il était le meilleur défenseur du club. C'est toute la ligue qui va être sous le choc. Au niveau national, on lui promettait une brillante carrière.

— Connaissez-vous sa famille ? demanda Legrand.

— Il en a très peu. Il est originaire du Jura, ses parents et son frère aîné y vivent d'ailleurs encore. Mais nous ne les avons rencontrés qu'une seule fois, au mariage des enfants.

— Je vois. Amis, connaissances autres que dans le milieu du basket ?

— Non. Il passait le plus clair de son temps à l'entraînement.

— Nous nous sommes laissé dire, avança prudemment Stéphane, qu'il était bénévole dans une association.

— C'est là… que nous nous sommes… rencontrés, murmura Sophie Béranger.

— Je me doute que c'est un moment très difficile pour vous, mais si vous pouviez nous en dire un peu plus, ça pourrait nous aider dans nos recherches.

— « Sourire d'enfant » est une association très active. Elle se déplace dans les entreprises pour récolter des fonds. C'est dans la boîte de high-tech où je travaille en tant que secrétaire que je l'ai vu pour la première fois, dit-elle d'une traite. Je l'ai tout de suite remarqué et ça a été le coup de foudre entre nous.

— Après combien de temps avez-vous, comment dire, concrétisé ?

— Le soir même. Je me souviens de la phrase qui m'a fait complètement craquer : l'enfant malade d'un seul d'entre nous est l'enfant de tous.

Une lueur brillait dans les prunelles des deux policiers lorsque leurs regards se croisèrent une fraction de seconde.

— Savez-vous où était votre mari hier soir ? demanda Legrand.

L'évocation de la soirée de la veille la ramena à la réalité. Elle se remit à pleurer et dit dans un sanglot :

— Il était resté à la maison pour décorer l'arbre magnifique qu'il avait acheté pour me faire la surprise. Je… je le sais, car je l'ai entendu en parler au téléphone avec ma mère.

— Il m'avait mise dans la confidence, renifla la mère.

— Il a passé la soirée à préparer notre petit nid douillet pour Noël et maintenant, tout est fini. C'est atroce ! cria-t-elle. Oh, mon Dieu, mon Dieu…

La femme du joueur de basket craqua alors complètement. Elle s'effondra et se mit à hurler en tremblant. Le remue-ménage qui s'ensuivit ne permit pas aux officiers de la PJ de continuer leur entretien. Legrand eut tout juste le temps de poser une dernière question à la maîtresse de maison qui leur ouvrait la porte :

— Vers quelle heure avez-vous entendu les cris de Mme Béranger ?

— Quelques minutes après 3 heures. Je le sais parce que j'ai l'habitude de regarder une émission de cuisine qui commence à cette heure-là et que j'ai tout juste eu le temps de noter les ingrédients. Je voulais leur préparer une bûche de Noël spéciale cette année. C'est plutôt raté…

36

De retour au Quai des Orfèvres, Stéphane alla chercher Anne afin qu'elle assiste au premier bilan de l'équipe. Le lien entre l'affaire des lettres et le meurtre ne faisant aucun doute, il comptait sur sa présence pour les éclairer sur le caractère de la corneille. Cependant, en entrant dans son bureau, le commissaire ne trouva pas la jeune femme. Son sac et son manteau se trouvaient au même endroit sur une chaise, mais la spécialiste en écritures n'était pas là. Il attendit dix bonnes minutes, puis se résigna à aller à la réunion sans elle. C'est en marchant dans le couloir qu'il la croisa. Elle sursauta en l'entendant prononcer son nom et le policier lui trouva un air bizarre. Elle bafouilla quelques mots à l'annonce du meurtre et sembla éviter son regard.

Quelques minutes plus tard, Anne s'installait dans le bureau de Benjamin et Jérémy. Ce dernier, assis à sa place habituelle, rédigeait son rapport sur les constatations et les mises sous scellés. D'une mine renfrognée, il tapait bruyamment sur les touches de son clavier tout en bougeant frénétiquement les jambes. Benjamin, quant à lui, se chargeait de consigner dans un procès-verbal, l'audition des voisins. Stéphane fut frappé par l'expression de son ami qui avait l'air d'avoir vieilli de dix ans. Legrand, assis juste en face d'eux à la place de Franck Denis qui selon lui, *avait eu du flair de poser ses vacances trois mois à l'avance,* interpella Marie au moment où elle entrait dans la pièce :

— Alors ?

— Alors, ça peut aller, répondit-elle en s'asseyant sur le coin de la table de Benjamin. Je l'ai amenée chez ses parents et c'est seulement là-bas que je lui ai dit qu'il était marié. Ça lui a fichu un coup bien sûr, mais si tu me demandes mon avis, c'est mieux comme ça.

— Qu'est-ce que tu veux dire par là ?

— Que si c'était un menteur et un violeur, il vaut mieux qu'elle en soit débarrassée !

— Eh oh, tu vas un peu vite en besogne, non ? s'indigna Jérémy. S'il lui a menti sur le fait qu'il était marié, ça ne veut pas dire que c'était un violeur.

— Tu as raison Jérémy, dit Stéphane. Nous n'avons pour l'instant aucun indice nous permettant de l'affirmer.

— Je vais te les trouver, moi, les preuves, s'énerva Marie. Tu aurais dû voir dans quel état elle était, la petite.

— Je suis désolé pour Sophie, reconnut Jérémy. Mais si tous les types qui trompent leur femme étaient considérés comme des violeurs, on aurait la moitié de la population derrière les barreaux, PJ comprise…

— Bon les gars, coupa Legrand, on se calme. Je sais que ça fait beaucoup entre l'histoire des lettres et maintenant celle de Sophie, mais notre boulot à nous, c'est de retrouver le tueur. Alors mettez en branle vos petites cellules grises.

Après un court silence, il murmura :

— Pour Sophie…

— Ultime question, reprit Stéphane. L'auteur des lettres est-il celui du meurtre ?

— Ça semble évident, non ? dit Jérémy. Sinon, comment expliquer la similitude de la mise en scène ?

— Effectivement, c'est l'hypothèse la plus probable. Ce qui sous-entend que Kévin Béranger est le violeur.

— Et qu'elle est l'assassin.

— Ouais, continua Legrand, mais y a plein de détails qui ne collent pas. Premièrement, comment tu expliques qu'une nana ait pu porter un mec de sa taille pour l'accrocher au sapin ? Même si ses pieds reposaient par terre, un poids mort est difficile à soulever, surtout de son gabarit.

— Elle peut avoir agi avec un complice, suggéra Jérémy.

— La victime aurait laissé entrer deux personnes en pleine nuit ? Il n'y a pas de trace d'effraction. Je suis sceptique. Deuxièmement, pourquoi le tuer maintenant, et surtout, pourquoi attirer l'attention de la PJ sur elle si elle prévoyait de le buter ? La logique aurait voulu, au contraire, qu'elle fasse passer ce meurtre inaperçu.

— Pas évident, dit Stéphane. Elle a écrit cette lettre dans le but qu'elle soit découverte en pleine fête, ça sent la mise en scène à plein nez.

— D'autant plus que si elle est flic, compléta Marie, ce ne sont pas les occasions qui lui ont manqué. Elle doit avoir une idée derrière la tête pour suivre un tel scénario.

— D'un autre côté, poursuivit Jérémy, si ce n'est pas elle, c'est obligatoirement quelqu'un qui est au courant de ce qu'il y avait écrit dans la troisième lettre. Et alors là, quel est le mobile ?

— Imaginons que quelque chose qui nous échappe encore se soit passé lors de la soirée d'hier, continua Stéphane, que le tueur soit l'auteur des lettres ou pas, peu importe. On en revient une fois de plus au 36.

— Merde, s'exclama Legrand, on tourne en rond.

— Oui, acquiesça Stéphane. Et ça ne fait que commencer. Attends de lire la presse demain matin.

— Tu vas voir qu'ils vont finir par nous coller les bœuf-carottes au cul.

— Il faut absolument trouver une piste avant le jour de l'an. D'ici là, tout va être gelé.

— Bon, reprenons, suggéra Legrand. Marie, tu as pu recueillir des éléments avec Sophie ?

— Oui, elle a rencontré la victime lors d'une soirée de charité en faveur de cette association où il était bénévole. Or, le public concerné par le problème des enfants malades est essentiellement féminin.

— Bingo, s'écria Legrand. Tu as mis les pieds dans le plat, petite Marie. Il a utilisé exactement la même méthode pour séduire sa femme.

— Même phrase, même façon de procéder, reprit le commissaire. Tout est parfaitement calculé.

— Marie, dit Legrand, est-ce que tu sais à quelle heure Sophie et Kévin sont partis de chez Jean-Pierre hier soir, et surtout, ce qu'ils ont fait après ?

— Oui. Ils ont quitté la brasserie vers 11 h 30 et il l'a raccompagnée chez elle directement. Sophie m'a raconté qu'il semblait fatigué et contrarié. Il était environ 23 h 55 quand il l'a déposée. S'il est rentré chez lui dans la foulée, il a dû arriver vers minuit et demi.

— On a un témoin dans l'immeuble d'en face qui a fermé ses volets à cette heure-là et qui l'a aperçu.

— Bon, ça colle, conclut Legrand. On peut donc dresser l'emploi du temps de la victime jusqu'à son arrivée chez lui vers 0 h 30. Il se précisera quand on aura l'heure exacte de sa mort. Benjamin, l'autopsie est prévue pour quand ?

— Dans moins d'une heure. Des ordres ont été donnés en haut lieu pour faire passer ce cas en priorité.

— Tu parles d'un réveillon...

— T'en fais pas, de toute façon, j'avais pas grand-chose de prévu.

— Moi, ma femme m'attend depuis une bonne heure chez mes beaux-parents, avoua Jérémy. Si je n'arrive pas avant le repas de Noël, je risque de trouver ma valoche sur le pas de la porte. Les hormones de fin de grossesse...

— Bon, dit Legrand, on termine ce premier bilan et tu files. Toi aussi, Marie.

— Tu es sûr ?

— Oui, ton téléphone n'arrête pas de vibrer. Pourquoi tu ne réponds pas ?

— Je lui ai laissé un texto.

— Ouais, ben appelle-le quand même si tu ne veux pas voir tes trois bonshommes débarquer ici. Au fait, comment ça se fait que Sophie ne soit jamais venue chez lui ?

— Il lui a fait gober un bobard de plus. Son appartement aurait été soi-disant en travaux et il aurait habité chez ses parents le temps qu'il soit retapé.

— Bien ficelé, reconnut le commissaire.

Anne Bourdon s'agitait sur sa chaise. Visiblement ailleurs, elle n'entendit pas la question de Stéphane :

— Ouh ouh, Anne, vous êtes là ?

Elle avala sa salive en réalisant que tous les visages étaient tournés vers elle.

— Eh bien... Je... Excusez-moi, vous disiez ?

— Vous croyez que la femme qui a écrit les lettres est l'auteur du meurtre ?

— Non.

Tous s'attendaient à une explication qui ne vint pas. L'experte était extrêmement pâle.

— Sur quoi vous basez-vous ? interrogea le commissaire.

— Sur la personnalité qui est plutôt déprimée et en état de grande faiblesse. Or, il me semble qu'il faut beaucoup de force pour commettre un meurtre. Surtout pour le préméditer. Pour cela, il est nécessaire d'avoir des nerfs d'acier, non ?

— Effectivement, on peut supposer que la préméditation d'un homicide, surtout dans ce cas de figure où l'envoi des lettres a commencé trois jours en amont, demande un certain sang-froid.

— Ce qui ne colle pas du tout avec son caractère.

— Qui est ? sourit cyniquement Benjamin.

— Qui est plutôt dans la fragilité et la féminitude, malgré la forme du A à certains endroits, qui a une forme plutôt masculine. Ce qui est d'ailleurs étrange.

— Et vous pouvez connaître une personne, uniquement en regardant son écriture ? continua le lieutenant sur sa lancée.

— L'analyse graphologique...

— Je vous tire mon chapeau, mademoiselle. Pour ma part, c'est à peine si j'estime connaître quelqu'un après des années passées ensemble. La personnalité humaine n'est-elle pas ce qu'il y a de plus complexe au monde ?

La spécialiste baissa les yeux. Elle transpirait à grosses gouttes.

— L'écriture aussi est complexe, intervint Marie. Elle est unique comme les empreintes digitales ou le timbre de la voix. Tu n'y connais rien et...

Soudain, Anne se leva d'un bond en renversant sa chaise. Elle se précipita jusqu'à la porte et sortit maladroitement en se cognant l'épaule.

— Quelle mouche l'a piquée ? s'étonna Benjamin.
— Tu as exagéré, dit Marie.
— Quoi ? Si on ne peut plus dire ce qu'on pense maintenant.

Le commissaire Fontaine se leva à son tour et quitta la pièce d'un pas lent. Benjamin le suivit des yeux en marmonnant dans sa barbe :

— Lui, c'est le bourdon qui l'a piqué...

37

Anne réapparut dans le bureau de Stéphane environ un quart d'heure après lui. Elle se remit au travail comme si de rien n'était. Le policier remarqua que ses joues avaient repris leur couleur, mais les cheveux qui tombaient sur son front étaient encore collés par la sueur. Il s'interrogeait sur le comportement étrange de l'experte. Il avait la certitude que la jeune femme lui cachait quelque chose. *Peut-être qu'elle en sait plus qu'il n'y paraît*, se dit-il. *Et si elle avait découvert un indice ? Dans ce cas, pourquoi ne pas en parler ? Sûrement parce qu'elle pense que la corneille fait partie du groupe. Ou alors qu'elle soupçonne l'un de nous d'être le violeur.*

— Vous avez quelque chose à me dire, Anne ?
— Non, pourquoi ?
— Dans ce cas, vous devriez rentrer chez vous. On vous attend sûrement pour dîner en famille.
— J'ai prévenu que je ne viendrais pas.
— Ah bon ?
— Oui, je préfère avancer sur la comparaison en écritures. Il y en a encore tant à faire…

— Vous avez l'air épuisée. Vous savez, le meilleur moyen d'y voir clair, c'est parfois de prendre un peu de recul.

Pour toute réponse, elle fit une moue qui amusa beaucoup le policier. Il n'avait encore jamais rencontré quelqu'un comme elle. Sans vraiment réfléchir, il dit :

— Puisque vous avez annulé votre programme à cause de moi, ça vous dirait de ne pas complètement renoncer au réveillon ?

L'air de vierge effarouchée de la jeune femme lorsqu'elle tourna la tête vers lui, lui fit regretter sa spontanéité.

— Nous pourrions parler de l'affaire en prenant l'apéro. J'ai quelques petits-fours et une bouteille de champ au frigo.

— L'affaire ?
— Oui.
— C'est que…
— On pourra peut-être avancer un peu.
— Bon, si ça peut nous faire avancer…
— Alors c'est entendu. J'habite à dix minutes à pied. Je vous raccompagnerai au métro ensuite.

38

Au dehors, la pluie avait cessé, et l'air était froid et sec. Ils marchèrent en silence sans que cela soit pesant. Le commissaire entendait la respiration de la technicienne qui s'était emmitouflée de la tête aux pieds. Elle avait l'air d'un bonhomme de neige qui se déplace harmonieusement malgré sa physionomie engoncée. Ralentissant le pas, elle semblait se délecter de la vue sur la Seine dans la magie du 24 décembre. L'ambiance unique de ce jour invitait le paysage tout entier à se mettre en hibernation en attendant l'arrivée du vieil homme à la tunique rouge et à la barbe blanche.

Stéphane se calqua sur son rythme lent et s'arrêta à ses côtés lorsqu'elle ressentit le besoin de faire une halte. Il s'appuya également sur le garde-fou en pierre grise et ils restèrent ainsi de longues minutes à contempler l'horizon, vers les lumières orangées de la capitale se reflétant dans l'eau tranquille du fleuve légendaire. Elle paraissait absorbée dans ses pensées. Le policier ne lui posa pas de question. Lui-même se sentait bien et ils continuèrent leur route.

— C'est mon modèle, vous savez. C'est une femme extraordinaire, ma tante.

— Vous l'avez souvent vue étant enfant ?

— Oui, elle m'a toujours considérée comme sa fille et, avec ma marraine qui était sa meilleure amie, elles m'ont quasiment élevée. Je suis fille unique.

— Ah, moi aussi, dit Stéphane. Enfin, fils unique.

— Ma tante et ma mère ont été élevées avec leurs quatre frères en banlieue, par des parents de la classe ouvrière qui ne comprenaient pas les besoins d'émancipation de deux adolescentes en herbe. Ma mère, et je pourrais dire à sa décharge qu'elle était l'aînée, s'est pliée aux exigences de mes grands-parents, et a quitté l'école à seize ans pour suivre leurs pas. Elle a toujours enjolivé le travail physique et encensé le dur labeur. Elle ne m'a jamais comprise. Ma tante, au contraire, a brisé le moule en suivant de brillantes études.

— Je comprends mieux d'où vient son caractère de battante.

— Oui, je crois que ça lui a bien servi dans son métier. Elle n'a jamais eu peur d'aller contre les a priori ou d'évoluer dans un monde d'hommes qui la sous-estimaient au départ.

— C'est tout à son honneur. Nous sommes arrivés.

39

— À quoi trinquons-nous ? dit Stéphane en levant son verre.
— À notre réussite dans l'affaire des lettres.
— Alors à notre réussite ! Vous aussi, vous êtes une mordue du boulot ?
— Oui, j'adore mon métier.
— Et la vie privée dans tout ça ?
— Euh, eh bien…
— Ma question vous embarrasse ? Je peux commencer si vous voulez.
— C'est-à-dire que…
— Moi, ma vie de flic ne me laisse pas assez de temps pour m'investir dans une relation. Et vous, alors…
— Moi, déjà ? Il me semble que vous avez un peu bâclé votre exposé, sourit-elle.
— Ah, je vois. On ne vous la fait pas à vous, hein ?
En guise de réponse, elle haussa les sourcils en pinçant la bouche. Stéphane ne put s'empêcher de rire.
— D'accord, d'accord, vous m'avez attrapé la main dans le sac. Après tout, les gens prennent la place qu'on

veut bien leur accorder. Donc, si la place n'est pas prise, c'est bien que je ne l'ai pas faite.

— Vous n'avez jamais vécu avec quelqu'un ?

— Non, et si vous tenez tant à ce que je développe mon « exposé », je ne crois pas qu'une relation de couple puisse être durable.

— Ah bon ?

— Oui, vous en voyez beaucoup des couples heureux autour de vous ?

— Euh…

— Non, ça se finit soit en divorce à s'écharper à coups d'avocats, soit en cocufiage en bonne et due forme.

— Vous ne généralisez pas un peu trop ?

— Non. Parce que vous, vous croyez au grand amour ?

— Oui, et si vous n'y croyez pas, c'est que vous n'êtes tout simplement jamais tombé amoureux.

— Je ne suis pas le genre à « tomber » pour quoi, ou qui que ce soit.

— Dommage pour vous, il n'y a rien de plus beau.

— Et la descente, elle n'est pas un peu rude ensuite ?

— C'est vrai qu'une déception amoureuse ou une rupture, ça fait très mal. Mais s'empêcher d'aimer par peur d'échouer, ça me semble trop terne pour ne serait-ce qu'y penser. Ne faut-il pas prendre des risques pour espérer goûter pleinement à la vie ?

— Vous avez l'air de parler en connaissance de cause.

— En effet, j'ai été amoureuse. Une fois.

— Et…

Anne garda le silence.

— Et laissez-moi deviner, ça s'est mal passé. Il était marié ? Il vous a trompée ? Il vous a quittée ?

— Oui, c'est cela, il m'a quittée.

La voix de la jeune femme s'était brisée. Elle fit comme si de rien n'était et prit une barquette au saumon qu'elle porta à sa bouche. Son hôte remarqua pour la première fois la finesse de ses mains. Ses longs doigts aériens se mouvaient avec fluidité. Une fraction de seconde, elle lui fit penser à un elfe. Lorsqu'elle changea de sujet de conversation, sa voix était douce :

— Comment en êtes-vous venu à être flic ?

Stéphane fut pris d'une quinte de toux.

— Excusez-moi. Je vous ressers un peu de champagne ?

— Non merci.

— Alors voyons voir, qu'est-ce que vous voulez entendre, la version officielle ou l'autre ?

— D'après vous ?

— Ma mère a quitté la maison pour un autre homme quand j'étais tout môme. Son dernier cadeau a été une panoplie de policier. Voilà, je vous fais grâce d'un cours de psycho à deux balles.

— Et vous n'avez pas gardé le contact avec elle ?

— Les lettres qu'elle a daigné m'écrire de temps en temps se trouvent encore à la même place dans le secrétaire de mon père, là, juste derrière vous. J'ai toujours refusé de les ouvrir.

— Vous lui en voulez encore ?

— Oui, et ça ne va que crescendo depuis la mort de mon père.

— Je comprends.

— Quoi ?

— Que dans de telles conditions, vous soyez réticent à faire confiance à une femme.

— Oui, on m'a souvent dit que ça avait un rapport, mais je n'accorde aucun intérêt à ces théories fumeuses.

— Peut-être qu'effectivement, même si votre maman n'était pas partie, vous auriez choisi de vivre seul. Après tout, tous les célibataires de plus de trente-cinq ans n'ont pas perdu leur mère.

— Exactement.

— Cependant, si je peux me permettre…

— Je vous en prie.

— Tant qu'on n'a pas pris la décision d'affronter nos fantômes, les décisions que nous prenons ne sont pas motivées par une liberté de choix. Ce sont nos peurs qui nous dictent notre conduite.

— Oui, enfin, nous sommes tous influencés par notre vécu, vous savez.

— En pratique, oui. En théorie, je pense qu'à partir du moment où on a le courage de se mesurer à son passé et de l'accepter, on se libère d'un sacré poids, ce qui nous permet de construire notre présent de façon plus équilibrée. Mais pour cela, il faut avoir l'envie et la force de pardonner.

— Pardonner à la vie, pardonner aux autres, se pardonner. Ce serait évidemment l'idéal…

— Oui, et dans ce cas, au lieu de voyager dans un autre compartiment, on aurait alors la possibilité de changer de wagon, et même de train et de destination !

Stéphane rit. Il ignorait si le champagne y était pour quelque chose, mais il ne s'était pas senti aussi détendu et en confiance depuis longtemps. Les mots glissaient et les barrières habituelles n'avaient plus lieu d'être. C'était comme s'il connaissait Anne depuis toujours. Ils burent, ils rirent, ils s'émurent ; ils parlèrent deux bonnes heures sans interruption, de tout et de rien, de tout, sauf de l'affaire des lettres...

40

La sonnerie de la porte d'entrée retentit. Anne sursauta et Stéphane la regarda, perplexe.

— Ah, c'est sûrement Benjamin. Je l'avais complètement oublié.

— Je vais vous laisser, dit Anne en se levant gauchement.

— Non non, pas du tout, lui dit-il tout en lui faisant signe de se rasseoir. Il va nous donner des précisions sur l'autopsie, c'est important que vous les entendiez.

Stéphane alla ouvrir au lieutenant qui pénétra dans le salon, plus pâle que jamais. Il avait l'air exténué et sa maigreur faisait peur à voir. S'il fut surpris de la présence d'Anne, il n'en laissa rien paraître.

— Salut, lança Stéphane en lui serrant chaleureusement la main. Joyeux Noël, c'est ce qui se dit habituellement, non ?

— Ouais, dit-il en lui donnant une accolade dans le dos. Bon Noël à toi aussi, Steph.

— Viens t'asseoir. Tu as l'air gelé. Tu veux une coupe ?

— C'est pas de refus. Alors mademoiselle Bourdon, ça va ? interrogea-t-il en venant se placer juste à côté d'elle sur le canapé.

— Oui, merci.

— Allez, santé ! dit-il en levant son verre. Et sans rancune pour tout à l'heure.

Ils parlèrent littérature un moment. Benjamin était souriant et la fit participer à la conversation, lui demandant son avis et semblant même l'apprécier. Anne s'interrogea sur ce changement d'attitude et se crispa à nouveau lorsqu'il rentra dans les détails de l'autopsie.

— Cause de la mort : asphyxie par étranglement manuel. Le légiste a parfaitement décelé les ecchymoses créées par les doigts du tueur. Le labo nous en dira plus au sujet d'éventuelles empreintes, mais le doc peut d'ores et déjà affirmer que les paumes étaient grandes et épaisses. Il a aussi retrouvé des fragments d'un tissu beige sur le cuir chevelu à l'arrière de la tête qui pourraient provenir du tapis du salon.

— La victime aurait donc été étranglée en position couchée et ne respirait plus quand la guirlande électrique a été placée autour de son cou.

— Ouais, et c'est pareil pour les lunettes qui ont été insérées sous la peau. Le reste de la mise en scène viendrait dans un second temps.

— Donc, le coupable l'étrangle, puis lui passe la guirlande autour du cou et lui implante les branches des lunettes ?

— C'est ça. Ensuite, il soulève le corps pour l'accrocher au sapin dont le tronc avait été relié préalablement à la poignée de la fenêtre par une rallonge électrique qu'il a trouvée dans le salon. Pas con le coup du contrepoids. Et c'est pas tout.

— Quoi ?

— Sur le côté droit du cou de la victime, le légiste a noté la présence de petites cicatrices, juste au-dessous de l'oreille. Elles remontent à quelques mois et pourraient avoir été faites par des ongles.

— Intéressant. On aurait donc affaire à une gauchère ?

— Oui.

— Il faut absolument qu'on mette la main sur celle qui a écrit ces lettres. Elle a forcément un lien avec ce meurtre.

— C'est quand même curieux, risqua Anne.

— Oui ? l'encouragea Stéphane.

— J'aurais juré que l'auteur des lettres était droitière.

— On ne peut pas taper dans le mille à tous les coups, ironisa Benjamin.

— Peut-être, répliqua-t-elle. Mais si vous me permettez une remarque lieutenant, j'aimerais attirer votre attention sur la stagiaire. Je ne dis pas qu'elle est suspecte, mais pour l'instant, elle remplit parfaitement les conditions que vous venez d'énoncer, et elle avait aussi un mobile.

— Sophie ? ! s'exclama Benjamin.

— Elle a raison, reconnut Stéphane, nous ne sommes pas neutres dans cette histoire, et je peux te dire que nous ne resterons pas longtemps en charge de cette affaire. Je te parie que le Proc va nommer un autre enquêteur dès que je lui aurai transmis la procédure.

— Tu ne crois quand même pas que Sophie…

— Bien sûr que non ! Mais Anne a raison d'émettre cette possibilité. C'est notre boulot de tout envisager pour mieux éliminer.

— Je suis d'accord avec vous, s'empressa-t-elle de rajouter. Étant donné la petite taille de Sophie Dubois que j'ai aperçue à la soirée, il paraît peu probable qu'elle ait pu soulever la victime pour l'accrocher au sapin. De plus, je suppose que vous pouvez me confirmer que ses mains ne sont pas grandes, et encore moins épaisses, n'est-ce pas commissaire ?

Son ton espiègle ne laissait pas de doute quant à l'allusion.

— En effet, je vous le confirme, lui sourit-il. Cependant, vous avez eu la présence d'esprit de soulever un détail qui me fait réaliser à quel point je ne suis pas objectif dans cette affaire. On ne peut en tout cas pas complètement éliminer la piste de Sophie du point de vue théorique, car elle pourrait avoir agi avec un complice.

— Tu es sérieux, Steph ?

— Théoriquement, Benjamin, théoriquement.

— Ah bon. Alors pour finir en beauté, le meurtrier déboutonne le pantalon de la victime suspendue au sapin, et en sort le pénis. Il accroche un santon en enserrant la ficelle trois fois autour, puis y fait un double nœud.

Sans crier gare, Anne se leva en s'excusant et se dirigea vers les toilettes. Stéphane en profita pour aller mettre au four la dinde et les marrons qu'il avait préparés dans un plat. De la cuisine, il cria à Benjamin :

— Tu as dit que le légiste avait estimé l'heure de la mort entre 1 heure et 2 heures du matin ?

— Oui.

— Étant donné qu'il n'y a pas eu trace d'effraction et qu'on a un témoin qui l'a vu rentrer seul vers minuit et demi, on pourrait très bien imaginer que la victime ait laissé entrer son agresseur peu de temps après son retour chez lui, ou que ce dernier l'ait attendu dans l'ombre pour y pénétrer avec lui.

Lorsque Stéphane réapparut, il trouva Anne enveloppée à nouveau de son manteau, prête à partir, attendant à côté de la porte d'entrée, son sac à la main. Surpris de la soudaineté de sa décision, il essaya de la convaincre de partager leur repas, mais malgré son insistance, rien n'y fit. Elle accepta néanmoins qu'il la raccompagne à la station de métro la plus proche.

Durant les cinq minutes de trajet à pied, l'allure rapide de son pas, son bonnet enfoncé jusqu'aux sourcils et son écharpe recouvrant son nez, lui indiquèrent qu'elle n'avait pas envie de parler. Troublé, il respecta sa volonté. Au moment de la quitter, il dit :

— Vous voyez que j'avais raison, pour finir, il y en a toujours un qui quitte l'autre. Ce soir c'est vous qui...

Quand elle tourna la tête vers lui, Stéphane constata avec effarement que son visage était mouillé de larmes.

— Nous avons été ensemble quatre ans. Les quatre plus merveilleuses années de ma vie. Nous allions nous marier. Mon fiancé est mort dans un accident de voiture, il y a un peu moins de deux ans. Oui Stéphane, il m'a quittée...

LE NOËL DE LA CORNEILLE

ton genre, se fit-elle la remarque. *Il aime sa liberté et la diversité. Quoi de plus clair ma fille ? Éloigne-t'en comme de la peste et contente-toi d'en rester à une relation professionnelle. Point barre !*

Elle se traîna finalement hors du lit et courut allumer le chauffage dans la salle de bains. Remontant ses grosses chaussettes jusqu'aux genoux, elle sautilla sur une jambe jusque dans la cuisine où elle enclencha la machine à café. Petit tour aux toilettes, et la voilà chantant sous la douche.

— Si tu ne m'aimes pas, je t'aime et si je t'aime… Prends garde àààà toi. Lala la la !

Elle accompagna la parole d'un geste brusque qui changea la position du robinet. L'eau devint subitement glacée et la jeune femme poussa un cri en se reculant. Le temps de rétablir l'eau chaude, le shampoing qu'elle avait généreusement fait mousser sur sa longue chevelure blonde lui dégoulina dans les yeux. Deuxième cri de la matinée.

— Ah là là Chloé, miss Catastrophe a encore fait des siennes, dit-elle en s'habillant.

Faisant mine de comprendre, sa vieille chienne leva le museau en la regardant. Son arrière-train se coinçait souvent, ce qui contraignait sa maîtresse à la porter jusqu'en bas de l'immeuble pour qu'elle fasse ses besoins. Anne l'avait prise à la SPA alors qu'elle fêtait ses dix-huit ans, deux mois avant le bac. Elle la considérait comme sa meilleure amie depuis déjà douze ans.

La jeune femme était passionnée de mode. Depuis sa plus tendre enfance, elle créait ses propres modèles. S'entraînant alors sur ses poupées qu'elle grimait et habillait de façon rocambolesque, elle les remplaçait

41

Anne Bourdon n'avait pas envie de se lever. Elle s'était réveillée tôt, et malgré ses diverses tentatives, pas moyen de se rendormir. *Quelle poisse,* se dit-elle, *pour un matin de Noël, j'avais espéré mieux...* Sept heures et quart et il faisait encore noir dehors. Elle détestait l'hiver et n'avait pas le courage d'affronter le froid qui régnait dans l'appartement. Il faisait bon sous la couette fleurie lilas-muguet, cadeau de sa marraine quand elle était adolescente.

C'était un cauchemar qui l'avait tirée de son sommeil, mais elle ne se souvenait pas de son contenu. La seule chose qui lui en restait était une impression désagréable et une boule au fond de la gorge. Il lui paraissait évident que les incidents des derniers jours y étaient pour beaucoup. Elle avait dû affronter des situations inhabituelles, ce qui avait engendré un stress important. L'experte en documents craignait de décevoir sa tante, mais aussi Stéphane.

En peu de temps, il avait réussi à occuper une place importante dans la vie de la jeune femme et elle ne s'en félicitait pas. *Il n'a aucune envie de s'enticher de qui que ce soit, et sûrement pas d'une potiche dans* aujourd'hui, portant ses propres créations, malgré sa grande taille qui la complexait. Sa chambre de travail était encombrée de vêtements, chapeaux, sacs, toges, foulards, gants et rubans de toutes sortes. Des paniers en osier remplis de boutons, bobines de fils multicolores, élastiques, craies, ciseaux, et mètres à coudre, étaient éparpillés sur la moquette pistache. Deux grandes malles en bois sombre contenant des tissus et des vêtements à recycler étaient poussées contre le mur, une armoire ancienne leur faisant face sur le pan opposé. Une machine à coudre moderne entourée d'un ruban rouge reposait sur une longue table placée sous la fenêtre. C'était son cadeau de Noël. Elle avait dû économiser longtemps avant de pouvoir se l'offrir. Elle avait hâte de l'essayer et elle décida de la baptiser sans plus attendre.

Assise devant son acquisition, deux heures passèrent sans qu'elle s'en aperçoive. Elle apprit rapidement à la manier et en ressentit un grand plaisir. Fronçant les sourcils et pinçant les lèvres, réflexes habituels l'aidant à se concentrer, elle assemblait les parties d'un sac en tissu qui lui donnait du fil à retordre. Elle dut s'y reprendre à plusieurs reprises pour obtenir l'effet escompté au niveau des anses. Sa forme allongée et ses couleurs beige et gris lui donnaient un air de cabas de vacances pour dame de bonne famille. Le ruban l'enserrant avait été harmonieusement noué sur le côté. La jeune femme admirait maintenant son ouvrage achevé. Elle était satisfaite du résultat. Ce sac serait parfait pour les jours d'été.

Elle alla dans la cuisine en se frottant les mains pour les réchauffer. Pendant que l'eau montait en température dans la bouilloire électrique, elle se prépara un plateau télé sur lequel elle posa un morceau de baguette de la veille, un camembert, une crème de gorgonzola entamée, et une tasse avec la poudre de cacao prête à être recouverte de lait. Elle assaisonna rapidement les quelques feuilles de salade qui lui restaient, puis versa le contenu de la bouilloire dans une bouillotte en caoutchouc rouge. Elle posa son petit déjeuner sur la table basse du salon, sosie du casse-croûte de ses parents et des ouvriers qui travaillaient avec eux, puis s'assit dans son fauteuil ancien en allumant la télévision. Anne se blottit contre la poche chaude. Elle savait qu'elle passerait le reste de la matinée devant les émissions de Noël, faisant le plein d'énergie avant de se rendre au traditionnel repas familial chez sa tante.

Ce fut au moment d'aller se préparer que la jeune femme fouilla dans son sac à la recherche de ses boucles d'oreilles. Elle tomba alors sur une enveloppe blanche cachetée. Consternée, elle reconnut immédiatement l'écriture : *Pour Anne Bourdon.* Son cœur se mit à battre à tout rompre. Elle courut à la cuisine enfiler ses gants à vaisselle, puis revint en trombe pour ouvrir l'enveloppe. Elle en sortit une lettre dont elle ne put s'empêcher d'identifier le type de papier : *rédigée en cursives, sur une feuille avec lignes, format A4, du dépôt d'imprimés du poste de police.*

Ses jambes se dérobèrent sous elle et elle se laissa tomber au sol pour lire :

Cher Père Noël,
C'est à toi que j'écris aujourd'hui, car pour la première fois de ma vie, je crois en toi. Tu as entendu ma prière et l'as exaucée, brisant ainsi les chaînes de fer qui

m'entamaient les chairs depuis si longtemps. Tel l'esclave envers le maître qui lui rend sa liberté, son honneur d'être humain, son courage, je te suis redevable au-delà des frontières de la vie. Merci.

J'ai trouvé dans la chaussette suspendue à ma cheminée un petit bourdon aux ailes transparentes de vérité ; les jardins sont en fleurs sur son passage malgré le froid de l'hiver. Sa naïve fraîcheur m'aura rappelé au bon souvenir de ma douce féminité. Ce petit insecte a su toucher mon cœur solitaire de survivante d'un naufrage qui perdure à l'infini dans les profondeurs de mon âme, et je lui en suis reconnaissante. En fait, cette affaire aura été une histoire de femmes depuis le début...

L'histoire d'une femme qui, évoluant dans un monde d'hommes, y a été blessée, malmenée, humiliée. Malgré tout, dans cet univers de mâles, j'ai quand même eu la chance d'apercevoir une lumière au bout du tunnel. Une main s'est tendue au bon moment, un sourire sincère et simple, une fidélité saine qui ne demandait rien en retour : Stéphane. Quand il entendra les mots d'amour que je prononce à son égard, il se dira sûrement qu'il s'est trompé sur mes intentions. Eh bien non, je ne l'ai jamais désiré. Mon amour envers lui a été sans bornes sans être sexuel, il peut se rassurer. Il aura été mon ami, mon confident, mon frère, mon père, mon fils, tout ce que je n'ai jamais eu ou que j'ai perdu. Il le sera à jamais.

Voilà, je me mets sur mon 36 pour quitter ce numéro qui m'aura été à la fois salutaire et fatal. Je demande pardon à tous ceux qui auront de la peine à cause de moi. Je me sens vide de tout, de tous, de lui, de moi.

J'ai peur de mourir, mais j'ai encore plus peur de vivre.

P.S.

42

Anne se leva comme un diable qui sort de sa boîte et rentra dans une belle panique. Elle s'agita dans tous les sens sans parvenir à réfléchir, se demandant comment prévenir le commissaire. Elle n'avait ni son numéro de portable, ni celui de son domicile. Elle tenta de retrouver un annuaire dans le fouillis de sa chambre de travail, sans succès, puis composa le 17 pour finalement raccrocher en entendant la tonalité. Elle se rua alors dans la salle de bains pour enfiler ses vêtements de la veille. Le caractère d'urgence ne faisait aucun doute et chaque minute était comptée. Elle ne voulait pas commettre une erreur qui pourrait être fatale à l'auteur des lettres.

Sur le point de partir chez Stéphane pour lui montrer la missive, elle recouvra enfin ses esprits et ne put retenir un juron en composant le numéro de portable de sa tante. Elle dut s'y reprendre à deux fois tant ses doigts tremblaient. Elle lui fit part brièvement de la situation, puis lui lut la lettre. La directrice de la PJ lui ordonna de sortir au plus vite et de porter la lettre au commissaire Fontaine pendant qu'elle-même chercherait à obtenir le numéro de téléphone de celui-ci.

Anne se précipita dans la rue et se pressa sur le trottoir qui la menait au grand carrefour de l'église d'Alésia. Elle agissait sous le coup de l'affolement malgré l'effort qu'elle faisait pour garder son calme en respirant profondément. Au moment où elle traversait alors que le feu piéton était encore au rouge, Jacqueline Moreau la rappela. La jeune femme sortit précipitamment son portable et courut s'adosser à une porte d'immeuble pour noter le numéro de téléphone du commissaire. Son stylo écrivait un chiffre sur deux, ce qui amplifia son état d'extrême agitation, mais elle parvint tout de même à se relire.

Tout en accélérant le pas vers la station de métro, elle pria le ciel pour que Stéphane décroche. Son souhait fut exaucé au bout de trois sonneries. Il était midi pile quand elle entendit la voix du commissaire qui lui apparut comme le sauveur. Toute la tension accumulée s'atténua d'un coup. Elle eut le sentiment d'avoir accompli sa mission et en ressentit un sentiment de soulagement immédiat. Sautillant sur place pour ne pas geler, elle lut la lettre pour la troisième fois, debout au bas des escaliers menant à la bouche de métro.

Comme prévu, le policier garda son calme et lui posa quelques questions concises, lui demandant enfin de relire une dernière fois les phrases afin qu'il les enregistre. La communication se coupa juste après, alors qu'elle pénétrait dans le long tunnel la menant à la rame de métro. Tout en marchant, elle se demanda qui pouvait bien être cette femme qui connaissait forcément Stéphane, et imbibée de l'atmosphère des couloirs souterrains à n'en plus finir, repensa à une phrase de la lettre : *une lumière au bout du tunnel, Stéphane...*

43

Le commissaire Fontaine s'était levé tard et se sentait mieux. Mais cette accalmie n'avait pas duré, et après l'appel d'Anne, ses tempes le lançaient à nouveau. Vêtu d'un training chaud, il écoutait l'enregistrement pour la cinquième fois, assis devant le secrétaire de son père. Il se passait compulsivement la main dans les cheveux qui étaient complètement ébouriffés et battait la mesure d'une musique inaudible avec son index. Il était bien décidé à écouter les mots jusqu'à ce qu'il trouve un indice le mettant sur la piste. Une de ses collègues était peut-être en train de se suicider et il était coincé chez lui sans la moindre idée de ce qu'il fallait faire. Son impuissance le rendait fou.

— Calme-toi Fontaine, se dit-il à lui-même, calme-toi bordel. Tu n'arriveras à rien comme ça. Si elle a adressé sa lettre à Anne et si elle parle d'elle, c'est qu'elle a été en contact avec elle depuis son arrivée à la PJ. Ce qui réduit considérablement le champ des recherches. Voyons voir : Marie Morin bien entendu, Sophie Dubois pour ce qui est du groupe de Legrand. Concernant les autres équipes de la Crim, elle peut très bien avoir discuté avec quelqu'un en allant prendre un café.

Il essaya en vain de joindre la technicienne de la PTS sur son portable pour lui demander de lui dresser une liste des femmes avec qui elle avait parlé.

— Elle ne doit pas avoir de réseau dans le métro. Alors pour l'instant, on fera sans.

Stéphane réécouta la voix d'Anne lisant la lettre, articulant exagérément et s'appliquant à détacher les mots. Tout à coup, le policier se frappa le front en se levant :

— Il y a une femme au 36 à laquelle je n'ai pas pensé et qui connaît parfaitement Anne.

Il s'agita dans la pièce assombrie par les nuages gris qui étaient de plus en plus bas dans le ciel. Il marcha de long en large en montant le ton :

— Jacqueline Moreau ! Et si… et si… Bon sang, tu n'arrives même pas à le dire. Mais non enfin, ça ne colle pas. Tu es ridicule mon pauvre ami. C'est la fièvre qui te fait délirer. Reprends-toi une dose, ça ira mieux.

Il saisit la boîte de Doliprane posée sur la table basse du salon et en avala deux. Il ne pouvait se résoudre à imaginer la directrice de la PJ dans le rôle de l'auteur des lettres, et le fait même d'y avoir pensé, lui paraissait maintenant stupide.

Il se résolut à se concentrer sur le contenu de ce dernier message, persuadé que si un détail était susceptible de le mener à elle, il ne pouvait que se trouver là. Stéphane ne tenait pas en place. Il se repassa l'enregistrement en boucle tout en faisant les cent pas. Tantôt il hochait de la tête d'un air entendu, tantôt il frappait dans ses mains en laissant échapper un juron, mâchoires crispées. Ses sourcils châtain foncé ne se relâchaient que lorsque la voix d'Anne cessait quelques secondes. Au bout de plusieurs essais infructueux, des larmes de rage lui montèrent aux yeux et il perdit le contrôle de la situation.

— Merde, merde, merde !

Il donna un coup de pied dans la chaise qu'il envoya valdinguer contre un porte-journaux qui se renversa, étalant son contenu au sol. Il fut surpris de sa réaction impulsive et se ressaisit immédiatement. Il ramena la chaise à sa place sous le secrétaire, puis s'accroupit pour ramasser les vieux quotidiens et les magazines féminins que sa femme de ménage oubliait parfois. Son attention fut attirée par la couverture d'une revue sur laquelle posait une jeune femme en tailleur élégant tout en étant moderne. Les tons rouge et blanc étaient assortis à ses grosses boucles d'oreilles en forme de boule de Noël. Elles lui firent penser à celles d'Anne. Sur le côté, l'article *Actu Mode* précisait : *Comment se mettre sur son 31 sans paraître dix ans de plus que son âge ?*

Brusquement, son visage se décomposa. Il resta figé plusieurs secondes, les yeux grands ouverts, puis se redressa d'un bond. Il se rua vers le secrétaire puis mit en route une nouvelle fois l'enregistrement en retenant son souffle. Il se concentra sur chaque mot et écouta aussi attentivement qu'il le put. Aux trois quarts de la bande, il se rassit frénétiquement et alluma son ordinateur portable. Il dut contenir son impatience le temps que la page Internet s'ouvre d'elle-même. Il fit la recherche dont il avait besoin et lut le résultat comme si sa propre vie en dépendait.

Quand il se leva, tout son corps tremblait, saoul de ce qu'il venait de découvrir. Il savait maintenant qui était l'auteur des lettres anonymes et avait l'impression d'avoir reçu un coup de massue derrière la tête. Malgré tout, il garda son sang-froid et agit en vrai professionnel. Tout en laçant ses baskets, il lui téléphona et ne fut pas surpris de tomber sur son répondeur. Le cœur battant, il bondit hors de son appartement et se précipita à l'extérieur pour prendre sa voiture. Il mit en place son gyrophare amovible et prit le volant, espérant qu'il ne soit pas trop tard…

44

Jérémy Lucas et sa femme, Sandrine, étaient encore en train de faire la grasse matinée quand le portable de celui-ci retentit. Ils avaient décidé de profiter des dernières semaines avant la naissance de leur petite fille pour faire le plein de sommeil. Malgré l'heure tardive, Sandrine râla :

— C'est pas vrai, qui est-ce qui vient nous emmerder le matin de Noël ?

— Midi Sandy, la corrigea Jérémy. Il est déjà 12 h 50.

— Qui c'est ?

— C'est Steph, dit-il en décrochant.

La future maman ne fit plus aucun commentaire et se rendit aux toilettes pour la énième fois de la matinée. Elle avait le commissaire Fontaine en adoration. Chaque fois qu'elle l'avait rencontré, ils avaient parlé longuement et elle appréciait sa compagnie. Elle le trouvait très intelligent et prévenant. Les liens d'amitié qui s'étaient rapidement liés lui avaient permis d'entendre les confidences du célibataire sur sa vie privée. De la salle de bains, elle perçut des bribes de conversation sans en comprendre le sens, et lorsqu'elle réapparut dans la chambre à coucher, elle trouva son mari habillé et fébrile :

— Écoute ma chérie, je suis désolé, mais il faut que j'y aille. J'ai une urgence.

— Quoi ?

— Je t'assure que cette fois, c'est différent.

— Tu te fous de moi ? Tu ne vas quand même pas me laisser le jour de Noël ?

— Je sais, je sais ma chérie d'amour, mais je n'ai vraiment pas le choix.

— Tu m'avais promis ! Tu m'avais promis de lever le pied avant la naissance du bébé. J'en ai marre de ton sale boulot. Sale flic !

— Je t'en prie, ne me fais pas une scène. Je te promets que c'est vraiment urgent. Il faut absolument que je file, dit-il en enfilant son blouson.

— J'en ai assez de passer mes soirées seule, les week-ends quand tu es de garde, les nuits parfois quand tu es appelé. Alors Noël, non !

— Je m'excuse, je suis un sale con, je suis un sale flic, mais je t'assure que c'est une affaire pas comme les autres.

— Pourquoi ?

— Je t'expliquerai tout à l'heure, d'accord ?

— Non !

— S'il te plaît, se rapprocha-t-il doucement. C'est vraiment très important pour moi.

— Salaud, l'enlaça-t-elle.

— Tu as raison, je suis un salaud, je suis tout ce que tu veux, mais qu'est-ce que je t'aime, l'embrassa-t-il.

— Tu reviens vite ?

— Aussi vite que possible, répondit-il en enfilant ses gants.

— Tu prends la moto ?

— Oui.

— Mais, il commence à neiger.

— Je te jure que je serai prudent. Mais la vie de quelqu'un est en danger et chaque minute compte.

— Alors va mon beau chevalier, et fais attention à toi.

— Merci mon amour, merci. Et tu sais quoi ? Pour la naissance de notre petit ange, c'est promis, je vends la moto…

45

Le commissaire Fontaine fonçait littéralement dans sa Renault Mégane coupé gris métallisé. Il se concentrait sur sa conduite, ne voyant rien d'autre que les routes qui défilaient à vive allure. Tout au long du trajet, des fragments de phrases lui revinrent en mémoire, confirmant davantage son hypothèse. Les mots évoqués dans les lettres, des réactions qu'il aurait dû mieux interpréter. Anne avait eu raison : l'auteur des lettres avait essayé de leur faire comprendre quelque chose au fur et à mesure de ses messages.

Il gara son véhicule en deuxième file et se rua dans l'immeuble moderne. Au passage, il vit la moto de Jérémy garée sur le trottoir. Habitant plus près, il était arrivé avant lui comme prévu, avantagé également par la maniabilité et la vitesse de son engin. Il décida de ne pas prendre l'ascenseur et monta quatre à quatre les marches, seul obstacle qui le séparait maintenant de la vérité. Il se retrouva devant la porte défoncée de l'appartement qu'il connaissait si bien pour y avoir passé de nombreuses soirées de rigolade. Celle-ci était entrouverte et le policier hésita une fraction de seconde avant de la pousser précautionneusement.

Il les vit aussitôt dans le couloir sur sa gauche. Jérémy, effondré au sol, pleurant silencieusement la figure enfouie dans ses mains, et Benjamin, assis par terre dans la salle de bains qui se profilait, et dont la porte était grande ouverte. Son buste reposait sur le pied du lavabo et ses jambes étaient allongées, raides comme des baguettes. Ses bras ballants s'étalaient sur le carrelage de part et d'autre de son corps, les paumes de ses mains tournées vers le ciel. À quelques centimètres de sa main droite, son arme de service reposait à même la dalle. Sa tête reposait légèrement en arrière alors que son visage était méconnaissable.

Il s'était tiré une balle dans la bouche. Le projectile avait tout arraché sur son passage, de la lèvre supérieure au sommet du crâne. La couleur rouge du sang contrastait avec la blancheur immaculée des carreaux. Sous l'hémoglobine, Stéphane reconnut le survêtement vert foncé qu'ils avaient acheté ensemble un jour de soldes, il remarqua la montre à son poignet gauche, cadeau de sa jumelle que son ami ne quittait jamais, puis il se fit la réflexion en son for intérieur qu'un peu de cervelle avait giclé sur le miroir au-dessus du lavabo. Ce ne fut qu'alors qu'il s'écroula brusquement, se retrouvant à un mètre de Jérémy, pleurant à son tour sans un bruit.

46

À l'arrivée d'Anne Bourdon, les deux hommes étaient encore dans la même position. Alors qu'elle était sortie à la station de métro « Pont-Neuf », elle avait reçu un SMS de Stéphane lui indiquant l'adresse de Benjamin. Elle s'y était rendue tout en imaginant le pire.

La vision du cadavre du jeune lieutenant confirmait maintenant ses craintes. La technicienne le regarda à peine, mais cette fraction de seconde suffit à figer l'image dans sa mémoire à jamais. Elle sentit des larmes couler sur ses joues tout en s'efforçant de gérer sa nausée.

La première chose qu'elle vit ensuite fut la silhouette du commissaire, recroquevillé sur lui-même. Elle eut envie de le serrer dans ses bras et fit un pas vers lui, mais elle se refréna en apercevant le lieutenant Lucas.

— Stéphane, je suis sincèrement désolée.

Celui-ci ne bougeait pas. Jérémy leva son regard vers elle quelques secondes, puis enfouit à nouveau sa tête dans ses mains.

— Vous avez appelé les autres ?

Le commissaire lui fit signe que non. Sans prononcer un mot, il composa le numéro de téléphone de Legrand et lui tendit le portable. En état de choc, elle s'entendit prononcer les mots d'une voix haletante :

— Commandant ? Excusez-moi de vous déranger, mais il est arrivé un malheur… Oui, du portable du commissaire… Non non, il est là à côté de moi… Oui, le lieutenant Lucas est là aussi. Nous sommes au domicile de Benjamin Simon et j'ai le regret de vous informer qu'il s'est suicidé. Allô ?…Allô ?… Je suis désolée. Oui, son arme… Non… Vous arrivez ?… Ah, une équipe de garde, oui.

Anne Bourdon prit ensuite la situation en main. Elle souleva doucement Jérémy qui était le plus près du corps et le conduisit à la cuisine où elle lui donna un verre d'eau tout en allumant la bouilloire qui se trouvait sur le plan de travail. La jeune femme essaya alors de faire de même avec Stéphane qui se raidit, refusant de quitter le couloir. Elle sentit instinctivement qu'elle devait user d'autorité et, prenant son courage à deux mains, dit d'une voix calme, mais ferme :

— Allons Stéphane, venez, cela ne sert à rien de rester là. Le commandant Legrand et les autres sont en route, vous devez me suivre.

Elle accompagna sa parole du geste, l'aidant à se redresser, puis, effleurant son bras de sa main, ils rejoignirent Jérémy dans la cuisine. L'eau avait bouilli et Anne leur prépara trois cafés. Ils restèrent ainsi, autour de la petite table, dans le silence de ce début d'après-midi de Noël ponctué par les bruits de la rue, jusqu'à ce que les officiers du 36 pénètrent dans l'appartement.

L'experte en documents en ressentit un grand soulagement malgré le tapage et le va-et-vient qui s'ensuivit.

Maxime Legrand et Marie Morin firent leur entrée ensemble peu de temps après. La policière avait les yeux rouges et le commandant la mine grave. Il s'adressa au commissaire :
— Qu'est-ce qui s'est passé ?
— Benjamin était l'auteur des lettres.
— Quoi ? s'étonna Marie.
— Qu'est-ce que c'est que ces conneries ? lâcha Legrand.
— Anne a trouvé une quatrième lettre anonyme dans son sac. Cette lettre annonçait son suicide.
— Comment tu as su que c'était lui ?
— Un détail idiot. Il a écrit se mettre sur son 36. Or en France, on dit plutôt se mettre sur son 31 et ça m'a mis la puce à l'oreille. Une simple vérification sur Internet m'a permis de confirmer que cette expression était employée au Canada, où comme tu le sais, il a vécu de nombreuses années. D'ailleurs, il faudrait creuser de ce côté-là, il s'est peut-être passé quelque chose là-bas. Dès que j'ai compris, je suis venu aussi vite que possible. Mais…

Sa voix se brisa et il ne put finir sa phrase. Il n'était pas rasé et ses cheveux ébouriffés lui donnaient l'air ahuri de quelqu'un qui est tombé du lit au sens propre du terme.
— Mais qu'est-ce que ça signifie ? dit Marie.
— Qu'il a été victime d'un viol ? murmura Jérémy. Et merde, comment je vais annoncer ça à Sandrine ?
— C'est absurde, reprit Marie. Cela voudrait dire que c'est lui qui a écrit ces lettres ? Mais pourquoi ?

— On ne peut être sûr de rien pour l'instant, trancha Legrand.

— Oui, c'est vrai, acquiesça Stéphane qui parlait au ralenti. Mais l'hypothèse la plus vraisemblable serait effectivement celle-ci.

— Tu veux dire que le joueur de basket l'aurait violé ? ! s'exclama la policière.

— C'est possible.

— Mais ça ne colle pas du tout avec son profil. D'après nos infos, il serait plutôt porté sur les femmes.

— Je ne vois pas ce grand macho trop sûr de lui aimant les hommes, dit Jérémy. Toute cette histoire devient grotesque. N'oubliez pas que vous parlez de Benjamin, merde !

— Calme-toi Jérémy, exigea Legrand. Je suis d'accord avec toi, ce n'est pas logique. Et puis après, quoi ? Il se serait vengé en le tuant hier en sortant de la soirée ? Ça ne tient pas debout.

— Attends attends, s'énerva Jérémy, que je comprenne bien. Est-ce qu'il y a quelqu'un ici qui croit que c'est Benjamin qui a étranglé le basketteur ?

— Bien sûr que non, répondit Stéphane.

— Alors si tu es d'accord avec moi pour croire en l'innocence de Benjamin, ça veut dire que le meurtrier court toujours, on est bien d'accord ?

— Oui.

— Dans ce cas, qui te dit que c'est un suicide ?

— C'est vrai ça, intervint Legrand. Si c'est un suicide, ça doit drôlement arranger le tueur en tout cas. Il va pouvoir lui coller ça sur le dos.

— Je ne serais pas étonné qu'on lui ait forcé la main moi, continua Marie. Et puis merde, on s'en serait aperçu s'il avait été mal à ce point, non ?

Face au silence, elle marmonna dans un souffle :
— Sinon, je ne me le pardonnerai jamais.
— On se sent tous coupables, tu sais, dit Legrand.
— Oui, ajouta Stéphane en baissant la tête.
Ses yeux qui avaient viré au gris foncé s'emplirent de larmes et il ne put poursuivre sa phrase.
— Quoi qu'il en soit, ajouta Legrand, on sera vite fixé avec l'autopsie.
Sur ce, la porte de la cuisine s'ouvrit sur un homme immense vêtu en blanc de la tête aux pieds. Enlevant son masque jetable et rabattant en arrière la capuche de sa combinaison, Romain Langlois se tenait sur le seuil. Avec la neige qui tombait maintenant drue au dehors, il avait l'air d'un ours sortit du fin fond du pôle Nord.
— Je suis désolé pour votre collègue.
— Merci Romain, répondit Stéphane.
— Comment ça va, Anne ?
— Pas terrible.
— Désolé, répéta-t-il. Bon eh bien, j'y retourne. Je suis juste venu vous dire que si vous avez besoin de quoi que ce soit…
— Merci.
— Allez, courage.
— À mon sens, enchaîna Legrand une fois l'homme sorti, ces deux affaires ne sont pas nécessairement liées. Peut-être que quelqu'un a réglé son compte au joueur de basket et déguisé le meurtre pour faire porter le chapeau à l'auteur des lettres.
— Ce qui sous-entend que le tueur se trouvait parmi les invités de cette soirée, conclut Stéphane.
— Ouais.
— Mais alors, intervint Anne pour la première fois, comment interpréter la phrase : Tu as entendu ma

prière et l'as exaucée, brisant ainsi les chaînes de fer qui m'entamaient les chairs tant le boulet était lourd. Dans sa dernière lettre, de quoi remercie-t-il le Père Noël, si ce n'est de l'avoir débarrassé de Kévin Béranger ?

— Quoi ? aboya Jérémy.

— Excusez-moi, je n'accuse pas le lieutenant du meurtre, mais je crois qu'il est important de comprendre ce que Benjamin essaye de nous dire au travers de ses messages. Je n'aurais peut-être pas dû…

— Non, au contraire, la rassura le commissaire. Vous avez raison. Cette dernière lettre contient probablement des éléments nous permettant d'éclaircir la situation. Montrez-nous-la.

— Une autre question me turlupine, poursuivit la jeune femme tout en sortant de son sac la lettre enveloppée d'un film transparent servant habituellement à la conservation des aliments au frigo. Comment expliquer que dans toutes ses lettres, Benjamin s'exprime comme s'il était une femme ?

Perplexes, tous les regards se tournèrent vers l'experte qui avait visiblement marqué un point. Ils parcoururent ensuite les lignes ensemble, mais à des rythmes différents de lecture. Ils découvrirent les derniers mots de leur ami en souffrant, chacun à leur manière, mais tous avec un dénominateur commun : le besoin vital de comprendre pour que la vérité éclate au grand jour et que justice soit faite. Sans un mot, le commissaire fit signe à la technicienne de la police scientifique de poursuivre :

— J'avais effectivement noté quelques éléments me permettant de douter du sexe de l'auteur des lettres. Mais je n'aurais jamais cru qu'il puisse s'agir d'un homme.

— Je me rends compte que c'est la première fois que je vois son écriture, remarqua Marie.

— Moi aussi, dit Jérémy.

— Pas étonnant avec ces foutus ordinateurs, bougonna Legrand.

— Si je vous ai bien compris, Anne, résuma Stéphane, le fait que l'auteur des lettres soit un homme vous surprend totalement. D'après l'analyse graphologique, il aurait dû s'agir d'une femme.

— C'est exact.

— Est-ce que le fait de devenir homosexuel peut influencer l'écriture ?

— Tu déconnes !

— Je cherche, Jérémy, je cherche.

— Pour répondre à votre question, oui. Cela peut avoir une influence, surtout si la personne vit son homosexualité en se prenant pour une femme. Si son désir d'être femme est très fort, il changera ses attitudes, se maquillera, développera son côté féminin souvent exagérément, justement pour compenser sa réalité physique d'homme. L'écriture pourrait alors être totalement modifiée consciemment.

— Je ne vois pas Benjamin se déguiser en bonne femme, s'insurgea Jérémy. Il a toujours été obsédé par ses pectoraux et détestait se raser. Il a suffisamment eu de remarque pour ça à la PJ, et d'ailleurs, il portait toujours une barbe de deux ou trois jours.

— Je sais pas... J'en sais rien.

— Non, mais qu'est-ce qui te prend, Steph, s'exclama Jérémy. Tu ne crois quand même pas que Benjamin était pédé ?

— Et puis quoi, dit Marie, même s'il était homo, qu'est-ce que ça peut faire ? !

Personne ne répondit. Faisant une pause, elle regarda Jérémy droit dans les yeux, puis continua :

— Si c'était le cas, il avait parfaitement le droit de protéger sa vie privée. On sait tous que l'ambiance gros bras de nos poulaillers n'est pas vraiment propice à ce genre de confidence.

— Je pense comme toi, réagit Legrand, ça change rien. Benjamin, c'est Benjamin. Qu'il ait été de l'autre bord ou pas, ça restera mon lieutenant... Mon ami, précisa-t-il en baissant le ton. Je sors, j'ai besoin de fumer une sèche.

— Il me semble que nous sommes tous d'accord là-dessus, non ? demanda Marie après le départ du commandant.

Tous acquiescèrent, incapables de prononcer un mot de plus, serrés autour de la petite table. Seule la voix de Stéphane résonna dans la cuisine quand il décrocha son portable, répondant à l'appel du chef de la Crim qui, prévenu par le commissaire de garde, venait s'enquérir du moral des troupes.

47

N'ayant pas le cœur à retourner fêter Noël en famille, il fut convenu que les officiers se retrouvent au Quai des Orfèvres, à l'exception de Jérémy qui devait annoncer la nouvelle à sa femme. Étant donné son état avancé de grossesse, tous avaient jugé préférable que le lieutenant reste à ses côtés. Sandrine Lucas était très attachée à Benjamin qui avait pour habitude de venir souvent chez le jeune couple.

Dans le bureau du commissaire Fontaine, l'ambiance était sinistre. Anne lui avait confirmé que l'écriture de Benjamin correspondait à celle des lettres précédentes. Tous deux persuadés que les missives étaient susceptibles de contenir des indices, ils épluchaient les phrases d'un œil nouveau à la lumière des derniers événements. Maintenant que Stéphane savait qui en était l'auteur, son regard était complètement différent. Il reliait chaque message à son ami et les mots prenaient un autre sens. Leur vérité crue le transperçait comme des flèches.

— Vous êtes sûre que ces lettres sont de la main de Benjamin ?

— Je suis sûre que les quatre lettres sont de la même main.

— Je n'arrive pas à y croire.

Sans ménagement, il s'ébouriffait les cheveux énergiquement tout en scrutant les feuilles de papier photocopiées. Soudain, le policier redressa la tête et se figea. La jeune femme fut troublée de l'expression de son visage. On aurait dit un dément. Ensuite, il se mit à la dévisager d'un œil noir et finit par l'interpeller brusquement :

— Anne !

— Oh, mon Dieu, qu'y a-t-il ? Pourquoi criez-vous comme ça ?

— Toute cette histoire repose sur les lettres.

— Vous m'avez fait peur. Oui, mais arrêtez de hurler.

— Donc, si ce que vous nous avez raconté sur ces foutus messages est faux, ça explique cette histoire sans queue ni tête !

— Vous insinuez que…

— Ah ah…

— Mais, Stéphane…

— Oui, c'est ça, dit-il en bondissant de sa chaise. Ça ne peut être que ça !

— Si vous croyez que je me suis trompée…

— Non, non, vous n'y êtes pas.

— Pourtant, on dirait que vous mettez en doute mes capacités à…

— Pas vos capacités ma petite dame, sauta-t-il sur elle. Votre sincérité !

— Mais, mais… se ratatina-t-elle sur sa chaise.

Le policier rapprocha son visage du sien pour brailler :

— Menteuse ! Vous nous avez raconté des craques. Pourquoi Anne, pourquoi ? C'est vous qui avez écrit ces torchons ? lui jeta-t-il les feuilles à la figure.

— Vous devenez fou, reculez !

— Vous croyez que je n'ai pas remarqué votre petit manège ?

— Reculez, je vous dis !

— Si vous croyez que vous allez pouvoir rouler le flic que je suis, vous vous fourrez le doigt dans l'œil ! Et que je sue à grosses gouttes, et que je disparais aux toilettes toutes les deux heures. Faut pas me prendre pour une bille, quand ça devient trop chaud, tu as la trouille, c'est ça ? Tu regrettes ton…

— Assez ! se leva Anne.

— Tu regrettes ton geste, pas vrai ? C'est pour ça que tu…

— Mais poussez-vous je vous dis ! C'est comme ça que vous les traitez, vos accusés, comme des prisonniers de guerre. Vous devriez avoir honte. Vous n'êtes qu'un… qu'un malotru, incapable d'aimer ou de vous intéresser à autre chose que votre nombril.

— Ne change pas de…

— Et puis, vous ne me tutoyez pas, vociféra-t-elle en se rapprochant de lui si près qu'il sentit son haleine au chewing-gum à la menthe. Ça vous arrangerait bien que ce soit la petite Anne qui porte le chapeau, hein ? La bonne poire de service est là pour tout lui mettre sur le dos. Eh bien non, commissaire, non !

— Vous avez fini votre cirque, oui ? Les faits…

— Les faits, les faits, y a pas que ça qui compte dans la vie, se mit-elle à tambouriner sur son torse.

Ses poings cognaient frénétiquement et son chignon se détachait. Les cheveux en bataille et le visage blanc comme un linge, elle s'égosilla brusquement :

— Je suis diabétique, voilà, vous êtes content ? DIABÉTIQUE.

Puis elle se précipita vers la porte en courant. Elle sortit en sanglotant, laissant Stéphane pantois.

48

Le commissaire de permanence fit son apparition dans le bureau de Stéphane qui n'était pas encore remis de son altercation avec Anne. Il s'était ridiculisé en avançant une théorie fumeuse et avait sérieusement dépassé les bornes avec la jeune femme. Penaud, il se demandait comment rattraper sa bévue lorsque la porte s'était ouverte sur Pierre Girard, policier de la quarantaine, père de famille et sportif de haut niveau, malgré sa taille moyenne. Stéphane le respectait pour son professionnalisme, mais n'avait aucun point commun avec lui. Ses connaissances en matière de cyclisme et d'éducation des enfants étant restreintes, les deux officiers n'avaient rien à se dire au-delà du travail.

— Salut Stéphane.
— Ah, je t'attendais. Entre.
— Je suis désolé pour Benjamin, je sais que vous étiez très liés.
— Merci.
— Ça nous a tous foutu un coup. Les gars qui se sont occupés de son cadavre…
— J'imagine. Mais assieds-toi.
— Non merci. Je préfère rester debout.

— Pourquoi ? J'ai besoin que tu me fasses un compte rendu détaillé.

C'est à cet instant qu'Anne entra. Elle paraissait remontée et s'arrêta net en voyant le commissaire Girard.

— Pierre, je te présente Anne Bourdon, experte à la PTS.

— Mademoiselle.

— Anne, voici le commissaire Girard, il est de permanence aujourd'hui.

— Monsieur le commissaire, le salua-t-elle après s'être raclée la gorge.

— Asseyez-vous Anne. On va peut-être en apprendre davantage. Maintenant qu'on sait que Benjamin était l'auteur des lettres, s'adressa-t-il à Pierre Girard, on va pouvoir avancer sur l'affaire Béranger.

— On vient de me communiquer les résultats du labo pour ce meurtre. Rien. Aucune trace n'est exploitable.

— C'est encore un peu tôt, laisse-leur le temps. Pourquoi c'est toi qui as été prévenu ?

— C'est que…

— Quoi ?

— Je sais bien que c'est toi qui es chargé de l'affaire Béranger, mais…

— Mais quoi ? Parle bon sang ! se leva-t-il.

Anne se fit instinctivement toute petite sur sa chaise. Elle suivait la conversation sans oser les regarder et faisait semblant de lire ses notes.

— Le procureur vient de m'appeler.

— Et ?

— Et il te retire le dossier.

— Comment ?

— Je ne sais pas si tu es au courant, mais il y a eu pas mal de bruits de couloirs ces derniers temps.
— Pour ce que j'en ai à foutre !
— Je veux dire, sur toi.
— Quoi ?
— Avec la théorie d'un violeur chez nous, ton nom était sur toutes les lèvres.
— Je m'en suis douté. Mais maintenant qu'on sait que c'est Benjamin qui écrivait ces lettres, tout est différent.
— Moi, ce que j'en dis, c'est pour toi.
— Je vois pas le rapport avec la choucroute, merde !
— Je suis pas contre toi, Fontaine. Je te dis juste ce qui est arrivé aux oreilles du proc. De toute façon, il trouve que tu es trop impliqué depuis le début et que la mort de Benjamin Simon est susceptible de fausser ton jugement.
— Foutaises ! C'est ce que tu penses aussi ?
— Ce que je pense n'a pas d'importance. De toute façon, il a l'intention de clore le dossier.
— Non ! dit-il en frappant sur la table.
— Ce n'est pas moi qui décide, tu sais. On s'agite drôlement en haut lieu. Avec la vague de suicides qu'il y a eu cette année chez les policiers dans toute la France, on nous demande de faire profil bas.
— Qu'est-ce que ça veut dire ?
— Que l'affaire Béranger va être classée parce que le coupable, regrettant son geste, s'est suicidé. Et si tu veux mon avis, ça arrange tout le monde. Surtout avec ces lettres accusatrices qui ont foutu un sacré bordel en interne.
— C'est pas vrai, c'est pas possible…

— Je suis de ton avis, Stéphane. À la PJ on l'est tous. Mais c'est pas ça qui va faire changer les choses.

— C'est ce qu'on va voir si ça fait changer les choses ou pas. Quelle bande d'enfoirés ! Tout ce qui les intéresse, c'est de protéger leurs intérêts. Rien à foutre de la vérité, rien à foutre de la justice ! C'est vraiment dégueulasse…

— Calme-toi, tu ne peux pas te battre contre des moulins à vent.

— Comment tu peux déblatérer de telles conneries ? Alors vous baissez les bras avant même que la bataille n'ait commencé ?

— Non, mais de toute façon, c'est pas ça qui le ramènera. Et puis attends, l'autopsie prouvera peut-être qu'il ne s'est pas suicidé.

— Elle est prévue pour quand ?

— Tout à l'heure, à 19 heures.

— Qui tu envoies ?

— Lefebvre.

— C'est moi qui irai.

— Fais pas le con !

— Si tu crois que je vais laisser accuser Benjamin à tort, tu te fourres le doigt dans l'œil. Tu n'auras qu'à dire que tu n'as pas réussi à me joindre. Comme ça, ton joli petit cul sera couvert.

— C'est pas ce que…

— Allez, dégage !

— Tu es vraiment…

— Dégage je te dis, se rapprocha-t-il de lui.

— Bon, comme tu voudras, mais ne viens pas pleurer ensuite si ça te coûte ta carrière.

— Tu es encore plus con que ce que je croyais, lui claqua-t-il la porte au nez.

Stéphane desserra sa cravate noire. Il tremblait et avait des sueurs froides. Anne se dit qu'elle n'avait encore jamais vu ses yeux aussi sombres. D'un revers de la main, il balaya les papiers qui recouvraient son bureau. Ceux-ci vinrent joncher le sol dans un bruit de froissement.

— Quel ramassis de trouillards !

— Je suis persuadée que tout le monde ne pense pas comme lui à la PJ.

— Non, mais qui aura les couilles de faire quelque chose ? C'est toujours pareil.

— Vous croyez que...

— Mieux vaut faire d'une pierre deux coups en foutant le meurtre d'une célébrité du sport sur le dos d'un cadavre. C'est pratique, il ne peut pas se défendre. Comme ça, tout le monde est content et en prime, l'explication du geste du pauvre lieutenant pédé, rongé par les remords, est toute trouvée.

— Je suis entièrement d'accord avec vous. Le nombre de suicides chez les policiers est en constante augmentation, et au lieu d'essayer d'en comprendre les raisons...

Sa voix se brisa. Elle poursuivit dans un murmure empreint d'émotions :

— Mais c'est une hérésie. Être flic, c'est une deuxième peau...

— Comment faites-vous pour trouver les mots justes ?

— Ah, vraiment ? rougit-elle.

— Oui, sans blague. Et pour ce qui est de tout à l'heure, je voudrais vous dire que... Anne...

Le policier n'eut plus à chercher ses mots. Ils furent

interrompus par le commandant Legrand qui frappa à la porte avant d'entrer.

Stéphane se détourna de la jeune femme en se massant les tempes. Il résuma ensuite la situation à Legrand et les trois paires d'oreilles écopèrent d'une dose musclée d'injures. Le petit homme était furieux et Stéphane dut user de son pouvoir de persuasion pour le calmer. Il fut décidé d'un commun accord qu'ils continueraient d'enquêter et que rien ne les empêcherait de découvrir la vérité.

Ce ne fut qu'alors que le commandant évoqua la raison de sa venue :

— Marie est rentrée chez elle, ses mômes la réclamaient, mais elle a vérifié avant : la famille Béranger n'a pas quitté le territoire depuis plus de dix ans et n'a jamais mis les pieds au Canada.

— Donc, déduisit Stéphane, le joueur de basket n'a rien à voir avec quelque chose qui se serait passé au Canada.

— Eh non. Mais il s'est bien passé quelque chose là-bas. Maintenant, demande-moi ce qui s'est passé à Montréal.

— Quoi ?

— La sœur de Benjamin n'est pas morte d'un accident de la route. Je me rappelais que ça s'était passé le jour de leur vingt et unième anniversaire. Il détestait qu'on le lui souhaite, expliqua-t-il à Anne. Avec la date exacte de son décès, ça n'a pas été difficile à vérifier. La presse en a abondement parlé à l'époque, écoutez : *Des jumeaux francophones ont été agressés hier soir par une bande de loubards dans le quartier du Red Light de Montréal. Le frère a été transporté aux urgences en état de coma après avoir été roué de coups en défendant sa sœur. Celle-ci, violée par un des agresseurs et gravement blessée, est décédée sur le chemin de l'hôpital. Un avion sanitaire affrété par la France devrait ramener les deux jeunes gens pour leur dernier voyage ensemble. La jumelle sera enterrée dans leur ville d'origine à Meaux, commune se situant dans le département de Seine-et-Marne, mercredi prochain...*

— Mais alors, tout s'explique, laissa échapper Anne d'une voix rauque. Benjamin a parlé au nom de sa sœur dans ses lettres...

— On dirait bien, dit Legrand.

Stéphane s'était rapproché du Velux. Semblant oublier leur présence, il fixa un point à l'horizon. Anne discerna les petites secousses qui animaient ses épaules alors que Stéphane leur tournait le dos. Elle prit la parole :

— À l'université Paris Descartes, l'année de mon DU en documents et écritures manuscrites, on avait un cours de criminologie donné par un psychologue renommé. Je me souviens d'une étude de cas où le meurtrier souffrait d'un dédoublement de la personnalité. Dans la période d'après-guerre, il avait tué quatre généraux avant d'avoir été arrêté. Il accomplissait ses crimes sur une chaise roulante, se prenant pour son frère, jeune soldat dont les deux jambes avaient été amputées. Le pauvre homme était rentré du front complètement mutique.

— Pas besoin d'aller à la fac pour connaître ces histoires glauques, remarqua Legrand. Il suffit de voir *Psychose* de Hitchcock pour comprendre. Mais ce n'est probablement pas de votre génération.

— Je suis une fan de Hitchcock. J'ai vu tous ses films.

— Décidément, vous êtes bien différente de ce dont vous avez l'air.

Elle sourit, ne sachant comment interpréter sa remarque.

— Vous croyez que Benjamin a tué Kévin Béranger pour venger sa sœur, c'est ça ? aboya Stéphane en se retournant brusquement vers l'experte.

Celle-ci sursauta en émettant un petit cri.

— Ou plutôt, continua-t-il dans sa lancée, qu'il était atteint d'un dédoublement de la personnalité qui aurait pu l'amener à commettre un crime en se prenant pour sa jumelle ?

— Non, non, s'affola-t-elle.

Croisant le regard accusateur de Legrand, Stéphane s'excusa brièvement.

— Je ne vois pas pour quelle raison le lieutenant Simon aurait tué le basketteur, se justifia-t-elle. Je pensais plutôt aux lettres. Incapable de surmonter le vide laissé par la mort de sa sœur, il aurait pu la faire exister en développant une pathologie psychiatrique de type trouble de la personnalité multiple. Il aurait ainsi écrit en se prenant pour elle, ce qui lui aurait permis d'extérioriser sa douleur. Cette hypothèse explique également pourquoi l'analyse graphologique n'a pas démontré que c'était un homme, et non une femme, qui écrivait les lettres. Imprégné de son rôle, il peut très bien avoir changé son écriture, à l'exception de quelques lettres que j'avais perçues comme plus masculines.

— Ça se tient, dit Legrand.

— Oui, ajouta Stéphane à bout de nerfs. Alors résumons : le fait qu'il se soit adressé à moi en premier, ça se comprend. La façon dont il a fait monter la mayonnaise en élargissant progressivement le cercle de ses auditeurs, aussi. Mais dans quel but ? Pourquoi maintenant ? Quel est le facteur déclenchant qui l'a fait passer à l'acte huit ans après ?

— Je crois que j'ai la réponse, se redressa Legrand. On s'est occupé d'une affaire qui a particulièrement secoué Benjamin il y a de ça environ cinq semaines. Tu te souviens du cadavre de cette étudiante qui a été retrouvé dans une benne à ordures ?

— Oui, c'est Girard qui a été chargé de l'enquête. L'autopsie a montré qu'elle avait été violée pendant plusieurs jours avant d'être tuée, c'est ça ?

— Ouais.

— Mais ce n'était pas la première fois que Benjamin travaillait sur une affaire de viol.

— Non, mais c'était la première fois que la victime s'appelait Patricia.

— Patricia ?

— Oui, sa jumelle s'appelait Patricia, Patricia Simon.

— Mince !

— P.S.… murmura Anne.

49

Pris entre le marteau et l'enclume, Stéphane avait l'impression que tout son monde s'écroulait. Depuis quatre ans, il s'était investi corps et âme dans son travail et le 36 avait été toute sa vie. La position qu'il prenait en s'opposant à sa hiérarchie ne lui était pas facile, mais d'un autre côté, il était incapable d'abandonner la partie. Il mettait un point d'honneur à blanchir la mémoire de son ami, quelles qu'en soient les conséquences.

Persuadée que sa tante pourrait leur être d'une aide précieuse, Anne essaya de le convaincre d'aller lui parler avant l'autopsie de Benjamin. Sceptique au départ, il se laissa persuader, se disant qu'il n'avait pas grand-chose à perdre. La croyance de la nièce en la loyauté de la grande dame persuada le policier et ils se rendirent à son domicile qui se trouvait à dix minutes à pied du Quai des Orfèvres.

Ce fut Jacqueline Moreau en personne qui leur ouvrit la porte de son appartement aux plafonds hauts et au style classique de bon goût. Stéphane fut immédiatement impressionné par la quantité de livres qui reposaient sur les étagères immenses, recouvrant la majorité des grands murs beiges. La directrice de la PJ était en tenue décontractée. Le commissaire fut gêné d'être venu sans prévenir un jour de fête et ne se sentit pas à sa place :

— Tiens, Anne, entre ma chérie. Je n'espérais plus ta venue. Je suis contente que tu sois là. Bonjour Fontaine. Il ne m'est pas permis de te souhaiter un joyeux Noël dans ces circonstances tragiques, mais je te souhaite tout de même la bienvenue.

— Merci madame.

— Entrez. Je suis seule, oncle Ralph est allé raccompagner tes parents.

— Comment vont-ils ? s'enquit Anne.

— Comme d'habitude, enfin, ça va.

— Je leur téléphonerai plus tard.

— Bien, asseyez-vous. Vous avez mangé quelque chose tous les deux ?

— Non.

— Mettez-vous à l'aise, je reviens.

Malgré les protestations de Stéphane, rien n'y fit, et ils se retrouvèrent tous trois autour de la table basse du salon recouverte d'une quantité de mets appétissants. La maîtresse de maison lui servit une assiette et ce ne fut qu'en portant la nourriture à sa bouche qu'il se rendit compte à quel point il avait faim.

Elle prit aussitôt la parole :

— Cette histoire à dormir debout se termine mal.

— Justement, dit Anne, c'est pour ça qu'on est venu. Stéphane est convaincu de l'innocence de Benjamin.

— Vraiment ? Pourtant, d'après les rapports qui m'ont été communiqués aujourd'hui, le lieutenant

Simon avoue quasiment son geste dans sa dernière lettre.

— Benjamin n'a pas tué Kévin Béranger ! s'insurgea Stéphane.

— Quels sont les éléments te permettant de l'affirmer ? En dehors de ton amitié à son égard, bien entendu.

— Premièrement, il n'avait aucun mobile. Nous savons maintenant que Benjamin écrivait ses lettres au nom de sa sœur jumelle qui a été violée, puis tuée, alors qu'ils habitaient encore Montréal. Or, Kévin Béranger n'a jamais mis les pieds au Canada. Qui plus est, il aurait eu quinze ans au moment du viol.

— Alors, pourquoi avoir semé la panique au 36 en envoyant ces lettres accusatrices ?

— Nous n'en sommes pas encore sûrs, mais Anne a évoqué l'hypothèse d'un dédoublement de la personnalité qui aurait pu être provoqué par une enquête à laquelle il a participé il y a quelques semaines : une jeune femme qui aurait été violée et tuée comme sa sœur et qui portait le même prénom qu'elle.

— Intéressant. Mais alors, l'affaire Béranger ?

— On pourrait supposer que le tueur ait commis son crime pour une autre raison et que, connaissant le contenu de la dernière lettre, il s'en soit servi pour masquer son délit.

— Tu te rends compte de ce que cette théorie implique ?

— Oui madame. Qu'un policier ou un des invités de la soirée est le meurtrier.

— Je ne te cache pas que ça n'arrangerait personne.

— C'est justement ce qui me révolte. On se dépêche de classer l'affaire et…

— Je vais être franche avec toi. Moi aussi j'ai des pressions qui viennent d'au-dessus. Cette histoire fait un véritable tabac dans la presse et personne n'a envie de faire de faux pas. Entre la célébrité de la victime qui était un véritable emblème sportif et un jeune flic homo, y'a pas photo.

— C'est dégueulasse.

— Attends, ne t'emballe pas. Moi, je suis de ton avis. On fait un boulot suffisamment dur pour ne pas en plus, se tirer dans les pattes. Ce que je veux dire, c'est que la solidarité entre flics, c'est important, c'est même ce qu'il y a de plus important. Si on ne peut pas compter les uns sur les autres, alors qu'est-ce qu'on fout là ?

— Tu vas laisser Stéphane sur l'affaire ?

— Officiellement, non, je ne peux pas, Anne. Mais je peux t'affirmer que jusqu'à aujourd'hui, la seule chose qui n'a pas changé chez moi, c'est mon envie de faire la lumière sur la vérité, quelle qu'elle soit, même si ça risque de causer du tort à la PJ.

— Alors, c'est foutu ?

— Non, je peux…

— Quoi ?

— Je peux lui faire une suggestion officieuse. Prends quelques jours de repos, Fontaine. En congé, chacun est libre de ses faits et gestes…

50

Anne avait tenu à accompagner Stéphane quai de la Râpée. Contre toute attente, celui-ci ne s'y était pas opposé, mais il avait été convenu que la jeune femme l'attendrait à l'extérieur de la salle d'autopsie. Néanmoins, elle se sentit nerveuse dès qu'elle franchit le seuil de l'Institut médico-légal et l'odeur qui l'assaillit la fit frissonner.

Le commissaire fut étonné de constater qu'à l'heure convenue pour l'autopsie, un homme les attendait dans l'entrée. Il ne l'avait jamais vu auparavant. L'air plus jeune que lui, ses hautes tempes dégarnies et ses dents en avant lui faisaient penser à un rat de laboratoire. Il était vêtu d'un jean et d'un blouson de cuir marron. Ses bottes à bouts pointus à talons lui rajoutaient les quelques centimètres dont il avait grand besoin. Il s'avança droit sur Stéphane et lui tendit la main :

— Je suis le médecin légiste de permanence, docteur Muller.

— Commissaire Fontaine. Et voici mademoiselle Bourdon de la scientifique.

— Bonsoir. Vous devez être surpris de ne pas me trouver en tenue.

— En effet.

— Pouvons-nous nous installer dans mon bureau ? J'aimerais vous parler.

— Pour quelle raison ? L'autopsie a été repoussée ?

— Non. En fait, elle a déjà été pratiquée.

— Quoi ? !

— Je sais que vous connaissiez la victime. Je suis désolé, commissaire.

— Mais c'est pas vrai, merde ! C'est ce salaud de Girard qui vous a donné l'ordre de…

— Non, je crains que ce ne soit plus compliqué. Je comprends votre colère. Mais je vous en prie, suivez-moi afin que nous puissions discuter un peu.

Sa voix de basse rassurante contrastait avec son allure rachitique. Sans attendre la réponse du policier, il leur tourna le dos et marcha en direction de son bureau. Ses petites foulées rapides ressemblaient effectivement à celles d'un rat qui fuit un quelconque danger. Furieux, Stéphane lui emboîta le pas sans un mot, suivi de l'experte qui se demandait si elle n'était pas de trop.

Le médecin les fit entrer dans une pièce terne, inondée par la lumière blanche d'un néon, puis il s'assit à sa place, derrière un bureau sur lequel était posé un ordinateur. Il les invita à s'installer en face de lui. Anne hésita jusqu'à ce que Stéphane lui indique la chaise à côté de lui. Il parla d'un ton sec :

— Je vous écoute, docteur.

— Tout d'abord, sachez que je compatis avec votre douleur.

— Épargnez-moi le blabla hypocrite et venons-en aux faits.

— Vous vous trompez, commissaire. Je suis sincère. Figurez-vous que j'ai fait la connaissance de Benjamin Simon hier soir pendant l'autopsie d'un autre cadavre.

— Ah, vous êtes le légiste qui s'est occupé de Kévin Béranger ?

— Oui. Comme vous avez dû le déduire, je travaille depuis peu à l'IML et je suis de permanence jusqu'à demain matin.

— Vous n'avez pas eu le temps de chômer alors.

— En effet. Et figurez-vous que j'ai bien sympathisé avec le lieutenant Simon. Si bien que quand on m'a fait part du nom de la victime, j'ai été extrêmement touché. Je n'aurais jamais imaginé le retrouver de l'autre côté du décor moins de vingt-quatre heures après. Comme quoi, la frontière n'est vraiment pas épaisse entre nos clients et nous, c'est aussi votre avis, commissaire ?

— Nous nous éloignons du sujet.

— Pas vraiment, car voyez-vous, lorsque le procureur m'a téléphoné pour me demander de traiter ce cas en urgence, il n'a pu s'empêcher de m'exposer les faits, précisant qu'aucun membre du groupe du commandant Legrand, y compris le commissaire Fontaine, n'était autorisé à assister à l'autopsie du lieutenant Simon.

— Vous avez donc fait en sorte d'avancer l'heure de l'autopsie avec l'appui de Girard qui a dû vous envoyer un de ses scribes.

— Exactement. Mais pas pour la raison que vous croyez.

— Ben voyons !

— Vous pouvez me croire. Je fais ce métier qui, comme vous le savez, n'est pas des plus faciles, non pas pour plaire à la magistrature, mais par pure conviction. Faire parler un mort qui n'est a priori plus là pour témoigner, découvrir les secrets de toute une vie, révéler les mystères du mode opératoire d'un tueur, voilà autant de défis qui me motivent. Vous, les policiers de terrain, vous êtes aux premières loges pour recevoir les honneurs, mais sans nous autres, petites gens de l'ombre, vous ne pourriez pas résoudre les trois quarts de vos affaires.

Stéphane dut admettre que l'homme était intelligent, mais son ton prétentieux l'exaspérait. Le médecin légiste poursuivit :

— Ce n'est pas mademoiselle qui dira le contraire…

— Je ne dis pas non plus le contraire, abonda Stéphane sans laisser le temps à Anne de répondre.

— Parfait, alors dans ce cas, vous comprendrez ce qui a motivé ma décision. Voyez-vous, malgré nos différences, nous avons un point en commun : nous avons tous le désir de nous rapprocher le plus possible de la vérité. Vérité dans la vie, vérité dans la mort, vérité dans le crime. Pour nous, pas de filtre ni de musique d'ambiance. Juste un cri qui nous met au pied du mur sans nous laisser la possibilité de faire demi-tour. Tout ça pour vous dire que si c'est de notre devoir de rendre un dernier hommage à ces hommes, à ces femmes, à ces enfants, c'est notre droit de nous protéger pour rester en état de continuer cette mission incroyable. Et…

— Et ?

— Et c'est notre obligation de passer la main quand la noirceur du destin funeste touche nos proches.

Un silence s'ensuivit. Le commissaire comprenait l'étrange petit homme. Ils parlaient le même langage et il dut reconnaître qu'il avait raison. Il n'avait rien à gagner à assister au désossement de son ami. Il devrait suffisamment s'y atteler en décortiquant sa vie privée sans avoir à le faire aussi avec son corps.

— Je vois où vous voulez en venir. Vous avez raison.

— Je suis heureux que vous soyez d'accord avec moi. Maintenant, nous pouvons parler des résultats de l'autopsie. Malgré les interdictions, je vous enverrai mon rapport demain par mail. Mais avant, je suppose que vous souhaitez savoir si le lieutenant s'est réellement suicidé.

— Oui.

— Je vous confirme que Benjamin Simon s'est bien suicidé. Je suis navré.

Stéphane se tut. Anne essayait de ne pas le regarder pour éviter de le gêner ; elle-même était dans un état d'extrême agitation. Elle savait ce que cela signifiait au niveau de l'enquête du meurtre de Kévin Béranger et sentit le commissaire complètement désarçonné. Jusque-là, il avait gardé l'espoir que son ami n'avait pas mis fin à ses jours. Cette annonce risquait de faire remonter à la surface tous les sentiments qu'il essayait de dissimuler depuis le drame.

Le docteur Gérald Muller continua :

— Je vous fais grâce des détails pompeux du jargon médical. La commotion produite par l'explosion de la poudre sur la main du lieutenant Simon confirme qu'il s'est suicidé, il n'y a aucun doute. L'heure de la mort remonte à quatre-cinq heures du matin, donc de ce côté-là non plus, pas de sentiment de culpabilité mal placé à avoir, vous n'auriez pas pu arriver à temps.

— Merci docteur.
— Je vous en prie. Il y a un deuxième point qui devrait vous intéresser particulièrement, commissaire.
— Oui ?
— Et qui m'a également amené à souhaiter vous parler dans ce bureau plutôt que dans la salle d'autopsie. Car ce que je vais vous révéler, je l'ai découvert au moment de déshabiller le corps et je le savais déjà avant de commencer la dissection.
— Je vous écoute.
— Benjamin Simon était une femme…

DÉLIVRANCES

51

Les journaux du 25 au matin avaient abondamment parlé du meurtre commis sur la personne de Kévin Béranger, se focalisant sur l'impact de sa disparition au niveau sportif. De la LNB[1] jusqu'aux dirigeants du club de Paris Levallois aux joueurs eux-mêmes et aux supporters, les réactions ne se firent pas attendre, aussi bien à travers la presse que sur le Net. Cependant, à ce stade de l'enquête, personne ne fit le rapprochement avec l'affaire des lettres anonymes.

C'est pourquoi, au lendemain de Noël, lorsque l'information sur la similitude des scénarios filtra, une vague d'articles inonda l'actualité. Les médias de toutes sortes reprenaient les faits, les mâchaient et remâchaient, les analysaient, faisant des commentaires pour la plupart cinglants. Les journalistes s'en donnaient à cœur joie dans cette affaire aussi spectaculaire que croustillante. Tous les éléments dont l'opinion publique était friande s'y retrouvaient : sexe, viol, meurtre d'un sportif médiatisé, suicide d'un policier, dirigeants

1. LNB : Ligue nationale de basket.

policiers ridiculisés par une affaire de lettres anonymes, tête du procureur trop pressé de classer le dossier sur l'échafaud. De quoi alimenter les potins de la presse à scandales pendant des mois.

Le suicide de Benjamin Simon s'inscrivait dans la réalité d'un sujet sensible en fin d'année, l'heure étant aux bilans. Début décembre, le ministre de l'Intérieur avait annoncé que les statistiques de l'année 2011 indiquaient une baisse du nombre de suicidés parmi les policiers, contrairement aux idées reçues, clouant ainsi le bec aux sources syndicales.

Le passage à l'acte du lieutenant rouvrait la polémique dans un contexte particulièrement médiatisé, et les syndicats étaient bien résolus à faire de son cas un exemple. Le président d'une association visant à améliorer les conditions sociales auprès des personnels de police, ancien officier syndicaliste, déclara : « *Même si les suicides chez les policiers ne sont pas forcément de cause purement professionnelle, cela arrive tout de même, et il est impossible de cloisonner les motifs du passage à l'acte. Ce qui est inquiétant, c'est que nous recevons de plus en plus de demandes d'aide reflétant le mal-être et la détresse de ces fonctionnaires, avec une forte augmentation des dossiers de divorces, de surendettements surtout, et des problèmes familiaux liés aux conditions de travail. Le cas de ce policier du 36 est frappant, car c'est bien dans l'enceinte de la PJ qu'il a appelé au secours avec ses lettres anonymes. C'est donc au sein de la profession que le bât blesse. Affirmer que les horaires décalés, la pression des résultats, la surcharge de travail, les tensions nerveuses, n'ont eu aucune influence sur sa décision de se suicider, est une hérésie. Je tiens à rappeler qu'une cinquantaine de policiers mettent fin à leurs jours chaque année en France ! Il est temps que les personnes concernées prennent leurs responsabilités... »*

La grogne croissante inquiétait la hiérarchie qui s'était regroupée en urgence dans le bureau de la directrice de la PJ. Le commissaire Fontaine avait été convié à cette réunion, ainsi qu'Anne Bourdon qui était présente en sa qualité de spécialiste en écritures. La pièce immense était bondée de monde et des chaises supplémentaires avaient été ajoutées autour de la longue table de conférence. Des petites bouteilles d'eau et de jus de fruits y étaient réparties, et des dossiers à la couverture jaune étaient posés devant chaque place. La plupart des protagonistes étaient installés lorsque Stéphane et son acolyte firent leur entrée. Jacqueline Moreau leur fit signe de s'asseoir à sa droite.

Le policier avait l'air hagard et ses yeux étaient cernés. Une fois de plus, incapable de trouver le sommeil, il n'était rentré chez lui qu'au petit matin. Il avait cogité toute la nuit. Le plus difficile pour lui était de se retrouver dans cette situation sans avoir la possibilité de s'expliquer avec Benjamin, de comprendre. Les réponses à ses questions ne resteraient que de vagues spéculations et il avait du mal à l'accepter. C'était pour cette raison que, malgré l'annonce de la transsexualité du lieutenant la veille au soir, Stéphane se sentait redevable au légiste. Celui-ci avait fait preuve d'une grande empathie et avait détaillé minutieusement, mais simplement, les stades physiologiques de la métamorphose de Benjamin, lui permettant d'acquérir quelques certitudes venant éclairer un peu les zones d'ombre.

Les mots du docteur Muller résonnaient encore dans sa tête : *Le lieutenant Simon a subi une ablation des seins il y a environ onze ans, puis un an après, une ablation de l'utérus. L'injection de testostérone lui a permis de développer sa pilosité, d'avoir de la barbe, la forme d'un corps masculin, sans hanches, etc. Le traitement hormonal de substitution qu'il était censé prendre à vie a été retrouvé dans sa salle de bains. Pour répondre à une question que vous vous posez certainement, il portait une prothèse pénienne ressemblant en tout point à un pénis véritable, maintenu par un harnais testiculaire et un slip kangourou par-dessus. La troisième étape opératoire, la plus difficile et la plus coûteuse, aurait sans doute été la phalloplastie, c'est-à-dire la construction d'un pénis artificiel.*

Stéphane avait eu le sentiment d'enfoncer les portes d'un lieu sacré. Le voyeurisme inévitable qu'impliquait la résolution d'un crime l'avait toujours dérangé, et aujourd'hui plus que jamais, la violation de l'intimité de son ami le répugnait. Il se réconfortait en se répétant que le jeune homme avait été parfaitement conscient de ce qui allait se passer après sa mort. Il se demandait même si quelque part, ce n'était pas ce qu'il avait cherché tout au long des lettres anonymes : le soulagement que procure la vérité qui éclate au grand jour.

Le médecin avait poursuivi : *Le transsexualisme est un sujet plutôt tabou dans notre société et il faut noter l'influence européenne en cette matière. Avec l'affaire Botella, la France a été condamnée en 1992 par la Cour européenne des droits de l'homme pour ne pas avoir rectifié l'état civil d'un transsexuel, et ce, sur le fondement du droit au respect de la vie privée. Les mœurs évoluent, forçant le législateur à intervenir.*

Anne avait été captivée par les paroles de ce curieux personnage. Le commissaire s'était dit que l'étrange légiste philosophe était loin d'être représentatif de sa profession, et il s'était demandé ce que la jeune femme garderait en mémoire de cet échange. Il avait ressenti une pointe de jalousie face à l'intérêt qu'elle portait au médecin, ce qui l'avait interpellé.

Quant à la jeune femme, il lui avait semblé qu'elle avait laissé ses complexes au vestiaire ; elle était méconnaissable. À sa question : *Comment les médecins abordent-ils ce sujet ?* Gérald Muller avait répondu : *Jusqu'en 1979, l'opération de réassignation sexuelle était interdite en France. L'article 316 de l'ancien Code pénal qualifiait de castration l'opération des transsexuels, ce crime étant passible d'une peine d'emprisonnement à perpétuité. De quoi décourager les médecins d'opérer. Aujourd'hui, la législation a évolué bien entendu, et le corps médical commence à définir le transsexualisme comme un syndrome. Mais il ne suffit pas de jouer à l'apprenti sorcier en changeant le sexe ou l'apparence des gens, ou en fabriquant nous-mêmes des bébés. Plus les technologies se modernisent, plus le progrès repousse les limites, et plus l'homme a besoin de renforcer son humanisme et sa moralité...*

Ces mots resteraient à jamais gravés dans la mémoire de Stéphane, ainsi que tous les détails de cet après-midi de Noël. Au lendemain de cette tragédie et à quelques heures de l'enterrement, Stéphane bataillait avec ses faiblesses d'homme. Il luttait pour ne pas éprouver du dégoût envers Benjamin. Or, la simple pensée que cette aversion puisse exister en lui, le rebutait encore davantage. Il se refusait à faire un amalgame entre la vie privée du lieutenant et son attitude envers lui. Benjamin avait été un ami remarquable et rien dans son comportement ne l'avait jamais déçu. Somme toute, le jeune homme n'avait fait de tort à personne jusqu'à preuve du contraire. Stéphane avait toujours considéré la vie sexuelle d'autrui comme un sujet privé qui ne regardait que le concerné, pour peu qu'il ne nuise à personne, bien entendu. *D'ailleurs,* ironisa-t-il, *tu es bien le dernier à être en mesure de porter un jugement. Avec la quantité de femmes que tu as consommées comme on boit une canette de bière que l'on jette ensuite, tu n'es pas vraiment un exemple de vertu...*

La directrice de la PJ le replongea dans la réalité du moment :

— Messieurs, la situation est grave. Nous sommes réunis pour prendre une décision uniforme quant à la ligne de conduite à adopter. Comme vous le savez, Benjamin Simon s'est suicidé à son domicile hier après-midi en se tirant une balle dans la tête avec son arme de service. En dehors du fait que ce drame nous touche personnellement, il arrive dans un contexte particulièrement tendu avec l'affaire des lettres anonymes et le meurtre de Kévin Béranger. Il ne fait à présent aucun doute que le lieutenant, qui était transsexuel, était l'auteur de ces missives. Sachant que les médias se sont déjà emparés de cette affaire, il nous faut absolument adopter une position cohérente, sinon nous allons au casse-pipe.

Tous acquiescèrent dans un brouhaha.

— La véritable question est, dit-elle pour faire cesser le tapage, Benjamin Simon a-t-il tué le joueur de basket ? D'après son dernier message écrit, il aurait un rapport avec le crime. Vous trouverez une photocopie des lettres dans la chemise jaune. La Ligue nationale de basket compte bien faire tout ce qui est en son pouvoir pour charger le lieutenant. Ils n'ont pas du tout l'intention de laisser l'image de leur idole se salir par un viol qu'il aurait commis et qui serait la cause du meurtre. De victime, il passerait alors au rang des bourreaux, et adieu les bénéfices des ventes ! En plus, d'après nos sources Internet, les types de la LNB auraient l'intention de porter plainte contre la PJ qui, selon eux, aurait couvert un fou en connaissance de cause. Je cite : Le 36 abritait un psychopathe dangereux dans ses murs. Nous en avons pour preuve les lettres anonymes qu'il, ou elle, on ne sait plus trop, a écrites. En invoquant la folie, ils démontent la théorie de la vengeance et blanchissent par la même occasion Kévin Béranger. Si le lieutenant n'est pas l'auteur du crime, on a intérêt à dénicher le coupable vite fait, sinon le 36 n'aura pas fini de faire les gros titres des journaux ! Les supporters du club sont déjà persuadés que nous avons couvert un de nos hommes.

— On ne va pas se laisser intimider par une bande de hooligans, s'insurgea le procureur Gérard qui trônait en bout de table. Il me paraît évident que le meurtrier de Kévin Béranger est malheureusement le lieutenant Simon.

— C'est faux, se leva Stéphane.

— Assieds-toi Fontaine ! intervint la patronne. Qu'est-ce qui te fait dire que Benjamin n'est pas le meurtrier ?

— Tout d'abord, nous savons maintenant que Benjamin, c'est-à-dire la Patricia de l'époque, s'est fait violer au Canada. Ce qui explique la teneur de ses lettres. Or Kévin Béranger était trop jeune au moment des faits et il n'a jamais mis les pieds là-bas. Donc, si Benjamin ne connaissait pas la victime, pour quelle raison l'aurait-il tuée ? Le mobile manque toujours. Anne ?

— Eh bien, une des explications possibles serait celle du dédoublement de la personnalité.

— Explique-toi, demanda la directrice de la PJ.

— Nous connaissons aujourd'hui la transidentité du lieutenant Simon. Mais son cas ne peut pas être aussi simple. Lors de l'analyse graphologique des lettres, j'ai été frappée par certaines voyelles que j'ai interprétées comme masculines. Mais à aucun moment, je n'ai soupçonné que la personne que nous recherchions était un homme. Or dans le cas d'un transsexuel, il n'y a pas deux personnalités qui cohabitent, mais bien une seule. Au contraire, dans son cas, il aurait dû être obnubilé par le fait d'être un homme dans un corps de femme, et une fois qu'il aurait commencé sa transformation, il aurait dû se sentir enfin en accord avec lui-même.

— Ce n'est pas très clair Anne.

— Excusez-moi. Pour simplifier, le transsexuel est entier, ce qui voudrait dire que j'aurais dû trouver une écriture d'homme. Or, lors de la perquisition à son domicile, des poèmes écrits de sa main ont été retrouvés. Je les ai analysés la nuit dernière et ce qu'il y a de particulièrement étrange, c'est que l'écriture n'est pas la même tout en étant la sienne. À l'inverse des messages retrouvés à la PJ, ces voyelles et consonnes sont entièrement celles d'un homme.

— Serait-il possible que ce ne soit pas lui qui ait écrit un des deux exemplaires ?

— Non, je suis formelle, c'est la même main. Et la seule explication que je vois à cela est un trouble de la personnalité multiple. La sœur et le frère étaient très attachés l'un à l'autre. La jumelle, ayant déjà commencé sa transformation sexuelle avant la mort de son jumeau comme le prouve l'autopsie, pourrait s'être réellement prise pour son frère. Par contre, au moment où elle écrivait les lettres anonymes, elle était à nouveau Patricia.

— Je suis confus, perdit patience le procureur. De qui parlons-nous ? Du frère ou de la sœur ?

— Nous pensons que c'est Patricia qui a survécu à ses blessures et qui est rentrée en France sous l'identité de son frère, l'éclaira Stéphane.

— Ah, enfin une réponse claire. Mais après ces explications, on est en droit d'émettre des réserves sur la santé mentale du lieutenant. Personne ne nous dit qu'il n'est pas passé à l'acte pour une raison que nous ignorons encore...

— Non !

— Je voudrais vous poser une question mademoiselle, le coupa Christian Gérard.

— Oui ?

— Vous avez analysé graphologiquement le caractère du lieutenant, n'est-ce pas ?

— C'est exact.

— Auriez-vous pu prévoir son suicide ?

— Non, bien sûr que non.

— Ou tout autre passage à l'acte ?

— Non, nous ne...

— Très bien, alors je pense que nous pouvons en conclure que vos remarques ne peuvent en aucun cas servir de preuves. Ce ne sont que de vagues spéculations. Or ce que nous recherchons, mademoiselle, ce sont des faits.

— Vous voulez des faits ? s'énerva Stéphane, je vais vous en donner moi des...

— Allons messieurs, interrompit la directrice de la PJ. Tout ça ne nous mène à rien. Qu'est-ce que tu en penses toi, Jean-Paul ? s'adressa-t-elle au chef de la Crim.

— Qu'on est dans un beau pétrin et que chacune des décisions qu'on prendra aura des répercussions. La question est de savoir où est la vérité. Il me semble difficile de clore une affaire sans en comprendre les tenants et les aboutissants. Le mobile me paraît être ici fondamental.

— Monsieur le procureur ?

— Je reste sur ma décision, l'enquête suivra son cours chez nous. J'ai nommé le juge Bernard sur ce dossier et quoi qu'il en soit, l'IGS ouvre une enquête sur le lieutenant Simon et sur le fonctionnement entier de la PJ dans cette affaire.

— Comme ça, ça arrange tout le monde ! vociféra Stéphane. À compter de cette minute, se leva-t-il, vous pouvez considérer que je suis en RTT plus que prolongée.

Il avança d'un pas décidé en regardant droit devant lui et sortit en claquant la porte, laissant derrière lui Anne, et une rumeur sourde qui ne faisait qu'amplifier.

52

Du côté du 36, le trouble était à son comble. L'annonce de la transsexualité de Benjamin Simon avait changé la donne et la nouvelle faisait sensation. Le coup de bluff du lieutenant ainsi que son suicide étaient sur toutes les lèvres. La PJ entière se sentait concernée, et dans chaque brigade, il avait été décidé que les équipes tourneraient en effectif réduit pour permettre à un maximum de policiers d'assister à l'enterrement prévu pour l'après-midi même. Une collecte en faveur de la famille avait été organisée pour participer au coût des funérailles. Même si la majorité des officiers avait été choquée d'apprendre la métamorphose de Benjamin, aucun ne pouvait se résoudre à ce que sa mémoire soit salie.

C'est pourquoi, en sortant du bureau de la patronne et malgré sa rage, Stéphane fut extrêmement touché des témoignages de sympathie dont le groupe de Legrand et lui-même furent témoins, ainsi que de l'ambiance de cohésion. Il ne se faisait cependant pas d'illusion quant à l'unanimité du mouvement de solidarité, mais au moins, les opposants étaient tenus au silence. Il ne se voyait pas rentrer dans un débat avec un collègue vindicatif. Il ne s'en sentait ni la force, ni l'envie. Il avait suffisamment de zones d'ombre à éclaircir, non seulement avec son ami disparu, mais surtout, avec lui-même…

Seul dans son bureau, Stéphane surfa pendant des heures sur Internet. Il se plongea dans les histoires d'hommes et de femmes en souffrance qui avaient entrepris l'incroyable chemin d'une transformation sexuelle censée leur sauver la vie. Les mêmes maux revenaient sans cesse : le cercle vicieux du mensonge, la honte, la différence, l'enfer de la solitude et de la douleur. Le changement de sexe était vécu comme une délivrance, mais ce parcours du combattant ne laissait jamais indemne. Aussi bien le transsexuel que son entourage, devaient se mesurer à une panoplie d'obstacles parfois insurmontables, aussi bien financièrement que physiquement, ou psychologiquement. Stéphane était abasourdi par ce monde qu'il découvrait et la tristesse laissa place à la colère.

Colère envers Benjamin qui avait caché, menti, trompé, et colère envers lui-même pour avoir été aveugle, pour ne pas avoir été suffisamment à l'écoute. Stéphane se sentait responsable et coupable, sentiment inévitable dans le cas de suicide d'un proche, mais encore accentué par l'affaire des lettres. Le policier ne pouvait s'empêcher de penser que si son ami s'était adressé à lui par le biais de messages anonymes, c'est qu'il n'avait pas été en mesure de lui parler ouvertement. Il s'en voulait de n'avoir pas réussi à créer un climat de confiance. Dépité, il se frotta le crâne jusqu'à se l'écorcher en réfléchissant à haute voix : *Peut-être jouais-tu aussi la comédie quand tu disais être mon ami ? M'as-tu caché d'autres choses qui risquent de me péter à la gueule comme une bombe à retardement ? Jusqu'où va ton masque, dis, Benjamin ?...*

53

La commune de Meaux se trouvait à trente-cinq minutes de Paris en TGV. Des autobus avaient été affrétés afin de transporter sur les lieux les policiers désireux d'assister à l'enterrement de Benjamin Simon. Le commissaire avait néanmoins décidé de s'y rendre de son côté, acceptant l'invitation d'Anne de se joindre à elle dans la voiture de Romain Langlois. Celui-ci, se sentant concerné par la mort du lieutenant, avait insisté pour être leur chauffeur. Curieusement, Stéphane avait réalisé qu'il préférait être en leur compagnie plutôt qu'avec d'autres policiers du 36. Il ressentait le besoin de se couper de son lieu de prédilection. Pour l'heure, la PJ était une source de déception trop grande pour qu'il puisse s'y mesurer.

Assis à côté de l'agent de l'identité judiciaire, Stéphane regardait les paysages enneigés défiler sous ses yeux. Au fur et à mesure de leur avancée, le ciel se dégageait, et en ce début d'après-midi, le soleil pointait. Il aimait sortir de la capitale et respirer l'air des grands espaces. Il était absorbé par la vue et son esprit vagabondait, libéré de toute pensée. C'est ainsi que la première partie du voyage s'effectua au rythme de la musique que Romain avait choisie parmi les disques de son chargeur : une compil des années 90.

Stéphane jetait un coup d'œil à Anne de temps en temps. Installée à l'arrière, elle semblait également goûter le calme blanc de la nature environnante. À son arrivée le matin même, il avait remarqué que la jeune femme était vêtue de gris clair. C'était la première fois qu'il la voyait habillée d'une couleur terne et surtout unie. Il se dit que c'était pour l'enterrement et il apprécia à nouveau l'authenticité de l'experte. Il avait toujours trouvé ridicule de porter du noir en de telles circonstances. L'intensité du chagrin ne se mesurait pas avec la couleur de l'habit.

Ce fut lui qui entama la conversation :

— Si vous n'êtes pas trop pressés, j'aimerais m'entretenir avec le père de Benjamin, après la cérémonie.

— Ben, évidemment, dit Romain en baissant la musique.

— Oui, bien entendu, ajouta Anne d'une petite voix.

— Il y a tellement de questions qui restent sans réponse, constata Stéphane.

— On restera le temps qu'il faudra.

— Merci, Romain.

— C'est vrai que c'est une histoire de dingue, dit Romain. Côtoyer et travailler avec un mec qui est en fait une femme, ça doit en fiche un coup...

— C'est le moins qu'on puisse dire. Je n'arrive toujours pas à comprendre ce qui s'est passé.

— Tu n'avais jamais rien remarqué ?

— Rien, c'est ça qui est incroyable.

— Moi, s'immisça Anne, je peux très bien comprendre qu'il ait choisi de taire sa transidentité. Pour lui, il était un homme né dans un corps de femme, et il vivait enfin sa vie au diapason. Comment crois-tu que les policiers l'auraient traité s'ils avaient su ? Moi y compris. Je ne suis même pas sûre qu'il aurait pu être officier.

— C'est vrai ça, reconnut Romain. Comment il s'y est pris pour passer la visite médicale ?

— Il a dû avoir de la chance.

— Ou bien le médecin a oublié de lui tâter les…

— Il reste d'autres zones d'ombre, coupa Stéphane. Par exemple, que s'est-il passé exactement le soir du viol ? Et surtout, Benjamin a-t-il usurpé l'identité de son frère immédiatement à l'hôpital, ou à son arrivée en France ?

— Vous croyez que ses parents étaient au courant ? osa Anne.

— Je l'ignore. La seule chose que je sais, c'est que Benjamin n'était pas en contact avec eux.

— Pourquoi ?

— Ils se sont séparés de leurs enfants alors qu'ils n'avaient que onze ans. Le jeune couple était tombé dans l'alcoolisme ensemble et, s'ils n'ont jamais été violents envers Benjamin et Patricia, ils se battaient l'un l'autre. C'est à la suite des hospitalisations à répétition de la mère que les services sociaux s'en sont mêlés et que les enfants ont été placés chez une cousine vivant à Montréal.

— Quand même, remarqua Anne, ça doit être dur pour eux. Enterrer leur deuxième enfant.

— Oui, d'autant plus qu'ils n'ont eu que leurs jumeaux.

— Et la cousine dans tout ça ? Elle pourrait sûrement vous apprendre des choses.

— Étant donné son grand âge, elle est morte deux ans après le retour de Benjamin en France. Il lui était très attaché et m'a fait ces révélations sur sa vie au fur et à mesure de nos virées nocturnes. Quand il forçait sur la bouteille, il avait tendance à vider son sac. Je comprends maintenant à quel point il en avait gros sur la patate.

— Oui, acquiesça Romain, c'est épuisant nerveusement de protéger un secret.

Sa voix avait changé et il ralentit. Il semblait se parler à lui-même et tambourinait machinalement sur le levier de la boîte de vitesses. Il poursuivit :

— Il faut toujours être sur le qui-vive. C'est un peu comme en temps de guerre, on dort d'un œil sans jamais enlever son uniforme et ses chaussures.

Il mit son clignotant et alla subitement se garer. Étonnés, Stéphane et Anne se regardèrent sans piper mot. Il arrêta sa voiture et posa la tête sur le volant en respirant bruyamment. Il avait l'air d'un énorme nounours noir en train de craquer :

— Je suis désolé, murmura-t-il dans un sanglot.

— Qu'est-ce qui se passe Romain ? s'inquiéta Anne.

— Je devrais vous remonter le moral et c'est moi qui flanche. Quel con !

— Arrête tes bêtises. Tu ne peux pas toute ta vie amuser la galerie. Les clowns aussi ont le droit d'être tristes. Qu'est-ce que tu as ?

— Ce que j'ai dit tout à l'heure, je parle en connaissance de cause, murmura-t-il en se redressant.

— Comment ça ?
— Ma femme.
— Oui…
— Comme tu le sais, elle est malade depuis six mois.
— Elle doit rentrer en clinique après les vacances, non ?
— Non, ce matin.
— Ah bon ? s'étonna Anne.
— Mais la cause de son hospitalisation n'est pas une maladie auto-immune comme je l'ai raconté à tout le monde. Elle est rentrée en service psychiatrique tout à l'heure.
— Quoi ?
— Pour cause de dépression nerveuse que, ni les foutues drogues du psy, ni moi, ne parvenons à régler. Elle a tenté de se suicider une semaine avant Noël, ce qui m'a convaincu d'accepter l'hospitalisation afin de permettre une prise en charge avec un traitement médicamenteux plus costaud.
— Romain, je suis désolée. Pourquoi ne pas m'en avoir parlé ? Ou à Marc au labo ?
— Je ne voulais pas vous emmerder avec mes histoires, et puis, j'ai pas envie qu'on me plaigne.
— Comment a-t-elle pris ça, ce matin ?
— Bien. Elle avait même l'air soulagée. Avec l'excitation de Noël, les cadeaux et les filles, elle a eu l'air de remonter un peu la pente ces derniers jours, et ça l'a rendue plus lucide sur son besoin de se faire aider. Sa mère est montée de Lyon pour être avec nous et s'occuper des enfants.
— Tu as un bon médecin ?
— Oui, Céline est entre de bonnes mains.

— Alors ça va aller. Tu vas voir, je suis certaine que ça va aller mieux, répéta-t-elle comme pour s'en persuader aussi. Il y a tellement de gens qui font des dépressions et qui s'en sortent. N'est-ce pas, Stéphane ?

— Oui, c'est évident, répondit celui-ci ne sachant trop quoi dire.

— C'est juste une mauvaise passe. En tout cas, compte sur moi pour aller lui rendre visite.

— Merci Anne.

— Où se trouve la clinique ?

— À Saint-Mandé.

— Tu n'aurais pas dû nous accompagner aujourd'hui. Hein, Stéphane ?

— Heu, oui effectivement. Tu as suffisamment de soucis en tête.

— Non, au contraire, ça m'a fait du bien d'en parler. Désolé d'avoir mal choisi mon moment, dit-il en redémarrant.

— Mais non, mais non. On se doute bien que les circonstances ne sont pas faites pour arranger les choses.

— Maintenant, tu comprends mieux pourquoi le suicide du lieutenant m'a particulièrement touché…

54

Installée dans une cuvette, la ville de Meaux se dressait devant eux. La rivière qui la traversait formait une courte boucle d'eau verte et lisse qui entourait le quartier du marché, identifiant le centre-ville. En regardant la carte avant de prendre la route, Stéphane s'était rendu compte qu'un des ponts la traversant se nommait aussi le pont Neuf. Il se fit la réflexion que les quatre derniers jours avaient tourné autour de cette masse d'eau que représentait la Seine, puis la Marne, tel un bras qui se tend pour demander de l'aide. Il en avait réglé des affaires, en avait vu des cadavres et avait assisté à des enterrements tout au long de sa carrière. Mais aujourd'hui n'était pas un jour anodin. Contrairement aux autres cas, il ferait tout pour ne pas oublier et garder en mémoire les moindres détails…

Les maisons et immeubles clairs aux toits de briques et d'ardoises se détachaient nettement dans un urbanisme propre et ordonné. Mélange de roman et de gothique flamboyant, la cathédrale Saint-Étienne de Meaux trônait à l'arrière-plan au cœur de la ville. Stéphane ne put s'empêcher d'admirer sa tour majestueuse aux vitraux allongés. Malgré sa forme carrée, elle se mariait avantageusement avec les parties triangulaires des autres toitures. En se rapprochant d'elle, le cœur du commissaire se mit à battre la chamade à la pensée de la dépouille de Benjamin à l'intérieur.

Le capitaine Marie Morin avait téléphoné aux parents du lieutenant le matin même. Le couple Simon avait divorcé cinq ans auparavant et la mère de Benjamin s'était fait un plaisir de lui raconter sa vie. Elle lui avait appris que *tard hier soir, le chef de la Crim m'a annoncé, comme ça, de but en blanc, que Benjamin était en fait Patricia ! Vous vous rendez compte du choc que ça m'a fait. « Mon Dieu, je préfère ne pas en savoir davantage », que je lui ai dit. Y paraît même que la pierre tombale de Patricia va être utilisée pour Benjamin aujourd'hui, et qu'une nouvelle a été mise à la place aux frais de la police, sur la tombe de Patricia, enfin de Benjamin. Oh mon Dieu, vient au secours de ta pécheresse. Je ne sais plus où j'en suis !*
La mère avait accepté de rencontrer le commissaire Fontaine pour une courte entrevue avant les obsèques, tout en se préoccupant davantage du nombre de policiers qui seraient présents. Elle souhaitait que l'église soit aussi remplie que possible pour honorer, non pas son fils, mais la messe qu'elle avait pris soin d'organiser. Elle s'était également assurée qu'on lui remette en mains propres l'argent collecté. *Vous comprenez,* avait-elle gémi à Marie, *je suis sobre depuis le jour où j'ai quitté mon pochetron de mari. C'est la voie du Seigneur qui m'a sauvée. Je fais le ménage et le manger pour monsieur le curé, et le reste du temps, je travaille dans une maison de retraite. Mais lui, le père de mes enfants, Dieu seul sait où il cuve son vin. Il n'a*

pas changé d'un poil et d'ailleurs, je suis pas sûre qu'il vienne à la messe. Allez savoir s'il se souvient même que ces deux-là étaient de son sang et qu'ils ont quitté ce monde. C'est moi qui ai tout organisé, et puis payé aussi. C'est que c'est pas donné, des obsèques. Puis elle se mit à pleurer bruyamment et la policière ne put rien en tirer d'autre.

Le commissaire la rencontra comme prévu une heure avant les funérailles. Malgré le froid, elle lui avait donné rendez-vous dans le jardin de l'évêché. Servant de cadre au palais épiscopal, il se situait entre la cathédrale et les vestiges des remparts gallo-romains. Elle l'attendait sur un banc, face aux parterres fleuris bordés de buis. Lorsqu'elle leva la tête de son livre de prières, Stéphane put enfin mettre un visage sur la femme dont il avait tant entendu parler.

— Bonjour commissaire.
— Bonjour madame. Je vous présente toutes mes condoléances, ainsi que celles de la PJ tout entière.
— Merci.

Son ton était mou ainsi que la main anguleuse qu'elle lui tendit. Elle était grande et maigre, et pour ce qui était de la ressemblance avec Benjamin, ça s'arrêtait là. Elle était aussi laide que lui était beau. La mère avait eu ses jumeaux au début de son mariage et elle ne devait pas encore avoir la cinquantaine selon les calculs de Stéphane. Mais sa peau était aussi flétrie que celle d'un shar-pei, et les poches sous ses yeux, aussi obscures que ses années d'alcoolisme.

— Vous vouliez me causer.
— Oui, j'aimerais vous demander la permission de dire quelques mots pendant la cérémonie.

— Pour sûr. Ce sera un grand honneur.

— Merci. Vous savez que vous avez le droit de demander au parquet l'autorisation de prendre connaissance du rapport d'autopsie ?

— Non, je savais point, mais pour quoi faire ? Benjamin était le fils de Dieu, comme nous tous d'ailleurs, Patricia aussi, et c'est tout ce que je veux me rappeler.

Le policier observa sa réaction, essayant de se faire une idée sur le degré de son hypocrisie. Avait-elle découvert le secret de Benjamin à son retour en France ? Avait-il réussi à duper sa propre mère ? Il avait du mal à le croire.

— Savez-vous pour quelle raison il a mis fin à ses jours ? demanda Stéphane.

— J'imagine que c'est le stress de son travail. C'était un garçon sensible, ou plutôt une fille, je ne sais plus très bien. En tout cas, je lui avais dit que ce métier n'était pas fait pour lui. Mais vous savez comment sont les enfants, ils n'en font qu'à leur tête. Il aurait mieux fait de m'écouter.

Stéphane ne sut pas quoi répondre. Il n'avait ni l'intention d'abonder dans son sens, ni de l'accabler dans un moment pareil. Quant à jouer la comédie, il s'en sentait parfaitement incapable.

— Mais heureusement que, poursuivit-elle, même si le suicide est un péché, le défunt n'est plus exclu de l'église. Aujourd'hui, les suicidés ont droit à la messe et à un enterrement chrétien.

— Ah, alors je suis rassuré…

— Oui, pas vrai. Mes deux enfants, y seront enterrés côte à côte. C'est Benjamin qui avait acheté le caveau, il y a de ça huit ans. Vous étiez amis ?

— Oui, répondit-il sèchement.

— Merci mon Dieu. Il a toujours été faible, vous savez. Mais je ne dois rien vous apprendre ?

Aucun son ne put sortir de la bouche de Stéphane. Entendre ces calomnies de la bouche de la propre mère de son ami lui était intolérable.

— En tout cas, merci de vous être occupé de lui. J'espère qu'il ne vous aura pas donné trop de souci.

— Benjamin était un excellent policier.

— Tant mieux. Quand il était petit, qu'est-ce qu'on en a bavé son père et moi. Enfin, je suis heureuse de savoir que mon Benjamin était bien entouré.

Stéphane se demanda ce qui lui permettait d'affirmer cela sans même le connaître. Il se dit que son grade lui octroyait probablement les faveurs de la dame comme on reçoit systématiquement un billet de tombola en achetant plus de trois tours de manège à la foire. Ou alors, que l'estime qu'elle avait de son fils était si basse, que n'importe qui valait mieux que lui à ses yeux. Il décida d'écourter leur entrevue, sentant qu'il ne pourrait pas retenir longtemps les sarcasmes qu'il ravalait.

— Bon, eh bien je vais vous laisser madame Simon. Vous devez avoir beaucoup de choses à régler.

— Je crois, hésita-t-elle, que vous avez une enveloppe à me donner ?

— Un de mes collègues s'en est occupé, il viendra probablement vous la remettre après la cérémonie.

— Ah ? Je croyais que c'était pour ça que vous vouliez me voir.

— Désolé de vous avoir déçue. Non, je voulais juste que nous parlions de Benjamin…

Stéphane tourna les talons brusquement de crainte d'exploser. Il s'éloigna rapidement, s'enfonçant dans les profondeurs du jardin. Les couleurs vives des fleurs lui rappelèrent Anne, mais la haine qu'il ressentait envers la mère de Benjamin était trop forte pour que l'image de la jeune femme parvienne à l'apaiser. Il n'avait pas réussi à se faire une idée sur ce que savait la génitrice, *mais une chose est sûre,* se dit-il, *elle ne mérite pas un fils comme Benjamin... Ni une fille comme Patricia.*

55

Stéphane marcha sans s'arrêter jusqu'au moment de la cérémonie et rejoignit l'église alors que la plupart des gens étaient déjà installés. Il avait demandé à Anne de lui garder une place au premier rang, près de l'allée, et il vint s'asseoir à côté d'elle. En venant se placer, il avait reconnu de nombreux visages dans l'enceinte des hauts murs de pierre de la cathédrale. Mais il n'avait salué personne, pas même sa hiérarchie, tant il était obsédé par la présence du cercueil au milieu de l'estrade.

Il avait l'impression d'être dans un mauvais rêve où les images sont floues : l'épi de blé brodé sur la chasuble blanche du prêtre, la flamme du cierge, les couronnes de fleurs. L'odeur âcre de l'encens lui irritait les narines et il avait la sensation de manquer d'air. Il entendait à peine la voix du prêtre et celle de l'assemblée lisant leur prière :

« Des profondeurs je crie vers toi, Seigneur,

Seigneur, écoute mon appel !

Que ton oreille se fasse attentive au cri de ma prière !

Si tu retiens les fautes, Seigneur,

Seigneur, qui subsistera ?

Mais près de toi se trouve le pardon pour que l'homme te craigne.

J'espère le... »

Les mots se perdaient dans le néant sans que Stéphane ne les perçoive. Une seule chose l'obsédait : la pensée de son ami allongé dans cette boîte, lui qui détestait le noir, lui qui exécrait les endroits étriqués. Il se projetait dans le cercueil, s'imaginant couché aux côtés de Benjamin, essayant de lui apporter son soutien, de lui tenir la main. Seule la douleur de son genou qui recommençait à le lancer le reliait encore à ce monde. Soudain, la voix d'Anne le fit sursauter :

— Ça va Stéphane ? Vous êtes tout pâle.

Il ne put lui répondre, mais son regard suffit à faire regretter sa question à la jeune femme. C'est alors que le commissaire réalisa que la mère de Benjamin avait pris la parole. Il perçut ses mots comme des coups de poignard :

— Mon enfant est mort dans le respect du Christ. Cette messe est l'acte de foi et d'espérance qu'il aurait souhaité afin d'être purifié avant d'entrer dans la lumière du bonheur éternel. Merci de votre soutien, merci d'être venus si nombreux. Prions ensemble, prions pour lui, prions pour nous.

« Notre Père qui est aux cieux, que ton nom soit sanctifié, que ton règne vienne, que ta volonté soit faite sur la terre comme au ciel. Donne-nous aujourd'hui notre pain de ce jour, pardonne-nous nos offenses comme nous pardonnons aussi à ceux qui nous ont offensés, et ne nous soumets pas à la tentation, mais délivre-nous du mal. Amen. »

Attendant quelques secondes que les voix qui avaient récité les phrases avec elle se taisent, elle savoura cet instant qu'elle avait parfaitement orchestré. Elle ferma les yeux pendant cette pause, puis poursuivit :

— Dans l'espérance de la résurrection, que notre enfant repose dans la paix. Au nom du Père et du Fils et du Saint-Esprit. Amen.

Stéphane avait la nausée. Plus d'une fois, Benjamin lui avait fait part de son athéisme. Il se rappelait quelques-unes de ses citations préférées : *Nietzsche dit que les philosophes sont des êtres inquiétants « qui sapent et qui forent ». C'est exactement ce que je cherche à faire. Que penses-tu de celle-là Steph ? : « La philosophie n'a donc pas en vue le bonheur. Elle a en vue la seule vérité. Or, il est très possible que la vérité soit douloureuse, soit pénible, soit destructrice du bonheur ou le rende impossible. La religion, à la différence de la philosophie, est sous la catégorie de l'utile. Elle promet le bonheur et dit ce qu'il faut faire et ce qu'il faut être pour le mériter ou pour l'obtenir. Dès lors, l'illusion est plus importante que la vérité si elle procure le bonheur »*, Marcel Conche dans *Le Sens de la philosophie*. Mais c'était surtout une phrase d'Albert Camus dans *La Peste* dont Stéphane se souvenait à cet instant précis : *« Peut-on être un saint sans Dieu, c'est le seul problème concret que je connaisse. »* Benjamin avait pour habitude de s'exprimer en souriant, tel un acteur de théâtre qui déclame ses vers, finissant immanquablement par un clin d'œil. C'était de cette image dont Stéphane voulait se souvenir.

Soudain, le policier réalisa que tous les regards étaient tournés vers lui. Ce n'est qu'alors qu'il sentit la main d'Anne posée fermement sur la sienne. Cette fois-ci, l'experte de la police scientifique ne céda pas face à l'expression de Stéphane qui, il le comprit par la suite, devait être particulièrement effrayante. Elle lui serra les doigts jusqu'à ce qu'il sorte de sa stupeur. La mère de Benjamin répéta pour la troisième fois :

— Le commissaire Fontaine aimerait dire quelques mots. Commissaire ?

Réalisant qu'il faisait concurrence aux statues de marbre de l'église, il fut pris d'un élan de vitalité et bondit sur ses pieds en balbutiant quelques mots d'excuse à Anne. Son cerveau enregistra la douleur fulgurante qu'il ressentit à la cuisse droite en se levant, mais son corps n'en fit pas cas.

Tout en venant se placer d'un pas décidé derrière le pupitre placé à cet effet, Stéphane savait qu'il n'irait ni au cimetière, ni au buffet organisé après la cérémonie. Il n'avait rien à dire à cette mère qui connaissait à peine son enfant, ni à ce père qui ne pointerait probablement pas le bout de son nez. Rien à apprendre non plus. Il connaissait le défunt mieux que quiconque. Il préférait dire au revoir à son ami ici, à travers les propres mots de ce dernier, à travers son authenticité et sa sincérité. Car Stéphane n'en doutait plus à présent : le jeune homme avait été franc et loyal dans leur amitié. Il s'était défini comme étant un homme, et c'est ce qu'il avait été, du début à la fin.

D'un ton détaché, le commissaire dit haut et fort :

— On m'a remis hier soir un recueil de poèmes que Benjamin a laissé à mon intention. Je souhaiterais vous en lire un : *Je ne te dis pas adieu.*

Je ne te dis pas adieu,
Tout au plus au revoir, peut-être même à ce soir,
À la condition que jusqu'au crépuscule, toute ton existence bascule.
Qu'elle soit longue et riche mon ami, en chaleur et en vie.
Car la peur de ressentir, nous conduit souvent au pire,
Dans un univers sans rire, où on devient des vampires.
Des êtres dénués de sang, glacés, morts du dedans.
Et c'est cette disparition-là, celle de moi face à moi,
Qui est la plus meurtrière, alors console-toi mon frère,
Car il y a déjà bien longtemps, que je ne suis que vent.
Toi, tu auras été mon toit, dans une vérité sans pourquoi,
L'unique récif accueillant, un naufragé combattant.
Alors merci pour ces moments, qui n'ont pas été une goutte dans l'océan,
Mais plutôt des lucioles d'espoir, seuls lampions dans le noir.
De notre improbable duo, tu te retrouves à tenir le flambeau,
Reste tout autant fragile, que l'histoire de notre idylle,
Mélange d'amitié et de respect, peut-être teinté d'un autre aspect,
Celui de deux accros de l'ombre, n'existant qu'au parfum de tombe.
Et pourtant, alors qu'a sonné mon heure, de tourner le dos aux malheurs,
En cet instant, où j'ai enfin un présent,
Je distingue derrière la grande porte une lueur, peut-être même le bonheur.
Je le saisis à deux mains, comme la naissance d'un matin,
Et souffle sur cette poudre d'escampette, laissée par la fée Clochette,
Afin qu'elle vole jusqu'à toi, et se pose sur ton toi,
Pour l'illuminer d'étoiles ; il est temps pour toi de lever le voile.
Non, je ne te dis pas adieu.

Stéphane Fontaine sortit sans se retourner, en regardant droit devant lui. Son pas résonnait dans le silence de l'église alors que les têtes s'étaient baissées. En cet instant, il ne se considérait plus comme un flic, mais comme un homme. Un être humain qui souffre de tant de bêtise, de tant d'hypocrisie, de tant d'injustice. Quelqu'un qui ne se cache plus derrière le masque du play-boy à la mèche rebelle, mais qui a mal, tout simplement. Sans façon, sans tambour ni trompette, sans fioriture. D'une manière abrupte et transparente, seule vérité dans ce ramassis de mensonges.

56

À son arrivée chez lui, Stéphane s'étendit dans le canapé du salon et ferma les yeux. Il essayait de chasser les images du cercueil. Des raisonnements incohérents concernant l'enquête s'entremêlèrent dans un tourbillon d'émotions. Privé de ses capacités cartésiennes habituelles, il décida de faire le vide dans son esprit et sentit son corps se détendre progressivement. Sa respiration se fit plus régulière et il finit par s'endormir d'épuisement, encore vêtu de son manteau et de ses chaussures.

Un bruit sourd le réveilla en sursaut. Son téléphone portable, qu'il avait mis en mode silencieux, vibrait sur la table basse. Il le saisit rapidement mais n'eut pas le temps de répondre : *seize appels manqués et un SMS, fichtre !* La plupart venaient de Jérémy Lucas, les autres, de Marie et de Legrand. En regardant sa montre, il se rendit compte qu'il n'avait dormi qu'une heure, alors qu'au dehors, il faisait déjà nuit noire. Il se redressa d'un bond et lut le texto. Il venait de Jérémy : *Sandrine hospitalisée en urgence hôpital Armand Trousseau, a perdu les eaux. M'ont fait sortir de la salle, suis dans couloir comme un con. Ai la frousse...*

57

Romain Langlois avait déposé le commissaire chez lui depuis un moment. Malgré l'insistance d'Anne, ce dernier avait refusé toute présence. Ayant évoqué sa fatigue et son besoin de solitude, il avait tout de même trouvé la force de rassurer la jeune femme en lui promettant de lui téléphoner, plus tard dans la soirée. Celle-ci, troublée de voir le policier dans cet état d'apathie soudain, avait confié à Romain ses inquiétudes. Puis, sur un coup de tête, elle lui avait proposé de l'accompagner à la clinique où sa femme était hospitalisée, n'ayant elle-même aucune envie de rentrer chez elle. Celui-ci accepta, soulagé de pouvoir partager ces moments difficiles.

Romain lui avoua son appréhension à la réaction de son épouse dans ce nouvel environnement, celle-ci étant extrêmement lunatique et hystérique depuis sa maladie. Il ne savait pas toujours comment réagir face à la souffrance morale de sa femme, et il se demandait si cette dernière allait être en mesure de s'adapter aux conditions de vie du service psychiatrique. Malgré le pas franchi, il avait encore du mal à réaliser que Céline ait besoin de tels soins. Il ne pouvait se résoudre à accepter qu'elle soit comparée à d'autres malades mentaux, criant et gesticulant dans une camisole de force.

Pendant le trajet, Anne reçut un appel de Marie Morin. Celle-ci cherchait le commissaire et s'inquiétait qu'il ne réponde pas au téléphone. L'experte la tranquillisa en lui précisant qu'il avait été déposé chez lui. C'est alors que la policière lui apprit la vérité sur Benjamin, sur Patricia, et sur l'incroyable lien qui les avait sauvés, puis perdus.

— La policière qui travaille avec Stéphane et le commandant du groupe étaient assis à côté d'une dame âgée à l'église, raconta Anne à Romain après avoir raccroché. Elle avait l'air extrêmement affectée par la mort de Benjamin Simon et les officiers en ont profité pour entamer la conversation avec elle. Étant venue seule, elle fut ravie de trouver une oreille attentive pour déverser sa peine. Figure-toi que cette femme était la voisine et meilleure amie de la cousine qui a élevé les jumeaux au Canada. Quelle veine !

— Ben ça alors…

— Vieille fille aussi, elle fut très impliquée dans leur éducation et les aimait beaucoup. Bref, je te passe les détails, mais elle a pas mal déblatéré sur les parents qu'elle déteste et surtout, elle a reconnu avoir été la confidente de la fameuse cousine. D'après elle, Benjamin était né beaucoup plus fort que sa jumelle et, dès le plus jeune âge, avait eu pour habitude de la protéger. De caractère fragile, elle se fiait entièrement à lui et ils ne faisaient qu'un. Contrairement à ce qui avait été dit à l'époque, ce furent les jumeaux et non les services sociaux qui influencèrent la décision de leur départ à Montréal. Unis, ils organisèrent leur voyage eux-mêmes. Benjamin aurait travaillé pendant un an en portant des courses, sortant les chiens des voisins, arrosant les plantes des vacanciers absents, afin d'économiser. Sa détermination aurait convaincu ses parents. Tu te rends compte qu'il n'avait alors que dix ans…

— Quelle volonté, fit remarquer Romain tout en conduisant.

— Oui. La femme de l'église n'a pas su dire si ce fut ensuite par faiblesse ou par identification à son frère, mais à la puberté, Patricia rejeta sa féminité et entreprit sa transformation sexuelle vers l'âge de quinze ans. La voisine ayant été médecin à l'hôpital, c'est elle qui supervisa la prise en charge physiologique et psychologique de la transsexuelle avec un psychiatre et un chirurgien de ses amis. C'est ainsi que les frères eurent l'air de vrais jumeaux. Cependant, à l'époque de l'agression, elle était encore Patricia Simon sur ses papiers d'identité. Ce qui pose la question de la falsification du certificat de décès.

— Et alors ?

— Eh bien, c'est la voisine elle-même qui s'en est occupée à l'hôpital, cédant aux supplications de Patricia qui voyait en cette substitution le seul moyen pour elle d'assumer son changement de sexe en France, et de se remettre de la mort de son jumeau. L'état de désespoir dans lequel elle se trouvait finit de convaincre la doctoresse. Tout le monde crut ainsi que la sœur avait succombé à ses blessures, alors que c'était en réalité le frère qui était décédé. Pour le reste, rien de plus simple puisqu'elle lui ressemblait déjà comme deux gouttes d'eau. Apparemment, les parents non plus n'étaient pas au courant, car c'est un cercueil clos qu'ils ont réceptionné.

— Ahurissant ! Mais qu'est-ce qui s'est passé le soir de l'agression ?

— Une bande de jeunes, connus de la police canadienne, a croisé leur route et, les prenant pour deux frères, ont commencé à les insulter. Quand ça en est venu aux mains, seul Benjamin, le vrai, s'est mêlé à la bagarre, bien entendu. Mais les choses se sont envenimées quand les agresseurs ont cherché à les humilier en leur baissant leur pantalon. C'est là qu'ils ont découvert la supercherie et ils se sont acharnés sur Patricia qui a été violée par un premier attaquant sous les yeux de son frère qui est devenu comme fou. C'est en essayant de la défendre qu'il a reçu un mauvais coup sur le crâne qui a entraîné sa mort. D'après la vieille voisine, le rapport de l'hôpital dénombrait un nombre impressionnant de blessures ouvertes et de fractures. Il aurait eu la moitié du corps brisé avant de succomber. Tu te rends compte qu'il n'a pas renoncé jusqu'au bout ?

— C'est pas croyable.

— Oui, quand il est décédé, les agresseurs ont pris la fuite, ce qui a probablement évité à Patricia de se faire violer aussi par le reste de la bande. La dévotion du frère est à la fois émouvante et terriblement triste. D'après moi, en prenant l'identité de Benjamin, Patricia aura développé une pathologie de dédoublement de la personnalité. Après ce traumatisme, pas étonnant qu'elle ait choisi de travailler dans la police, et pas étonnant non plus qu'elle ait craqué à un moment donné. Le facteur déclenchant aurait été une affaire semblable avec une fille violée s'appelant Patricia, ce qui explique l'amalgame. Dans l'incapacité de distinguer le vrai du faux, Patricia de Benjamin, ou ce qui appartenait à sa propre histoire ou pas, les lettres anonymes ont été un moyen de s'exprimer, même si dans son esprit, tout s'est mélangé. Il s'est probablement convaincu que le crime de Kévin Béranger, ressemblant comme deux gouttes d'eau au fantasme qu'il avait couché sur le papier dans ses messages, représentait sa délivrance. Au niveau symbolique, c'était sûrement vrai.

— Eh ben, quelle histoire…
— Oui.
— Mais, si tout s'est mélangé dans sa tête, peut-être que Kévin Béranger lui a rappelé l'un de ses agresseurs. Peut-être même qu'il lui ressemblait vraiment et ça pourrait être un mobile. Qui te dit que le lieutenant Simon n'a pas tué le basketteur ?
— Rien…

58

Stéphane arriva en trombe dans le service de maternité. Pendant tout le trajet, il avait tenté de joindre Jérémy, en vain. La naissance n'était prévue que dans trois semaines et, même si l'avancée de l'accouchement n'était pas censée mettre en danger les jours du bébé, le commissaire redoutait que la mort de Benjamin n'ait affecté la future mère qui lui était très attachée. Sortant sa carte de policier, il gagna un temps précieux en explications. L'infirmière assise derrière le comptoir principal du service consulta sa liste et lui annonça avec un grand sourire :

— La césarienne s'est bien passée. Mme Lucas va bien, mais elle est encore en salle de réveil.

— Ah bon ? Elle a eu une césarienne ?

— Oui, le bébé se présentait en siège. Il faut dire qu'elle est arrivée dans un état d'agitation intense. J'ai cru comprendre qu'ils enterraient un membre de leur famille aujourd'hui. Il est bien évident que le cimetière n'est pas l'endroit idéal pour apaiser une maman sur le point d'accoucher. Et un premier en prime !

Alors finalement, Jérémy n'aura pas eu à assister

à l'accouchement, se fit-il la réflexion. *C'était bien la peine qu'il se mette dans tous ses états.*

Stéphane n'avait vu ni Sandrine, ni Jérémy à la messe. Du reste, il n'avait fait attention à personne, et il regrettait à présent de n'avoir pas été en mesure d'apporter du réconfort à la jeune femme.

— Comment va le bébé ?

— Parfaitement bien. Je vois qu'il a un Apgar normal à cinq minutes de l'accouchement.

— Pardon ?

— Excusez-moi, c'est le test qui permet de mesurer la vitalité du nouveau-né. Il n'y a pas eu souffrance fœtale.

— Donc il va bien ? répéta-t-il, incrédule.

— Oui, ou plutôt « elle ».

— Ah, alors c'est effectivement une petite fille ?

— Oui.

— Savez-vous où je pourrais trouver le papa ?

— Il est certainement dans la salle de soins des puéricultrices, au même étage, de l'autre côté de l'ascenseur. Après une césarienne, ce sont les papas qui accompagnent leur bébé pour le suivi immédiat après la naissance. L'aspiration de la bouche, du pharynx et des narines a été effectuée en salle d'opération, mais il fait trop froid là-bas pour y laisser le nouveau-né longtemps. Il a besoin d'être réchauffé.

Stéphane en avait suffisamment entendu et il prit congé de l'infirmière avant qu'elle ne poursuive son exposé complètement inapproprié, selon lui. Après quelques détours dans le labyrinthe des couloirs de l'hôpital, le policier trouva son ami dans un renfoncement. Debout, sa tête reposait sur une vitre qui donnait sur la *nursery*. Il regardait en direction d'un des berceaux en souriant. Son visage était lumineux et avait une expression que Stéphane ne lui connaissait pas.

Il se dit que ce moment devait être unique dans la vie d'un homme, et l'espace d'un instant, il se surprit à envier Jérémy. L'image d'Anne apparut devant lui sans qu'il le veuille. Il devait se rendre à l'évidence, il ressentait quelque chose pour la jeune femme. Une émotion inconnue, jamais ressentie auparavant. Si bien que quand il se rapprocha du jeune père, il ne sut dire s'il était ému par le petit visage au bonnet rose qui dépassait de la couverture, par le halo de joie qui entourait Jérémy, ou par la prise de conscience de ses propres sentiments envers la femme qu'il avait jugée, à première vue, aux antipodes de ses prédilections.

59

Implantée au cœur d'un parc paysager, la clinique des Violettes était située aux portes de Paris, à Saint-Mandé. En bordure du bois de Vincennes, le cadre de vie était propice à la détente et à la sérénité. Disposant de quatre-vingts lits d'hospitalisation, tous en chambre individuelle, l'établissement se répartissait en deux grands bâtiments carrés de trois étages. Leur architecture Régence s'accordait parfaitement avec les pelouses bien entretenues bordées d'allées en gravier. Des bancs en bois étaient disséminés au gré des arbres et buissons, et des parterres fleuris mettaient une note de couleur.

En entrant dans le hall élégant aux hauts plafonds, Anne se sentit mal à l'aise malgré l'aspect agréable et lumineux de la pièce. La nuit venant de tomber, les lustres à pampilles en cristal avaient été allumés et brillaient. Mais malgré le soin apporté à la décoration chaleureuse avec les tapis et tentures aux couleurs rouille et moutarde, la jeune femme fut sensible à l'ambiance figée trop silencieuse. Son cœur se serra quand elle vit les panneaux dans le couloir du fond : deux en direction de la droite, *salle de relaxation et salle d'ergothérapie,* et trois redirigeant vers la gauche,

Électroconvulsivothérapie (E.C.T.), salle de réveil et Électroencéphalogramme (E.E.G.).

La chambre de Céline Langlois était au deuxième étage et contrastait avec l'esthétique fouillée du bâtiment. Ce qui frappa immédiatement la visiteuse fut le vide de la pièce : un lit, une table de chevet avec un petit halogène au-dessus, un fauteuil et une armoire fermée par un cadenas. Elle supposa que ces règles de sécurité étaient essentielles pour éviter aux patients de se blesser ou d'attenter à leurs jours, mais elle plaignit sincèrement les personnes ayant à vivre dans ces cellules déguisées en chambres à coucher, reflet extérieur de leur douleur psychique et de leur solitude morale. Le couvre-lit assorti au jaune des murs avait dû être de bonne qualité avant que sa couleur ne soit passée par les lavages répétés, et le linoléum gris du sol était propre. Deux coussins avaient été rajoutés en plus de ceux qui se devinaient sous la couverture et un tableau sans verre représentant un paysage de mer avec une barque échouée sur une plage de sable blanc était accroché au mur en face de la porte. Tout semblait avoir été fait pour donner une impression de confort et de normalité, mais la réalité du lieu était plus forte que toutes les vaines tentatives de maquillage. Alors qu'elle posait le sac de toilette de la femme de Romain sur le sol, un frisson lui parcourut l'échine lorsqu'elle entrevit les roulettes sur deux des pieds du lit, ainsi que l'emplacement réservé aux barrières et aux attaches manuelles.

— Bonjour ma chérie, lança Romain d'un ton qui se voulait léger.

Il posa la valise de son épouse à côté de l'armoire et vint l'embrasser sur le front. Anne perçut le discret mouvement de recul de Céline qui était assise sur le fauteuil, le regard dans le vide. Son mari continua à parler comme si de rien n'était.

— Tu te souviens d'Anne Bourdon, elle travaille au labo. Tu l'as rencontrée plusieurs fois lors des sorties organisées par le boulot. Elle est venue te dire bonjour.

— Bonjour Céline, comment vas-tu ?

Celle-ci ne répondit pas. Au travers de la fenêtre à barreaux, elle fixait un point dans le jardin sombre. Anne vit le visage de Romain se décomposer, malgré son effort de n'en laisser rien paraître. Pour la première fois, elle remarqua que quelque chose avait changé dans la prunelle de ses yeux ; elle y discerna le désespoir et le chagrin. Les cernes sur sa peau noire accentuaient encore ce sentiment d'impuissance et de désolation. Il enchaîna :

— Qu'est-ce que tu étais en train de faire ?

Face à son silence mutique, il se mit à combler la conversation.

— Où sont les magazines que je t'ai achetés ce matin ? Tu ne les as pas mis sur ta table de nuit ? Non. Attends, j'ouvre ton armoire, ils m'ont donné une clef. Ah oui, ils sont là. Bon, alors je te les mets dans le tiroir. Anne ?

— Oui.

— Tu veux bien m'aider avec les vêtements ? Je ne sais jamais ce qui doit être pendu ou pas.

— Oui, pas de problème.

Pendant que la jeune femme vidait la valise, Romain revint auprès de sa femme et s'assit par terre. Il lui prit la main et resta quelques minutes sans parler. Puis, il poursuivit son monologue :

— Ta mère et les filles t'embrassent. Je t'ai apporté une photo d'elles. Tu sais, celle où elles se font bronzer avec une tonne d'huile solaire sur les transats du ferry lors de notre croisière en Méditerranée. C'était quand déjà ? Il y a trois ans ? Sandra devait avoir cinq ans et Cathy, huit. Tu te rappelles quand elles ont vu les dauphins nager à quelques mètres du bateau ? Oh là là, les gens ont cru que le bateau coulait quand elles ont poussé des cris !

Romain parvint à rire malgré les circonstances et Anne admira son courage. Elle le vit poser la photographie sur l'oreiller de la malade, puis revenir à sa place. Il continua avec persévérance :

— J'ai eu Cathy au téléphone tout à l'heure et elle a bien réussi son examen de maths ce matin. Je lui ai permis d'aller chez Sylvie jusqu'à ce soir. Je passerai la prendre en rentrant tout à l'heure. Ah, et puis il faut que je passe au supermarché demain, il ne reste pas grand-chose dans le frigo. Au rythme où ta mère cuisine, je me demande si je ne devrais pas louer le balcon des voisins pour y entreposer un congélo de plus !

Anne sourit derrière la porte de l'armoire. Son collègue trouvait la force de ne pas renoncer à son humour habituel. Elle s'interrogea tout de même sur le prix à payer à son effort.

Curieusement, Céline prononça une phrase de façon posée.

— J'ai soif.

— Où est ta bouteille ? Ah, elle est là. Elle est vide, je vais aller en demander une autre, dit-il en sortant précipitamment.

Ayant terminé d'arranger les affaires de Céline, Anne resta seule avec celle-ci. Se rapprochant d'elle,

elle s'accroupit sans un mot. Contre toute attente, la femme à la peau laiteuse et aux cheveux courts châtain foncé, sortit de sa stupeur et tourna la tête vers l'experte. Elle plongea son regard marron dans le sien et murmura :

— Merci d'être venue, Anne.
— Je t'en prie, c'est normal.
— Non, ce n'est pas normal. C'est gentil. Tu es une fille bien. Tu ne peux pas savoir la foule de choses que j'estimais normal de faire pour les autres, et puis, quand ça a été leur tour, plus rien n'a été évident, et tout est devenu moche.
— Je vois très bien ce que tu veux dire. Moi aussi j'ai été déçue par des gens que je croyais être mes amis.
— Oui, mais Romain lui, tu peux compter sur lui.
— Oui, je sais.
— Je suis contente que vous soyez amis.
— Merci, moi aussi.
— Je voudrais te demander une faveur.
— Oui ?
— Promets-moi d'être toujours son amie, quoi qu'il arrive.
— Qu'est-ce que tu veux dire par là, quoi qu'il arrive ?
— Personne n'est éternel, tu sais.
— Tu dis ça pour qui ?
— Tu sais bien.
— Céline, je ne peux pas te dire que je sais ce que tu endures, ce serait mentir. Mais je peux juste te rappeler une chose : pense à tes filles…
— J'y pense justement, je ne fais que ça.
— Et…

— Et c'est bien pour ça que je te dis tout ça.

Tout à coup, la patiente coupa court à la conversation. Elle pria Anne de bien vouloir lui passer une revue et s'y plongea. Lorsque Romain réapparut, sa femme regardait fixement la deuxième page du magazine depuis un bon moment : une publicité pour une chaîne de lunettes, mise en valeur par une chanteuse connue jouant du piano et déchiffrant sa partition, avec sur le nez une monture fine rectangulaire. Céline ne lisait pas, ne voyait pas les images, ne tournait pas les pages.

Soucieuse de respecter l'intimité du couple, Anne sortit de la chambre. Elle ressentait également le besoin d'aller s'aérer et avait envie d'un café. En se retrouvant dans le couloir, elle réalisa à quel point l'ambiance de la pièce était pesante. Tout son corps était sous tension, et les muscles de ses épaules, contractés. En descendant les escaliers, elle se sentit courbaturée et poussa un soupir de soulagement en enserrant le gobelet chaud devant la machine à café du rez-de-chaussée. La place était vide et elle s'assit sur une chaise.

Anne était préoccupée. Depuis qu'elle avait vu l'image dans la revue en regardant par-dessus l'épaule de Céline pour comprendre ce qu'elle fixait, elle était troublée. Elle se demanda si la chanteuse en question avait réellement besoin de lunettes, mais c'était surtout leur forme qui l'interpellait. Elle avait déjà aperçu ce genre de lunettes de vue, sans être capable de se souvenir où. Plus elle essayait de réfléchir, plus elle avait l'impression que l'information lui échappait. Elle décida d'abandonner, persuadée que ça lui reviendrait en mémoire quand elle s'y attendrait le moins. La boisson chaude la réconforta et elle se mit instinctivement à penser à Stéphane.

Maintenant qu'elle était consciente de ses sentiments envers lui, l'experte de la police scientifique ne pouvait plus nier la situation. Il était évident que sa mission à la PJ touchait à sa fin et, dès le lendemain, elle devrait retourner au LPS. Toute la question était de savoir si elle avait le courage de se jeter dans les bras d'un homme qui allait probablement lui rire au nez, et qui, assurément, n'avait pas envie d'une relation stable. L'idée d'être séparée du commissaire lui était douloureuse, mais la pensée d'une relation amoureuse avec lui l'effrayait bien davantage. C'est dans cet état d'esprit qu'elle se leva d'un bond en se frappant le front de la main :

— Mais oui, c'est bien sûr ! dit-elle à haute voix. Les lunettes sur le cadavre de Kévin Béranger, c'était la même forme que celles dans le magazine.

À présent que le lien était établi, elle devait comprendre ce qui la dérangeait à ce point. Somme toute, ce genre de lunettes était très répandu et il n'y avait rien de spécial dans ce constat. Tout en remontant vers la chambre de Céline, elle essaya de se persuader de ne pas écouter son intuition, qui livrait elle-même bataille à son esprit logique de scientifique. Un nœud se formait dans son ventre chaque fois qu'elle revoyait les clichés des branches enfoncées dans les tempes du joueur de basket. Et c'est en poussant la porte de la chambre de la femme de Romain, qu'elle donna raison à son pressentiment et comprit enfin ce qui clochait.

Elle n'eut pas le temps de réaliser combien sa découverte était cruciale. La vision d'effroi de Céline Langlois maintenue sur son lit par trois infirmiers lui sauta aux yeux. La patiente hurlait comme une furie tout en essayant de griffer le cou des soignants qui avaient du mal à la neutraliser. Elle était très grande et ses jambes donnaient des coups dans tous les sens, comme un pantin désarticulé. Son visage blanc, presque gris, était animé d'un rictus monstrueux où bave et contorsions haineuses s'entremêlaient. Sa force était décuplée et la scène horrible rappela à Anne une séance d'exorcisme qu'elle avait vue à la télé. Elle fut choquée de constater à quel point il était facile de basculer. L'homme n'étant relié à son humanité que par un fil, il ne tenait qu'à une paire de ciseaux malveillante de lui faire perdre pied.

Romain se tenait debout dans un coin, raide et livide, incapable de bouger. La jeune femme alla le tirer par la manche au moment où un des hommes en blouse blanche parvenait à injecter un calmant dans le bras de la démente, et où un médecin élancé aux cheveux poivre et sel se précipitait dans la pièce. Se retrouvant seul face à Anne dans le couloir, Romain s'effondra et s'assit au sol. Il se boucha les oreilles et resta ainsi jusqu'à ce que les cris cessent. Puis, progressivement, il releva la tête comme un petit garçon. Il mit du temps à se redresser. Anne ne savait pas quoi dire et ils restèrent ainsi, sans oser regarder par la porte restée entrouverte. Au bout de quelques minutes, le dernier arrivé sortit et se rapprocha d'eux en refermant derrière lui. Sans prêter attention à la présence de l'experte, il s'adressa à Romain d'un ton grave :

— Monsieur Langlois, je voulais justement vous voir.

— Qu'est-ce qu'elle a, docteur ?

— Pourrions-nous discuter dans mon bureau ?

— Oui, bien entendu. Je suis venue avec une amie. Anne Bourdon.

— Bonjour mademoiselle. Je suis le chef de service.

— Bonjour docteur.

— Excuse-moi, Anne. Je reviens dès que possible.

— Pas de problème. Prends ton temps.

Anne vit les deux hommes s'éloigner. Elle entendit des bribes de conversation, puis Romain s'écrier : *électrochoc ? !* Elle-même ne se sentait pas bien vaillante, et la tête lui tournait dans cet établissement surchauffé. Elle décida de redescendre afin de sortir de l'établissement pour s'oxygéner un peu.

L'air frais lui fit du bien et elle retrouva rapidement son calme en marchant sur l'allée principale éclairée du jardin. Le bruit de ses pas réguliers sur le gravier la rassurait. Elle contourna l'énorme bâtiment blanc sur sa gauche, et se retrouva à l'arrière de celui-ci. Un banc en bois à la peinture usée se tenait tout près d'une porte de service sur laquelle était inscrit : *Réservé au personnel.* Elle s'y assit et se mit à réfléchir dans la semi-pénombre.

Ce qu'elle avait découvert changeait toute la donne dans l'affaire Béranger. Il lui fallait mettre de l'ordre dans ses idées rapidement, car le temps lui manquait. Elle savait qu'elle devait agir sans plus tarder, mais elle hésitait sur la marche à suivre. La jeune femme saisit son téléphone, puis écrivit un SMS à Stéphane. Se ravisant, elle s'interrompit subitement. Après tout, elle n'était pas encore certaine de vouloir informer le policier. Elle referma son portable et le jeta dans son sac.

La nuit lui glaçait les os et un frisson lui parcourut l'échine lorsqu'elle réalisa qu'elle ne pouvait faire confiance à personne. Ce qu'elle venait d'apprendre accusait tout le monde. Un doute effroyable la submergea. *Et s'il y avait bien un violeur au 36 ? Et si les lettres de Benjamin avaient finalement accusé le vrai coupable ? Après tout, c'est à Stéphane qu'elles étaient adressées depuis le premier jour ? Et si... et s'il avait été capable du pire pour sauver sa peau...*

60

Arrivée peu après Stéphane à la maternité, Marie Morin s'était extasiée devant la jouvencelle miniature qui pesait moins de trois kilos. Elle avait évoqué avec émoi la naissance de ses garçons : *C'est un moment inoubliable et magique, malgré les douleurs de l'accouchement. Mon mari aurait aimé avoir aussi une petite fille, mais je ne suis pas franchement chaude pour un troisième. Qu'est-ce qu'elle est mignonne ! On oublie que c'est si petit. Peut-être que finalement…* Elle avait ensuite raconté aux deux officiers la version de la vieille voisine des jumeaux. Ils l'avaient écoutée sans un mot, affligés par les faits. Désormais, Stéphane pouvait faire le deuil de son ami sans spéculations inutiles.

Cependant, il n'eut pas le temps d'approfondir le sujet, car il reçut un curieux message provenant d'Anne : *les lunettes Stéphane, les lunettes ne sont…* Le message étant incomplet, le policier se dit qu'une touche de son portable avait dû être activée par erreur. Cependant, son intuition de flic le mit en alerte immédiatement et il essaya de joindre la jeune femme. Elle ne répondit pas, ce qui finit de lui mettre la puce à l'oreille. Elle l'évitait, sans aucun doute.

En une fraction de seconde, il comprit que tout risquait de tomber à l'eau et qu'il devait intervenir sans plus tarder. Il encourait un risque énorme et se refusait à perdre la partie si près du but. Marie l'informa que la dernière fois qu'elle lui avait parlé, la technicienne de la police scientifique était en route pour la clinique où la femme de Romain Langlois était hospitalisée. Se rappelant que cette dernière était internée à Saint-Mandé, Stéphane courut vers sa voiture, certain qu'il n'y aurait qu'une seule clinique psychiatrique dans le secteur.

Il démarra en trombe, fonçant littéralement à l'extérieur de l'enceinte de la maternité avec son gyrophare. Crispé, il conduisit aussi vite qu'il le put jusqu'à la commune du Val-de-Marne. Marie Morin lui ayant communiqué l'adresse par SMS, son GPS le conduisit droit au but. En s'engageant dans l'allée de la clinique des Violettes, le commissaire remarqua immédiatement la voiture de Romain Langlois. Il se gara derrière lui, puis se dirigea rapidement vers le bâtiment principal, obsédé par l'idée d'arriver trop tard…

61

Toujours assise sur le banc à l'arrière de la clinique malgré l'air glacial qui la transperçait de part en part, Anne ferma les yeux afin d'optimaliser sa concentration. Elle récita les phrases correspondant à la deuxième lettre de Benjamin : *Je suis devenue myope, dépendante des lunettes que tu m'as implantées à vif, sans anesthésie, et qui placent irrémédiablement les images de ce jour fatidique devant chaque chose, déformant le monde et la vie. Plus de joie, d'amour, d'envie ou d'espoir.*

La jeune femme parla ensuite à voix haute, comme pour s'encourager :

— Si le meurtrier de Kévin Béranger a utilisé des lunettes pour retranscrire le scénario de cette deuxième lettre, c'est qu'il en avait eu vent. Or, peu de personnes étaient dans la confidence à ce moment-là de l'enquête, et ce détail prouve que le coupable n'était pas en présence des messages pour la première fois lors du pot de Noël, comme nous l'avons tous cru au départ. Voyons voir, à ce stade, qui était au courant ? Stéphane, ça, tu l'as déjà dit ma petite Anne, les huit gendarmes ayant découvert le message dans la camionnette, Romain, le chef de la Crim, tante Jacqueline et ta pomme.

Anne souffla de l'air chaud sur ses mains, espérant faire cesser leur tremblement.

— Au niveau de la carrure et de la force physique qu'a nécessité l'accrochage de la victime au sapin de Noël, tous pourraient convenir, même Jacqueline qui est robuste. Mais peut-être que le coupable n'a pas agi seul ? Peut-être que quelqu'un à la PJ a eu vent de ces lettres, comme par exemple ce commissaire Girard-là, qui n'est franchement pas sympathique. En plus, c'est lui qui s'est occupé de cette affaire de viol d'une certaine Patricia. Et si ça avait un rapport ? Peut-être même que quelqu'un a parlé des lettres dans son entourage, ce qui élargit le cercle des suspects. Romain a très bien pu raconter cette histoire à sa femme, et après ce que je viens de voir là-haut, elle aussi aurait été capable de tuer dans un moment de démence, d'autant plus qu'elle est de carrure imposante. Oh mon Dieu, que mon esprit est embrouillé ! Ma pauvre tête est sur le point d'éclater. Allons ma vieille Bourdon, ce n'est pas le moment de flancher.

Prenant son courage à deux mains, elle prit une bouffée d'oxygène en se levant et se dirigea vers l'entrée de service. Elle pria le ciel que celle-ci ne fût pas verrouillée, puis pressa énergiquement la poignée. La jeune femme poussa un soupir de soulagement en sentant la porte s'ouvrir vers l'intérieur et s'engouffra dans la pièce sombre, le cœur battant. L'endroit était vide et, après avoir refermé derrière elle, Anne chercha à tâtons l'interrupteur. Une fois de plus, elle eut de la chance et le plafonnier s'illumina, inondant la chambre d'une lumière jaune lui confirmant qu'elle se trouvait exactement là où elle l'avait prévu : dans la salle d'E.E.G.

Soucieuse de ne pas attirer l'attention, elle tira les rideaux d'un air déterminé. Un rapide coup d'œil lui permit de localiser les tiroirs contenant les dossiers des patients. Elle savait que les tracés mesurant l'activité électrique du cerveau des malades se trouvaient obligatoirement dans des chemises plutôt que dans un ordinateur, puisque les électrodes placées sur le cuir chevelu retranscrivaient le rythme cérébral sur papier. Elle espérait trouver par la même occasion les renseignements médicaux qu'elle venait chercher. Les mains moites, elle ouvrit le premier tiroir. Les documents étaient classés par noms de patients. Des languettes avec les lettres de l'alphabet jusqu'au J dépassaient. Elle referma nerveusement le tiroir, tendant l'oreille à chacun de ses mouvements, puis tira le deuxième compartiment. D'une main tremblante, elle écarta la case réservée à la lettre L, et passa en revue les dossiers. Sa respiration se coupa lorsqu'elle déchiffra les lettres majuscules : LANGLOIS CÉLINE.

Dans un état d'euphorie, elle sortit les trois feuilles l'intéressant et les posa sur le bureau. Elle parcourut le premier document en se disant que ses neurotransmetteurs devaient être sur le point de démissionner tant son taux d'adrénaline leur donnait du travail. Le compte rendu décrivait le déroulement de l'E.E.G. qui avait été pratiqué le jour même et commentait le tracé. Les résultats étaient normaux. Anne passa à la page suivante et eut des sueurs froides en voyant le titre : MOTIF D'HOSPITALISATION ET ANTÉCÉDENTS MÉDICAUX. Elle lut aussi vite qu'elle le put. Ses yeux dévoraient littéralement les lignes et s'écarquillaient au fur et à mesure de ce qu'elle découvrait. À la fin de sa lecture, elle eut l'impression que le monde s'était écroulé. Elle dut s'asseoir tant ses jambes flageolaient et l'espace d'un instant, elle ne sut plus où elle se trouvait.

— Oh non, se lamenta-t-elle, pas encore une crise d'hypo. Pas maintenant !

La jeune femme fouilla dans sa poche à la recherche d'un morceau de sucre tout en sachant pertinemment qu'elle les avait tous sucés à l'enterrement. Résignée, elle s'accrocha de toutes ses forces à la chaise. Tout tournait autour et en elle. Car elle savait à présent qui avait tué Kévin Béranger, comment et pourquoi... Et plus immonde que le viol, plus cruel que le meurtre, plus triste que le mobile, il y avait cet individu qu'elle aimait. Cet homme si cher à son cœur. C'est ainsi que lorsque la porte s'ouvrit sur lui, elle ne fut pas étonnée de le voir. Et même si elle se doutait que ses jours étaient maintenant en danger, elle n'eut pas peur...

62

Denis Petit était le type même de paparazzi indépendant qui ne renonçait à rien pour avoir un bon article à vendre à un magazine, quel qu'il soit, pourvu qu'il fasse partie de la presse à scandales. Il savait comment monnayer ses informations et cédait ses clichés au plus offrant. Un de ses indics l'avait mis sur la piste du père de Benjamin Simon et, cette affaire déchaînant les foules, il avait patrouillé sans succès toute la soirée dans un coin connu pour abriter des SDF. Il s'apprêtait à renoncer quand, soudain, il aperçut une silhouette très haute, adossée à un arbre. Se saisissant de la photographie de l'homme en question et de son appareil photo, il sortit de son véhicule.

— Monsieur Simon ?

Le géant ne répondit pas.

— Excusez-moi, vous êtes monsieur Simon, le père de Benjamin ?

Le corps anguleux se retourna, laissant apparaître un visage squelettique. Les yeux hagards étaient grand ouverts et figés.

— Benjamin !

— Oui, Benjamin Simon est votre fils ?
— Oui, mon fils. Mon fils Benjamin.
— Et vous avez aussi une fille ?
— Patricia. Ma fille, Patricia.
— Des jumeaux n'est-ce pas ?
— Des jumeaux. Mon fils. Ma fille.
— Je prends quelques photos, ça ne vous dérange pas ?
— Patricia, Benjamin.
— Oui, oui. Alors votre fils travaille au 36.
— 36 ?
— Oui, à la police judiciaire.
— 36 ?
— Oui, bon, qu'est-ce que vous pouvez me raconter sur lui.
— Sur lui ?
— Sur lui, sur lui, Benjamin Simon.
— Il court, il saute, il joue, il tombe, je le relève.
— Mais vous saviez que votre fils était transsexuel.
— Elle court, elle saute, elle joue, elle tombe, je la relève.
— Est-ce qu'elle était déjà masculine étant enfant ?

L'ivrogne se mit à chanter et à faire des gestes bizarres. On aurait dit un brin de paille gigantesque vacillant à la lueur de la lune. Denis Petit observa cette ombre pathétique en secouant la tête. Puis, il retourna à sa voiture, déçu d'avoir perdu son temps. Il avait quand même des clichés, et pour ce qui était du reste, il était habitué à broder. Le titre ferait suffisamment d'effet : *LE PÈRE SIMON, UN PIED DANS LA TOMBE.*

Il semblerait que le père du lieutenant transsexuel qui s'est suicidé après avoir étranglé le joueur de basket Kévin Béranger le jour de Noël, soit prêt à rejoindre son fils, ou plutôt devrais-je dire sa fille, qui...

63

Après s'être renseigné sur l'emplacement de la chambre de madame Langlois, Stéphane monta les deux étages quatre à quatre. Son inquiétude allait grandissant depuis son départ de la maternité. Anne s'était montrée pressante d'avoir de ses nouvelles, or le fait qu'elle ne lui réponde pas n'était pas logique. Avait-elle découvert quelque chose ? Qui plus est, le policier s'interrogeait sur la moitié de phrase qu'elle lui avait communiquée. Était-ce véritablement une erreur comme il l'avait supposé au départ, ou l'avait-elle envoyée sciemment ? Auquel cas, pourquoi ne pas l'avoir terminée. Quelqu'un l'en aurait-elle empêché ? C'est dans cet état d'esprit qu'il frappa à la porte de la malade, espérant trouver Anne. Tout était encore possible.

— Ah Stéphane ! s'exclama Romain en ouvrant la porte. Qu'est-ce que tu fais là, demanda-t-il en baissant le ton tout en jetant un coup d'œil furtif à Céline qui dormait dans son lit.

— Je cherche Anne. Elle est avec toi ?

— Anne ? Non, chuchota-t-il. Mais entre.

— Non merci, je ne veux pas réveiller ta femme.

— Attends, je sors dans le couloir.

— Vous n'étiez pas ensemble ?

— Si, mais Céline a eu une crise tout à l'heure et je suis descendu dans le bureau du médecin pour discuter avec lui. Quand je suis revenu à la chambre, Anne n'était plus là, et son manteau non plus. Depuis, j'essaye de la joindre sur son portable, mais ça ne répond pas. Je me suis dit qu'elle était peut-être rentrée chez elle et qu'elle n'avait pas de réseau dans le métro.

— Non, ce n'est pas normal. Il est déjà tard et elle aurait dû donner de ses nouvelles depuis longtemps.

— Oui, c'est vrai. Je me suis assoupi auprès de ma femme et je n'ai pas vu le temps passer.

— Elle m'a envoyé un texto, ou plutôt une moitié. Regarde, ça te dit quelque chose ?

— Non.

— Elle ne t'a parlé de rien ?

— Non, je ne vois pas. Tu as une idée ?

— Je suppose que ça a un rapport avec l'enquête Béranger. Qu'est-ce que tu en penses toi, de ces lunettes ?

— C'est toi l'enquêteur.

S'ensuivit un silence gênant. Stéphane fixait Romain d'un regard bleu perçant. Ses traits tendus le transformaient littéralement, et si un infirmier les avait croisés, nul doute qu'il aurait parié sur le commissaire dans le rôle du patient et sur Romain dans celui du visiteur.

— Descendons prendre un café, ordonna Stéphane d'une voix gutturale.

L'agent de la PTS s'exécuta. Ils se retrouvèrent au même endroit qu'Anne quelques heures plus tôt. Romain n'ayant plus de monnaie, ce fut Stéphane qui inséra les pièces dans la machine à café. Il lui tendit le gobelet, puis s'en servit également un. Ils restèrent debout, adossés au mur. Le silence était chargé de sous-entendus. L'agent de la PTS regardait dans le vide, attendant que le commissaire prenne la parole.

Son ton était posé et calme quand ce dernier prononça les mots, après avoir bu quelques gorgées de la boisson chaude :

— Entre ceux qui portent une blouse blanche et ceux qui sont dans un lit de service psychiatrique, entre les mains d'un flic et celles d'un criminel, la frontière est aussi fine qu'une aile d'insecte, je suis d'accord avec le légiste.

— Pourquoi tu me dis ça ?

— En l'occurrence, dans cette affaire, qu'une aile de bourdon, dit-il en ignorant sa question.

Face au silence consterné de Romain, le commissaire Fontaine continua :

— Je vais te dire ce que je crois, puisque je suis l'enquêteur, comme tu l'as si bien fait remarquer tout à l'heure. Je ne sais pas si tu es comme moi, mais quand je conduis, c'est le moment où j'arrive le mieux à canaliser mes petites cellules grises. Et tu sais ce qu'elles m'ont dit ?

— Heu, non...

— Qu'Anne avait forcément découvert un indice avec cette histoire de lunettes, et qu'il n'y avait aucune raison que je passe à côté, moi, le commissaire chargé de l'affaire justement. D'ailleurs, je vais te faire part de mon raisonnement qui n'a rien de bien compliqué. C'est vraiment étonnant que personne n'y ait fait attention plus tôt, mais je dirais à notre décharge que la mort de Benjamin nous a tous sacrément secoués.

Romain Langlois évitait le regard du policier. Malgré ses muscles saillants, l'homme fut surpris de ce changement d'humeur et impressionné par son ton haineux. Il entreprit de faire le dos rond afin de mieux préparer sa contre-attaque. Stéphane poursuivit :

— Alors écoute bien ! Sur le corps de Kévin Béranger, on a retrouvé des lunettes qui ont été implantées dans sa chair par le meurtrier. Or, Benjamin a parlé de cette métaphore dans sa deuxième lettre, et non dans la troisième comme nous l'avons tous cru. Seulement voilà, le coupable a fait une erreur, car au stade de la deuxième missive, très peu de personnes étaient au courant. Étant donné qu'Anne a disparu et que les huit gendarmes n'étaient pas présents au pot de Noël, il ne reste plus que toi et moi. N'étant pas sénile, tu te doutes bien que je suis encore au courant de mes faits et gestes, et si je reprends l'élément qui a troublé tes amis techniciens du labo, c'est-à-dire l'absence totale de trace ou d'empreinte, j'en conclus que seul un professionnel du métier aurait pu nettoyer le terrain de la sorte. Je te laisse tirer les conclusions…

— Qu'est-ce que ça veut dire ?

— À toi de voir…

— Tu essayes de me coller ça sur le dos, ma parole ! s'exclama Romain, comprenant brusquement la situation. Toi aussi tu connais les ficelles…

— Ça se joue entre nous deux, Langlois !

— T'es dingue !

— Peut-être.

— Éloigne-toi de moi, qu'est-ce que tu fais ?

— Tu ne crois pas que je vais te laisser t'en tirer à si bon compte ?

— T'es malade ? Range ton flingue !

— Oui je suis malade, se rapprocha-t-il de lui. Malade à gerber d'avoir en face de moi le salopard qui a poussé Benjamin au suicide.

— Quoi ?

— Et qui a supprimé aussi Anne, l'attrapa-t-il au collet.

L'agent de l'identité judiciaire tenait le gobelet encore plein entre ses mains. Stéphane le fit valdinguer et le breuvage noir se répandit sur le sol carrelé immaculé. Il posa brutalement le canon de son revolver sur la tempe de Romain en hurlant :

— Où est Anne, enculé ?

La bouche du titan noir tirait vers le bas et il courbait l'échine. Sa masse imposante ressemblait à un raisin sec qui se recroqueville. Alertés par les cris, des soignants sortirent dans le couloir et se précipitèrent vers les deux hommes. Le commissaire sortit sa carte et vociféra :

— En arrière, reculez, Police ! Retournez dans les chambres et veillez à ce que personne ne sorte.

— Non, ne l'écoutez pas ! Il est fou, il a tué ma collègue de service. Je suis de la police scientifique. Il va me descendre pour me faire porter le chapeau.

— Écartez-vous ! surenchérit Stéphane. Commissaire Fontaine ! Je suis du Quai des Orfèvres.

— Commissaire, baissez votre arme, ordonna un docteur portant un badge sur sa blouse blanche. Nous sommes dans un hôpital et un malade pourrait être blessé.

— Non, le prisonnier est dangereux.

— Aidez-moi, s'égosillait Romain. Je vous en prie !

— Allons commissaire, soyez raisonnable. Vous aurez tout le loisir de tirer ça au clair au poste de police. Baissez votre arme.

Sans tenir compte de la présence du personnel médical, Stéphane accentua la pression du métal froid sur la tête de Romain. Il lui cracha hargneusement à l'oreille :

— J'en ai rien à foutre de tous ces gens. Je peux te dire que je vais pas hésiter à te faire péter le crâne devant tous ces cons.

— Non, non !

— Alors dis-moi où est Anne, rugit-il en donnant des coups avec le canon du revolver. Dis-le-moi ou je te plombe. J'ai plus rien à perdre.

— Commissaire ! hurla le médecin.

— Bon ça suffit, ouvre la bouche, ouvre la bouche je te dis !

Soudain, le bodybuilder immense vacilla. Ses jambes se dérobèrent sous lui et il se mit à genoux. Romain cacha son visage entre ses mains et se mit à pleurer. Stéphane se baissa vers lui et, ne le laissant pas souffler, lui dit sans crier, mais d'une voix ferme :

— Tu te souviens m'avoir dit que les tueurs pouvaient avoir peur de la police scientifique ? Eh bien tu avais raison, il n'y a pas de crime parfait. Même quand il n'y a aucune trace, ça veut dire quelque chose. Les policiers en blanc font effectivement parler les morts…

64

Le commissaire Fontaine courait comme un dératé sur l'allée principale de la clinique. Il volait littéralement tant ses mouvements étaient rapides. Clefs en main, il se précipita sur la Renault Clio rouge de Romain Langlois et bondit vers le coffre. Il l'ouvrit précipitamment et poussa un cri en la voyant bâillonnée, les poings liés par un ruban adhésif généralement utilisé par les infirmières pour faire les pansements. Il la saisit immédiatement dans ses bras et la souleva avec douceur. La tête de la jeune femme tomba violemment en arrière. Son cou était mou comme celui d'une colombe morte qu'on soulève. Stéphane fut frappé du soyeux de sa peau opaline parfaitement lisse. Ses lèvres immobiles bien dessinées et sa chevelure d'or lui firent penser à la Belle au bois dormant. Il la trouva très belle et se trouva stupide de ne pas avoir su dès le début quels trésors renfermait cette *grande bringue intello*. Maintenant, il était peut-être trop tard.

Il se dit qu'il était sans doute passé à côté de la femme de sa vie et qu'elle était la dernière martyre d'une série de victimes plus malheureuses les unes que les autres : Benjamin Simon qui avait été tué de la manière la plus immonde à Montréal, Patricia Simon qui s'était suicidée après des années de douleurs morales, incapable de surmonter la cruauté de son viol et la séparation d'avec son jumeau, Sophie Dubois qui avait perdu son compagnon d'une mort tragique, même si sa disparition devait, en fait, la sauver des griffes d'un violeur, victime lui-même d'un crime, Céline Langlois, qui avait perdu la raison après avoir été violée par Kévin Béranger, comme son mari l'avait raconté en détail à Stéphane après avoir avoué le meurtre du basketteur, et enfin Romain Langlois lui-même qui, malgré son acte de vengeance, était en premier lieu détruit par la mort psychique de sa femme et mère de ses enfants. Ces pensées désordonnées se bousculaient dans son esprit chaotique tandis que d'incontrôlables émotions submergeaient son corps vacillant. Jamais il n'avait ressenti une telle intensité affective. Le commissaire serra la jeune femme contre son cœur en fermant les yeux jusqu'à l'arrivée des médecins qui la couchèrent délicatement dans la civière.

Ses lèvres tremblèrent lorsqu'il prononça son nom d'une voix d'outre-tombe : *Anne...*

65

Le lendemain matin, les protagonistes de l'affaire des lettres anonymes se retrouvèrent dans la chambre de Sandrine Lucas. Toute leur attention se reportait sur cette jolie petite fille aux joues aussi roses que sa grenouillère, comme si sa venue nécessitait une dose particulière de bénédictions et de protections pour conjurer le mauvais sort des derniers jours. Sandrine Lucas avait retrouvé ses couleurs et elle donnait le biberon à son bébé en souriant. Jérémy avait du mal à détourner ses yeux d'elles et il suivait la conversation d'une oreille distraite :

— Toutes mes félicitations Sandrine, s'extasia Marie Morin. Tu l'as bien réussie.

— Merci Marie. Oui, elle est adorable. Mais bon, je ne suis pas vraiment objective non plus.

— Ben et moi ? plaisanta Jérémy. J'y suis quand même un peu pour quelque chose, hein Sandy ?

— Tu parles ! rétorqua la policière.

— Te fais pas de bile Jérémy, l'encouragea Legrand, tu seras reconnu suffisamment tôt comme responsable, surtout quand elle fera des conneries. Et là, on te dira ta fille a fait ceci, ta fille a fait cela…

Ils rirent de bon cœur. Le commandant avait regardé tendrement sa fille en prononçant ces mots. Cette dernière était venue féliciter la jeune mère et voir le bébé. Elle allait en profiter pour passer quelques jours avec son père. Celui-ci était aux anges.

C'est alors qu'on frappa à la porte.

— Entrez, dit la jeune mère.

— Bonjour, maman Lucas.

— Stéphane !

Le commissaire fourra les fleurs dans les bras de Jérémy en lui donnant une tape dans le dos, puis vint embrasser Sandrine.

— Bonjour toi, s'adressa-t-il au bébé en train de téter. On se connaît déjà, mais je n'étais pas encore venu voir ta mère depuis que tu es née. Je peux te dire que tu es drôlement bien tombée avec une aussi jolie maman.

— Allez, arrête ton baratin, le taquina Jérémy. Dis-nous plutôt comment tu vas ?

— Ça va.

— Tant mieux, s'exclama Marie. Tu vas enfin pouvoir nous expliquer le fin mot de cette histoire.

— Oui, on n'a toujours pas compris comment les deux affaires se sont emberlificotées de la sorte, fit remarquer Legrand. Allons prendre un café. Zoé, je te confie ces deux grâces ?

— Pas de problème.

— Il y a une cafétéria en bas, précisa Jérémy. Tu nous excuses un instant, ma chérie ?

— D'accord.

— Au fait, dit Stéphane, vous avez choisi le prénom ?

— Oui, répondit fièrement Sandrine : Audrey Lucas, et Patricia en deuxième prénom…

Malgré l'air froid et sec, les quatre officiers s'installèrent sur la terrasse extérieure de la cafétéria qui donnait sur les jardins de l'hôpital. Jérémy portait un plateau rempli de boissons fumantes et de croissants chauds au beurre. Ils s'assirent autour d'une table ronde et Legrand alluma une cigarette. Tout en aspirant la fumée, il prit la parole, alors que Stéphane buvait quelques gorgées de son café au lait.

— Avant tout, Petit, permets moi de te dire que tu ne t'es finalement pas si mal démerdé. Et le Petit n'a ici rien de petit, justement… Alors voilà, je tenais à te tirer mon chapeau en bonne et due forme.

— Merci Maxime.

— Ah ben, si en plus tu m'appelles enfin par mon prénom… Tope là, se leva-t-il en lui serrant la main.

Avant de se rasseoir, le commandant le gratifia d'une bonne accolade.

— Alors vas-y, maintenant, reprends tout depuis le début.

— D'accord. Avec la découverte de la première lettre de Benjamin sur mon bureau, la patronne a fait appel à Anne pour l'expertise graphologique, et c'est Romain Langlois qui l'a accompagnée pour prélever les indices. À ce stade de l'enquête, il était fondamental de garder le secret sur les lettres anonymes, et c'est à lui que nous avons fait appel naturellement lorsque le deuxième message a été découvert dans le fourgon des gendarmes. Là, on a commencé à se douter que cette histoire était sérieuse et que l'auteur des missives ne pouvait qu'être quelqu'un de la maison. Bien sûr, tout le monde, y compris Anne, et pour cause, croyait que nous avions affaire à une femme. Et puis, à la soirée de Noël, c'est à nouveau Romain qui s'est chargé de « techniquer » les lieux, puisqu'il était sur place. Mais à cette soirée, il s'est passé autre chose. Quelque chose qui a fait que Kévin Béranger a signé son arrêt de mort : Romain Langlois l'a reconnu comme étant le violeur de sa femme…

— Comment ça ? demanda Marie.

— Romain avait menti sur l'état de santé de son épouse, il nous l'a avoué à Anne et moi quand nous étions en route pour Meaux, hier. Celle-ci ne souffrait pas d'une maladie auto-immune depuis six mois, mais d'une dépression nerveuse. Mais ce qu'il ne nous avait pas dit, c'était la raison.

— Le viol, devina Marie.

— Exactement. C'est ce qu'Anne a découvert en fouillant dans les dossiers de la clinique : état neurasthénique post-traumatique à la suite d'un viol en juillet 2011. En concluant que le meurtrier ne pouvait être que Romain ou moi, puisqu'elle avait décelé ce qu'aucun de nous n'avait été fichu de remarquer avec l'histoire des lunettes, elle en a déduit que son collègue de travail avait assouvi sa vengeance en tuant Kévin Béranger.

— Alors, c'est elle qui a trouvé le mobile du crime, dit Jérémy en sifflant.

— Mais, la femme de Langlois, elle a porté plainte ? interrogea Legrand.

— Non, c'est ça le drame. Après s'être confiée à Romain, elle s'est rétractée et a refusé d'entreprendre une action en justice. Ce qui, à mon sens, a aggravé son état et ne lui a pas permis de se reconstruire. Elle s'est emmurée dans un mutisme qui n'a fait qu'amplifier, parallèlement à l'insistance de son époux.

— C'est triste, dit Marie.

— Oui. La seule chose que Romain avait réussi à savoir était que l'agresseur était une personnalité connue dans le domaine du sport et qu'elle l'avait rencontré pendant une soirée organisée pour récolter des fonds en faveur des enfants malades. Alors qu'elle se débattait, la jeune femme l'avait griffé au cou avec virulence et, quand Romain a rencontré Kévin Béranger au pot de Noël, il a fait automatiquement le rapprochement lorsque Sophie a raconté de quelle manière ils s'étaient rencontrés.

— C'est vrai, se rappela Marie. Sophie et Kévin étaient en grande conversation avec Romain et un copain à lui, un autre policier des stups. Je n'ai pas entendu ce qu'ils se disaient parce que je parlais avec mon mari et Maxime.

— Je sais, Anne et moi, on vous a vus de loin à ce moment-là. Le récit a dû être très ressemblant à celui de Céline Langlois, comme pour nous avec l'épouse du basketteur et Sophie. La similitude des façons dont il avait abordé les deux femmes a probablement également frappé Romain. Les marques cicatrisées sous son oreille droite ont fini de le convaincre, sachant que son épouse est gauchère. Il avait soudain devant lui l'agresseur de sa femme, et je pense qu'il a immédiatement su qu'il allait le tuer.

— Six mois de supplice à assister à la descente aux enfers de la personne qu'on aime le plus au monde, réfléchit Marie à haute voix. Y'a de quoi péter un plomb. Se retrouver tout à coup nez à nez avec son agresseur, c'est…

— Il l'a vengée lui-même, conclut Jérémy. J'en aurais fait autant.

— Comme quoi, c'est vrai qu'il faut profiter de ce qu'on a avant que… Au fait, que vont devenir leurs enfants ? s'exclama Marie

— Le chef de service des Violettes m'a téléphoné ce matin pour me donner des nouvelles de Céline Langlois, répondit Stéphane. Elle reprend du poil de la bête. Il m'a expliqué que souvent, les victimes remontent la pente lorsqu'elles ont obtenu gain de cause, et que c'est souvent la première pierre du nouvel édifice qu'elles doivent rebâtir.

— Alors, elle n'était pas au courant que c'était son mari ? s'étonna Legrand.

— Non, elle ne savait même pas que Kévin Béranger avait été assassiné. Cela faisait des mois qu'elle ne regardait plus la télé. Mais après les aveux de Romain hier soir, je lui ai permis de dire au revoir à sa femme. Je ne sais pas ce qu'ils se sont dit dans cette petite chambre sordide, mais je peux vous dire que tous deux avaient l'air soulagés et sereins. Céline a même eu du mal à se séparer de lui quand les brigadiers sont venus le chercher, et elle l'a longuement enlacé.

— Avec un bon avocat, il devrait s'en sortir pas trop mal, ajouta Jérémy.

— Tu oublies qu'en face, il aura affaire aux défenseurs de la star du basket, le contredit Legrand.

— Et toi tu oublies que ta star était un violeur, surenchérit Marie. La ligue de basket fera tout pour éviter le scandale.

— Peut-être même, suggéra Jérémy, que Céline Langlois trouvera la force de porter plainte, après ce qui s'est passé.

— C'est fort possible, l'appuya Marie. Donc, l'affaire des lettres anonymes et l'affaire Béranger n'avaient aucun rapport ?

— Aucun, répondit Stéphane. Si ce n'est que Romain s'est servi des messages pour masquer son crime. Mais bon, au moment du meurtre, Romain ignorait que Benjamin en était l'auteur. Je ne peux pas m'empêcher de me dire qu'il ne se serait peut-être pas suicidé si cet homicide n'avait pas eu lieu.

— Mais, dis-moi Stéphane, demanda Jérémy, qu'est-ce qui s'est passé exactement à la clinique ?

— Il s'est passé qu'Anne trimballe la moitié de Paris dans son sac, et heureusement !

— Comment ça ?

— Elle a commencé à m'écrire un texto, mais ne l'a finalement pas envoyé, me soupçonnant aussi. Par chance, la touche de son portable a dû se presser dans son fourre-tout, ce qui m'a permis de recevoir une moitié de message. En lisant le mot lunettes, j'ai fait le rapprochement. Pas trop tôt…

— C'est vrai que sur ce coup-là, reconnut Legrand, on a tous été longs à la détente ! Après le meurtre de Béranger, nous aussi on a eu la photocopie des trois lettres sous les yeux. Personne n'a fait tilt. Pourtant, un enfant de CP aurait remarqué qu'il y avait un élément de trop dans la mise en scène du meurtre pour que ça corresponde à la description de la troisième lettre. Tu sais, c'est comme dans les cahiers de vacances : trouvez l'intrus !

— Oui, acquiesça Marie, mes enfants auraient tout de suite vu que les lunettes appartenaient au contenu de la deuxième lettre.

— On aurait eu beaucoup moins de suspects potentiels, grinça Stéphane. Quand elle n'a pas répondu au téléphone, j'ai compris qu'il se passait quelque chose et j'ai déboulé à la clinique. Ayant le privilège, qu'Anne n'avait pas eu, de pouvoir m'éliminer de la liste des suspects, mes soupçons se sont portés vers Romain, mais j'espérais encore trouver Anne à ses côtés à ce stade-là. En le voyant nier savoir où elle était, j'ai compris que je l'avais sous-estimé, et je dois vous avouer que j'ai eu un moment de panique.

— Comment tu l'as amené à avouer ? demanda Jérémy.

— Un peu en le bousculant, mais surtout en lui parlant d'Anne et de leur amitié. Je me doutais du mobile du meurtre et je ne le croyais pas capable de lui faire du mal. C'est quand je lui ai dit qu'il avait suffisamment de morts sur la conscience, entre Kévin Béranger et Benjamin, qu'il a craqué. Il ne l'avait enfermée dans son coffre que pour se laisser quelques heures supplémentaires avec sa femme. Il avait l'intention de la relâcher, puis de venir se dénoncer. Le somnifère qu'il lui a administré a permis à Anne de ne pas trop se rendre compte de ce qui se passait.

— Comment va-t-elle ? s'enquit Marie.

— Elle va bien, même si elle a fait une crise d'hypoglycémie dans le coffre. Romain ne savait pas qu'elle était diabétique, elle l'avait caché à tout le monde, enfin, presque, précisa-t-il d'un air satisfait. Elle a passé la nuit à l'hôpital en surveillance, à l'étage au-dessus de Sandrine. Je vais la chercher tout à l'heure.

— Ah, enfin une bonne nouvelle, dit Jérémy en lui faisant un clin d'œil.

— Ce n'est pas ce que tu crois.
— Il ne tient qu'à toi que ça le soit...
— Je ne sais pas encore si...
— Ah ça, c'est sûr qu'il faudra que tu renonces à tes virées nocturnes. Il va falloir éviter de te transformer en Dracula de ces dames dès que la nuit tombe.
— Mais je n'ai pas...
— Tu veux dire que tu n'as noté le téléphone d'aucune infirmière depuis hier soir ?!
— Très drôle... marmonna Stéphane, tout en ne pouvant s'empêcher de reconnaître qu'il y avait du vrai dans la réflexion de son ami.

66

Stéphane roulait en direction de l'appartement d'Anne. Il était midi et le soleil brillait par intermittence dans un ciel parsemé de nuages épais. Il conduisait lentement dans les rues de Paris, savourant chaque instant passé aux côtés de la jeune femme. Celle-ci était plus belle que jamais dans son training assorti à ses yeux bleus. Le policier n'avait pas l'habitude de la voir habillée simplement et ce look décontracté mettait en valeur son charme naturel. Il se demanda si elle allait lui proposer de monter chez elle. Il en avait très envie et ne pouvait se résoudre à se séparer d'elle de cette façon. *Il doit y avoir une suite, il le faut, l'aventure ne peut pas se terminer ainsi,* se dit-il. Mais il ignorait dans quelles dispositions se trouvait sa passagère. Tantôt il lui semblait évident qu'elle le trouvait séduisant, tantôt elle laissait paraître le contraire. Il était cependant décidé à lui avouer ses sentiments et attendait un moment propice.

En route, ils ne parlèrent pas de l'affaire, mais ne cessèrent de discuter tant ils avaient de sujets en commun, et notamment leur passion du jazz. Le commissaire lui avoua jouer du saxophone et avoir même été invité plusieurs fois dans un piano-bar pour accompagner le pianiste. Il lui confia également ne pas avoir touché son instrument depuis le décès de son père. Anne en fut désolée. Elle tenta de le persuader du pouvoir immense de guérison de la musique, et lui révéla à son tour qu'elle était férue de couture et de mode, ce qui le fit sourire. Il comprenait maintenant d'où venait l'excentricité de certaines de ses tenues…

— Je vous trouve rayonnante, Anne, vraiment.
— Merci Stéphane. C'est gentil à vous de le dire.
— Mais c'est sincère.
— C'est que j'ai pris une décision, ou plutôt une double décision, qui m'a libérée d'un poids qui me pesait depuis longtemps.
— Ah oui ?
— Oui, et vous y êtes pour quelque chose, si vous voulez tout savoir.
— Comment ça ?
— D'abord, souhaitez-moi bonne chance.
— Bonne chance.
— Je vais arrêter de cacher mon diabète et je vais suivre le programme de rééquilibrage du professeur Newton, c'est la première décision.
— Anne, c'est formidable. Attendez, je m'arrête sur le côté. Que je vous fasse au moins la bise pour fêter ça.

Il immobilisa son véhicule sur une place donnant sur une entrée de parking souterrain, puis tira le frein à main. Il se tourna alors vers elle avec un large sourire, et l'embrassa sur les deux joues, posant son bras autour de ses épaules. Stéphane vit ses pommettes s'empourprer et en ressentit une grande satisfaction. Laissant sa main en place, il plongea ses yeux dans les siens. Leurs visages étaient proches et ils sentirent leur respiration sur leurs lèvres. Ils restèrent ainsi plusieurs secondes jusqu'à ce que l'experte de la police scientifique prenne la parole :

— Stéphane ?
— Oui, Anne.
— Vous savez ce que cela implique ?
— Que vous allez partir à New York.
— Pour un mois, oui, comment vous le savez ?
— Moi aussi j'ai Internet, qu'est-ce que vous croyez. Je lis les articles intéressants de temps en temps. Il a eu un prix il y a quelques semaines, non ?
— Oui, c'est exact. Vous savez, c'est en me confiant à vous que je me suis rendu compte que je n'avais pas à avoir honte de ma maladie.
— Ce qui vous a amené à prendre votre deuxième décision.
— Vous seriez pas un peu flic, vous ? ! rit-elle.
— Qui est que vous renoncez à sortir avec moi. Je me trompe ?
— Non.
— Et si vous voulez mon avis, entre un officier du 36, célibataire endurci n'ayant pas la moindre idée de ce qu'une femme attend de la vie de couple, et le vieux rêve américain, y a pas photo !
— Si justement, et la photo est séduisante, Stéphane…
— Merci. La vôtre n'est pas mal non plus.

Elle rougit de plaisir et posa sa tête sur son épaule. Le policier fut pris d'un élan irrésistible de la prendre dans ses bras, de l'embrasser, de la caresser en lui disant des mots d'amour. Lui qui n'en avait jamais prononcé en était subitement empli, et curieusement, rien ne comptait plus qu'elle en cet instant précis. Les passants marchant sur le bitume à l'extérieur de la voiture se fondaient dans le paysage.

— Il me semble qu'il manque quelque chose à votre programme.

— Quoi ?

— Ça, dit-il en l'embrassant sur la bouche.

Le baiser fut long et doux. Il semblait qu'aucun d'eux n'avait envie de l'interrompre. Leurs yeux étaient ouverts, désireux qu'ils étaient de mémoriser chaque détail de cet instant. Ce fut Anne qui se recula la première, lentement, en continuant de le regarder. Elle eut du mal à s'extirper de la chaleur rassurante de son corps, mais elle sut que si elle ne le faisait pas maintenant, elle n'aurait plus le courage de se séparer de lui. Or elle n'était pas certaine que le policier soit prêt pour une relation amoureuse.

Stéphane lut dans ses pensées :

— Moi non plus, je ne suis pas sûr de…

— De ne pas avoir envie de vous débarrasser de moi demain matin si nous passons la nuit ensemble ?

— C'est-à-dire…

— C'est moi qui ne veux pas de vous commissaire, pas le contraire.

— Ah bon, mais je…

— Ce n'est pas parce que nous nous sommes embrassés que…

— Pas un mot de plus, dit-il en riant face à sa mine déconfite. Vous connaissez le proverbe ? Il ne faut jamais dire : Fontaine, je ne boirai pas de ton eau !

Mais malgré leur bonne humeur forcée, le reste du trajet se déroula dans un silence gêné. En arrivant au bas de son immeuble, le policier lui proposa son aide pour monter son sac. Elle la refusa, au plus grand soulagement de Stéphane qui préférait écourter le moment des adieux. Debout sur le trottoir, ils étaient mal à l'aise. Chacun dit quelques phrases insignifiantes, puis Anne se saisit de son bagage. Dans un mouvement impulsif, Stéphane l'enlaça de ses deux bras. Anne se laissa faire tout en s'accrochant à son sac. Il la serra fort en lui murmurant à l'oreille :

— Je vois que vous avez finalement réussi à embarquer dans un autre wagon. Toutes mes félicitations, Bourdon. Alors, bon voyage... Bon voyage, et bonne chance.

Pensant avoir le dernier mot, il fut surpris que la jeune femme lui réplique :

— Je vous souhaite également de trouver votre programme de rééquilibrage, commissaire. Sinon, vous risquez de rater le dernier train...

ÉPILOGUE

Stéphane ne rentra pas immédiatement chez lui. Il gara sa voiture dans son parking, puis entreprit une longue marche sur les bords de la Seine. Il s'imprégna du paysage familier qui ne manquait jamais d'avoir un effet rassurant sur lui. Il déjeuna dans un bistrot choisi au hasard et s'attarda en dégustant son café. Il flâna ensuite entre les étalages des bouquinistes, se remémorant les balades hebdomadaires avec Benjamin. L'appétit de ce dernier en matière de livres n'était jamais rassasié, et il n'était pas rare de le voir repartir, croulant sous une pile de bouquins. Stéphane le taquinait alors en l'aidant à porter son butin. Aujourd'hui, seul face à ses souvenirs, ce fut au tour du commissaire d'acheter un vieil ouvrage aux pages jaunies par le temps et à la couverture trop usée pour être anodine. Il prit son temps pour le choisir *La Métamorphose*, par Franz Kafka…

De retour chez lui, Stéphane se dirigea tout droit vers le secrétaire de son père et s'y installa sans prendre la peine d'ôter son manteau.

— Tu avais raison Benjamin, constata-t-il à haute voix, « cette affaire aura été une histoire de femmes depuis le début » : Sophie la stagiaire, Céline la femme de Romain, Anne qui ne veut pas de moi, Sandrine qui te pleure, et Patricia à qui tu as renoncé…

Il réalisa que son bureau à la PJ lui paraîtrait désormais vide sans la proximité de son ami. Des larmes coulèrent le long de ses joues. Il resta ainsi un long moment, puis dans un brusque sursaut, ouvrit un petit tiroir sur la gauche du secrétaire en répétant :

— Oui, une histoire de femmes.

Sans hésitation, il se saisit d'un paquet d'enveloppes entourées d'un ruban noir, et le posa devant lui. Il prononça les mots d'une voix claire et forte :

— Je te pardonne, maman.

D'un mouvement résolu, il défit le nœud et décacheta la première lettre. S'adossant au fauteuil en cuir marron dans lequel il était assis, il respira profondément et lut les mots qu'il avait fuis depuis vingt-huit ans : *Mon cher fils…*

Plusieurs heures s'étaient écoulées avant que Stéphane ne finisse la lecture de toutes les missives. Son visage était à présent détendu. Il se leva pour aller chercher un étui dans le placard de l'entrée et revint le poser sur la table basse du salon. Puis, il le contempla sans oser le toucher. Il finit tout de même par l'ouvrir et en sortit délicatement un saxophone en laiton. S'approchant de la fenêtre, il plaça le harnais autour de son torse et approcha sa bouche du bec jazz. Son regard se porta au-delà des flots calmes de la Seine, vers le bâtiment qu'il aimait aujourd'hui plus que jamais, 36 quai des Orfèvres.

Avant que ses lèvres ne se posent sur l'instrument, elles balbutièrent doucement : *Ma chérie, ma femme, mon petit bourdon, je me demande quel côté du lit tu vas préférer. Est-ce que tu aimes ton oreiller moelleux ou plutôt ferme ? J'ai hâte de te voir, de te découvrir, de savoir. Et puis, je suis déjà en RTT et j'ai des tas de jours de congés à récupérer, le visa ne devrait pas poser de problème.*

Stéphane posa son front sur la vitre. Sa voix trembla lorsqu'il dit :

Oui, Benjamin, « je distingue derrière la grande porte une lueur, peut-être même le bonheur. Je le saisis à deux mains, comme la naissance d'un matin, et souffle sur cette poudre d'escampette, laissée par la fée Clochette, afin qu'elle vole jusqu'à moi, et se pose sur mon moi pour l'illuminer d'étoiles. Il est temps pour moi de lever le voile ».

Non mon ami, je ne te dis pas adieu.

L'homme prit une grande inspiration, puis referma sa bouche sur le bec du saxophone. Les notes de musique de *La Vie en rose* s'élevèrent dans l'appartement, complainte envahissant tout son être, pénétrant chaque pore de sa peau, étourdissant ses sens. Cruel contraste avec la réalité des derniers jours, telle la conscience exacerbée de tout ce qui était encore obscur dans sa vie présente, de tout ce qu'il avait perdu, et de tout ce qu'il avait gagné.

Un hommage à Benjamin, un remerciement à Anne et une renaissance pour lui, le commissaire Fontaine…

REMERCIEMENTS

À Eliette Abécassis : quel honneur pour moi, et quel formidable clin d'œil du destin que de recevoir votre coup de cœur, alors que je vis en autarcie dans le désert de Judée (ma grotte, c'est mon bureau), à quelques pas de *Qumran*, titre de votre premier roman et best-seller international…

Aux membres du comité de lecture Les Nouveaux Auteurs : les premières paires d'yeux se posant sur l'œuvre d'un auteur recouvrent dans son imaginaire une place particulière, c'est un peu comme le rodage d'une voiture. Alors, merci de l'avoir débridé avec tant d'empathie, lui permettant ainsi de faire encore un bout de chemin. Sans vous, rien n'aurait été possible.

À Ariane Bourbon, ma correctrice et amie, sans qui la graphologue du roman, Anne Bourdon, porterait un autre nom : immense réconfort que de m'agripper à ton fil d'Ariane lorsque je suis prise dans le tourbillon des images et des mots qui me submergent à toute vitesse.

À Noa, Valérie et Laetitia : pour vos lectures parfois, votre présence souvent, votre amour toujours.

À mon mari et mes enfants : parce que la plus belle des histoires est celle que nous faisons de notre vie au quotidien…

Retrouvez toute l'actualité d'Aurélie Benattar sur http://www.ecrivaindudesert.com

Composé par PCA
à Rezé

Imprimé en France par

à La Flèche (Sarthe)
en août 2014

POCKET – 12, avenue d'Italie – 75627 Paris Cedex 13

N° d'impression : 3006381
Dépôt légal : août 2004
S24759/01